내 안의 무뢰한과
함께 사는 법 ①

내 안의 무뢰한과
함께 사는 법 ①

패트릭 갸그니 | 자전소설

우진하 옮김

쌤앤
파커스

데이비드를 위해

성인聖人에게도 과거가 있고,
죄인에게도 미래가 있다.
—

오스카 와일드

지금부터 읽게 될 내용은 모두 사실을 바탕으로 하고 있다. 기억을 되짚어 최대한 정확한 내용을 전달하고는 있지만, 일부 시간과 배경을 재구성하였고 대화를 줄이거나 여러 인물을 하나로 합쳐 소개하기도 했다. 이 책으로 인해 이유 없이 피해를 보는 사람이 없기를 바라며 이름이나 날짜 같은 세부는 가공된 것임을 다시 한번 강조한다.

프롤로그

감정 없이 태어난 아이

내 이름은 패트릭 갸그니, 소시오패스다. 가정에서는 헌신적인 아내이자 어머니이며, 밖에서는 많은 사람에게 인정받는 심리치료사이기도 하다. 친구도 많고, 사회적 관계도 정말이지 신경을 많이 쓴다. 멋진 집에서 가족들을 위해 가사를 돌보고 틈날 때마다 글도 쓴다. 투표 같은 시민의 의무도 게을리하지 않는다. 개와 고양이도 기른다. 비슷한 처지의 다른 이웃 주부들과의 관계도 원만하다.

겉모습만 보면 나는 그야말로 아주 평균적인 중산층 미국 주부로서 살아가고 있다. 내 SNS만 봐도 행복한 아내이자 엄마다. 다소 잘난 척하는 것처럼 들릴 수도 있겠지만, 분명한 사실이다. 주변 사람들은 모두 나를 아주 좋은 사람이라고 소개할 것이다. 그렇지만…… 이게 내 진짜 모습인가?

나는 거짓말과 도둑질을 밥 먹듯 하는 사람이다. 후회나 죄책감은 거의 느끼지 않는다. 나 자신을 꾸미는 데 능수능란하며, 다른 사람의 생각은 신경 쓰지 않는다. 도덕이나 윤리 문제에도 관심이 없다. 나하고는 상관없는 일이니까. 세상의 규칙 같은 건 내 결정에 아무런 영향을 미치지 못한다. 나는 멋대로 행동할 수 있는 사람이다.

어디서 많이 들어 본 이야기 같지 않은가?

이 책을 펼쳐 든 사람이라면 내가 무슨 말을 하는지 알아들었으리라 생각한다. 어쩌면 당신 역시 미국에만 약 1,500만 명 이상이 있다고 추정되는 소시오패스가 아닐까. 아니면 정상인과 소시오패스의 경계선을 넘나드는 다른 수백만 명 중 하나거나. 나는 지금 무슨 심각한 범죄자에 대해 얘기하는 게 아니다. 의사나 변호사, 교사, 아니면 공무원…… 소시오패스는 어디에나 존재할 수 있다. 내 말이 의심스럽다면 눈을 크게 뜨고 주변을 한번 둘러보라.

나는 의심의 눈초리로 주변을 둘러보는 행위를 일찌감치 시작했다. 어린 시절 친구들이 자전거를 타거나 놀이터에서 놀 때, 나는 범죄 소설을 읽었다. 특히 실제 사건을 바탕으로 한 이야기들을. 나는 사람들 마음속에 있는 어두운 부분에 주목했다. 무엇이 사람을 악하게 만드는가? 해답을 알고 싶었다.

그러다 '소시오패스'라는 말을 우연히 듣게 되었을 때 해답을 찾았다고 생각했다. 어렴풋이 알 것 같은 이 말의 정확한 뜻을 파악하고 싶었다. 나는 사전을 찾아보았다. 하지만 1980년에 출간된 오래된 영어 사전에는 소시오패스라는 말이 등재되어 있지 않았다.

지금 와서 돌이켜보면, 모든 게 다 이해된다. 심리학 박사이기도 한 나는 특정한 주제에 몰두시키면서 그 이외의 것들에 완전히 무감각하게 행동하도록 만드는 특별한 잠재의식에 감탄할 수밖에 없다. 지그문트 프로이트는 이 세상에 우연은 존재하는 것은 없다고 말했다. 하지만 굳이 독자들까지 내가 이 주제에 천착하게 된 이유를 이해하기 위해 프로이트를 공부하고 심리학 박사 학위를 받을 필요는 없다. 굳이 운명이나 숙명 따위를 들먹이지 않아도, 내가 갈 길이 결국 이쪽이었다는 사실을 잘 알 수 있으리라.

분명 처음부터 내겐 문제가 있었다. 나는 일곱 살 무렵부터 내가 이상하다는 사실을 깨달았다. 주변에 아무런 관심이 없었다. 물론 몇몇 행복이나 분노 같은 감정은 남들과 똑같지는 않더라도 비슷하게는 다가왔지만, 죄책감이나 공감, 후회, 심지어 사랑처럼 일반적인 사회적 정서는 그렇지 않았다. 대부분 경우 나는 아무것도 느끼지 못했으며, 이 공허감을 이겨내기 위해 '나쁜 짓'도 서슴지 않았다. 일종의 강박에 가깝게 말이다.

그때 누군가 내게 관심을 보였다면 나는 이 강박을 압박감과 비슷하다고 설명했을 것이다. 마치 구식 온도계 안의 수은이 눈금을 타고 천천히 올라가는 것 같았다. 처음에는 그 변화가 선명히 파악되지 않았다. 평화로운 일상의 작은 출렁임에 불과했다. 하지만 시간이 흐를수록 출렁임은 강해졌고, 이를 진정시킬 수 있는 가장 좋은 방법은 누구도 부정할 수 없는 잘못된 행동들이었다. 그렇게 하면 분명 누군가는 내가 결코 느낄 수 없는 감정을 대신 느끼게 된다는 걸 잘 알았다.

그 외의 다른 방법을 생각할 수는 없었다. 인간의 감정이나 심리에 대해 아는 게 하나도 없었다. 인간의 두뇌가 감정을 더 잘 받아들이도록 진화해 왔다든가, 인간이 필요한 감정을 자연스럽게 느끼지 못할 때 그 압박감으로 인해 폭력적이거나 파괴적인 행동을 일삼는다는 사실도 몰랐다. 그저 뭐든 좋으니 감정을 느끼게 해 주는 행동이라면, 아무것도 안 하는 것보다 나았다.

이제 성인이 된 나는 어린 내가 왜 그렇게 행동했는지 제대로 설명할 수 있다. 불안과 무감각 사이의 연관성, 심적 갈등으로 인한 압박감이 소시오패스가 무의식적으로 파괴적인 행동을 하도록 몰아간다는 연구를 제시할 수도 있다. 내가 경험했던 강박이나 압박감은 감정의 부재에 대응한 부정적 반응이었다고 분명히 말할 수 있다. 나는 특정한 행동으로 뇌에 자극을 주어 '정상' 상태로 돌아가려 했다. 하지만 이런 정보에 접근하기 쉽지 않았다.

지금도 필사적으로 그 해답을 찾아 헤매고 있다.

'소시오패스'란 수수께끼 같은 말이다. 아주 오래전부터 있었던 정신질환 용어지만 지금은 모든 종류의 죄악을 뭉뚱그리면서 오용되고 있으며 분명한 정의도 찾아볼 수 없다. 사람들 각자가 멋대로 사용하는 이 말은 그 자체로 어떤 모순에 가깝다. 거친 표현이나 불만을 동원하면 그 의미가 멋대로 뒤바뀌기도 한다. 이 말은 이제 실제로 연구된 것보다 훨씬 더 많은 감정을 사람들에게 불러일으킨다.

나는 소시오패스로서의 경험을 밝히고 널리 알려야 한다고 생각했다. 좀 더 정확하게 말하자면 이런 상태의 심각성을 알리고 싶었다. 소시오패스는 정신적으로 대단히 위험한 상태이며, 그 증상과 원인, 치료에 관한 연구와 임상적 관심이 필요하다. 그게 내가 경험을 통해 정말로 하고 싶은 말이다.

물론, 모든 사람이 내 경험에 공감할 수는 없다. 내가 이런 이야기를 할 수 있게 된 것도 순전히 운이 좋았기 때문이다. 나는 말하자면 상상할 수 있는 모든 특권을 누릴 수 있는 세상에 태어났고, 만일 내 인종이나 계층, 혹은 성별이 지금과 달랐다면 실제 나의 삶도 대단히 다르게 흘러왔을 것이다. 내가 처한 상황의 수수께끼를 풀 수 있었던 것도, 그리고 다른 사람들을 돕는 삶을 살 수 있게 된 것 역시 어쩌면 운이 좋았기 때문인지 모르겠다. 이런 책을 세상에 선보일 수 있게 되었음을 비롯해 공감과 표현의 가치를 이해하게 된 것도 감사한 일이다.

대부분 소시오패스는 영화에 등장하는 전형적인 인물들과 사뭇 다르다. 겉만 번지르르한 잡지에서 종종 볼 수 있는 '내가 소시오패스인지 알아보기 20문항'이나 유튜브의 '소시오패스란 무엇인가' 같은 영상으로 이들을 진단하고 이해하기란 불가능하다. 자신이 소시오패스를 잘 알아볼 수 있다고 생각하는가? 어쩌면 그럴 수도 있겠지만, 쉬운 일이 아니다. 일반적인 통념과 다르게 소시오패스는 겉으로 드러난 성향만으로 단순히 구분할 수 없다. 이들은 이해받기를 바라는 아이들이며 정식으로 인정받기를 바라는 환자다. 또한 해답을 찾는 부모이면서 연민을 갈구하는 나약한 사람이기도 하다. 하지만 우리 사회는 이런 세부를 잘 눈여겨보지 않는다. 교육자는 물론이고 이른바 전문가 역시 소시오패스에게 올바른 도움을 주지 못하고 있다. 말 그대로 제대로 도움받을 곳이 전무한 상황이다.

정말 중요한 건 그들이 자기 상태를 제대로 드러내거나 표현하는 것이다. 나는 아무도 인정하고 싶지 않은 진실, 즉 소시오패스의 종착역이 아무것도 할 수 없는 어두운 세상이 아니라는 사실을 알리기 위해 이 책을 썼다. 나는 남을 속이는 데 능숙하며 한 번도 붙잡힌 적이 없는 전과 없는 범죄자다. 나에게 죄책감은 거의 없다. 나는 친절하면서도 책임감이 있는 사람이다. 나는 누구의 눈에도 띄지 않게 세상과 조화를 이루며 살아가는 소시오패스다. 무엇보다 나는 혼자가 아니다. 그것이 바로 이 책을 쓴 또 다른 이유이기도 하다.

차례

제1부 _ 엄마

제2부_아빠

제1부

엄마

제1장
정직한 아이

내가 초등학교 2학년 때 연필로 같은 반 아이 머리를 찍었던 일을 혹시 기억하는지 물으면 엄마는 늘 이렇게 대답한다.

"글쎄다."

엄마가 내게 군이 거짓말할 이유는 없겠지. 내 어린 시절에 대한 기억은 대부분 이런 식이니까. 물론 분명하게 기억나는 일도 몇 가지 있기는 하다. 예컨대 집 근처 레드우드 국립공원에서 풍겨 오던 숲의 냄새나 샌프란시스코 근교의 언덕 위에 있던 우리 집. 아, 그집이 얼마나 마음에 들었던지. 1층부터 시작해 5층에 있는 내 방까지 이어지는 43개나 되는 계단이며 샹들리에에 달린 수정 장식을 몰래 떼어 내려고 식탁 의자에 올라갔던 일을 생생하게 기억한다. 그렇지만 다른 일들은…… 옆집이 비어 있을 때 언제, 어떻게 그집에 몰래 들어갔는지, 그리고 'L'자가 새겨진 펜던트 목걸이가 무슨 사연으로 내 손에 들어왔는지는 도무지 기억나지 않는다.

여전히 펜던트 안에는 흑백 사진 두 장이 멀쩡하게 붙어 있다. 지금도 그 사진들을 보며 이런 생각에 잠긴다. 이 사진 속 사람들은 도대체 누구일까? 뭐 하는 사람들이지? 내가 목걸이를 어디선가 우연히 주웠을 수도 있다. 하지만 훔쳤을 가능성이 훨씬 더 크다.

나는 말보다 도둑질을 먼저 배웠다. 적어도 나는 그렇게 생각하고 있다. 처음 남의 물건에 손댄 게 언제였는지는 잘 기억나지 않지만, 예닐곱 살쯤 되었을 때는 벌써 옷장 안에 훔친 물건들로 가득 찬 상자가 있었을 정도니까.

유명 인사들의 이야기를 주로 싣는 주간지 〈피플〉의 과월호를 뒤지다 보면 어딘가에 그 유명한 비틀즈의 링고 스타가 나를 안고 찍은 사진이 있을 것이다. 사진이 찍힌 장소는 링고 스타가 살던 로스앤젤레스 집 정원이다. 당시 아빠는 로스앤젤레스에 있는 어느 음반 회사 중역이었고, 나는 바로 그 집 근처에서 태어났다고 한다. 사진 속의 나는 정말로 링고 스타가 쓴 안경을 훔치고 있었다. 물론 어른이 쓰고 있는 안경을 가지고 장난치는 아이는 많을 것이다. 하지만 지금도 여전히 내 방 선반 위에 있는 안경을 보고 있노라면 비틀즈가 쓰고 있던 안경을 멋대로 집어 온 아이는 세상에 오직 나 밖에는 없을 거라는 생각이 든다.

분명히 밝혀 두지만 내게 무슨 고약한 도벽盜癖이 있는 건 아니다. 도벽이란 남의 물건에 손대고 싶은, 도저히 어쩔 수 없는 끈질긴 충동을 뜻하지만, 나를 괴롭힌 건 전혀 다른 충동이었다. 나는 주변에서 일어나는 일에 전혀 관심이 없었다. 수치심이나 공감 같은 보통의 사회적 정서를 말 그대로 거의 느끼지 못했다. 대신 강박감과 비슷한 큰 고통을 겪었다. 당연한 일이지만 당시만 해도 상황을 전혀 이해하지 못했다. 확실한 건 내가 친구들과 비슷한 감정을 느낄 수 없다는 사실뿐이었다. 예컨대 나는 거짓말을 해도 아무런 죄책감을 느끼지 않았고 같은 반 친구가 다쳤을 때도 안타까운 감정이 들지 않았다. 대부분 경우, 아예 느낌 자체가 생기지 않았다. 나는 '아무것도' 느끼지 못하는 상태가 마음에 안 들었고 공허한 기분이나 상황을 뭔가…… '다른 것'으로 채우려 했다.

그렇게 뭔가를 채우려는 충동이 시작됐다. 이 충동은 끊이지 않는 압박이 되어 나를 짓누르다가 급기야 몸과 마음을 완전하게 지배했다. 모른 척 무시하려 했지만 그럴수록 상황은 심각해졌다. 배가 뒤틀릴 듯이 아픈가 하면 온몸이 뻣뻣하게 굳어질 때도 있었다. 고통은 쉬지 않고 이어졌다. 폐소공포증과 비슷했다. 말 그대로 텅 빈 머릿속에 혼자 갇힌 것 같았다.

이런 상태에 대한 의식적 대응은 아주 사소한 일에서 시작되었다. 처음 남의 물건에 손대기 시작한 것도 이 무렵의 일이다. 꼭 필요해서라기보다는 고통을 조금이라도 줄이는 데 그보다 쉬운 방법은 없었다. 초등학교 1학년 어느 날, 나는 클랜시라는 여자아이 뒤에 앉아 있었다.

며칠에 걸쳐 압박감에 짓눌린 나는 그 원인을 정확히 알지 못한 채 모든 걸 포기한 사람처럼 무작정 난폭한 행동을 하고 싶었다. 자리를 박차고 일어나 책상을 쓰러트리거나 묵직한 교실 문을 열어젖히고는 그 틈 사이에 손가락을 넣어 힘껏 닫는 상상을 했다.

실제로 저질러 버릴 수도 있겠다고 생각한 순간, 클랜시의 머리에 꽂힌 머리핀이 내 눈에 들어왔다.

　그 애는 머리 양쪽에 분홍색 머리핀을 하고 있었는데, 마침 왼쪽 머리핀이 느슨하게 풀려 있었다. '저걸 네가 가져!' 갑자기 머릿속에서 누군가 이렇게 명령했다. '그러면 기분이 좀 나아질 거야!'

　하지만 너무 이상했다. 클랜시는 같은 반 친구였을뿐더러 아주 친한 사이였고 나는 친구의 물건에 손대고 싶지 않았다. 하지만 동시에 나를 짓누르는 고통에서 벗어나고 싶었고 그렇게 행동하면 편해질 거라는 사실도 어느 정도 알았다. 나는 머뭇머뭇 손을 뻗어 머리핀을 잡아당겼다.

　머리핀은 이미 거의 풀려 있는 상태였고 내가 손대지 않았더라도 아마 저절로 머리에서 떨어졌을 것이다. 어쨌든 그걸 손에 쥐자 마치 터질 듯 부풀어 있던 풍선에서 바람이 조금 빠지듯 기분이 한결 나아졌다. 고통도 사라졌다. 왜 그런지 이유는 알 수 없었지만, 신경 쓰지 않았다. 나는 문제의 해결책을 찾았고 안도했다.

　이렇게 시작된 옳지 못한 행동들은 마치 지도의 좌표처럼 마음속에 떠올라 의식의 행로를 알려 주었다. 나는 내가 어릴 때 멋대로 집어 왔던 물건들의 출처가 어딘지 대부분 기억한다. 하지만 웬일인지 그 흑백 사진이 있는 목걸이만큼은 도통 기억나지 않는다. 엄마가 내 방에서 목걸이를 발견하고는 다그쳤던 날이 떠오른다.

　"패트릭, 이거 어디서 났는지 엄마에게 말해 줘야 해." 엄마가 말했다. 우리는 침대 옆에 서 있었는데, 비뚤어진 베갯잇이 보이자 나는 당장 그것부터 제대로 펴고 싶어 견딜 수가 없었다. 하지만 그녀는 물러서지 않았다.

"엄마를 똑바로 봐." 엄마가 내 어깨를 움켜쥐었다. "이 목걸이를 잃어버린 사람이 있을 거 아니야. 그 사람이 지금 얼마나 마음이 아플지 생각해 봤니?"

잠시 눈을 감고 목걸이를 잃어버린 사람의 기분을 상상해 봤지만, 아무것도 느낄 수 없었다. 다시 눈을 뜨고 엄마를 보니 그녀가 무슨 말을 할지 대강 짐작이 갔다.

"엄마 말 잘 들어." 그녀는 무릎을 꿇어 나와 눈높이를 맞췄다. "남의 물건을 마음대로 가져오는 건 도둑질이나 마찬가지야. 그게 정말 정말 나쁜 일이라는 걸 모르겠니?"

나는 아무런 감정도 느낄 수 없었다.

엄마는 당황한 듯 머뭇거렸다. 그리고 잠시 숨을 몰아쉰 뒤 물었다. "혹시 이번이 처음이 아니니?"

고개를 끄덕이고는 옷장을 가리켰다. 옷장 안의 상자에는 그동안 내가 훔친 물건들이 가득 차 있었고 우리 두 사람은 물건들을 하나하나 살펴보기 시작했다. 그게 다 누구 것인지 하나도 빠트리지 않고 설명했고, 설명이 끝나자 몸을 일으킨 엄마는 전부 다 주인을 찾아 돌려주겠다고 말했다. 나는 아무렇지도 않았다. 앞으로 어떻게 될지 걱정하거나 왜 그런 짓을 했을까, 하는 후회도 없었다. 훔친 물건을 되돌려 주는 건 내게도 좋은 일이었다. 가득 찬 상자를 비워야 또다시 뭐든 훔칠 수 있으니까.

한바탕 소동이 지나간 후 엄마가 물었다. "도대체 왜 남의 물건을 가져온 거니?"

내가 느끼는 압박감과 고통, 그리고 나쁜 짓을 할 수밖에 없는 상황에 대해 생각했다. "모르겠어요." 사실이었다. 뭐가 나를 그렇게 몰아가는지 짐작조차 하지 못했다.

"그러면…… 네가 잘못한 건 알겠니?" 엄마가 물었다.

"네." 그 또한 사실이었다. 뭔가 잘못한 것 같기는 했다. 하지만 누군가를 속상하게 만든 게 문제가 아니라, 난폭한 행동을 저지르지 않고자 뭔가를 훔친 게 문제라는 생각이 들었다.

엄마는 그만 일을 마무리 짓고 싶은 것 같았다. "엄마는 다 괜찮아. 왜 남의 물건에 손댔는지는 모르겠지만, 다음에 또 이런 일이 있으면 엄마에게 먼저 말하겠다고 약속해 준다면 좋겠구나."

고개를 끄덕였다. 역시 우리 엄마가 최고였다. 엄마가 제일 좋았기 때문에 약속을 지키는 건 어렵지 않았다. 적어도 처음에는 그랬다. 결국 목걸이의 주인만은 도저히 찾아낼 수 없었지만, 세월이 흐르면서 누군가의 물건이 갑자기 사라졌을 때 그에게 어떤 기분이 들지 상상할 수 있게 되었다. 장담할 수는 없지만, 지금 누군가 그 목걸이를 몰래 가져간다면 내가 느낄지도 모를 기분과 비슷하지 않을까.

후회나 양심의 가책은 내게 결코 자연스러운 감정이 아니었다. 나는 교회를 다녔고 죄를 지으면 반성해야 한다는 것 정도는 알고 있었다. 내가 만났던 선생님들은 모두 '정직'과 '양심'에 대해 말했지만 나는 그런 것들이 왜 중요한지 이해할 수 없었다. 무슨 개념인지 머리로는 대강 짐작이 갔지만 실제로 느껴지는 건 아무것도 없었다.

상황이 이렇다 보니, 감정을 제대로 읽지 못하는 나로서는 새로 친구를 사귀고 관계를 유지하는 게 쉽지 않았다. 물론 내가 심술궂은, 뭐 그런 사람이어서가 아니었다. 남들은 나의 유별난 모습을 잘 이해하지 못했다.

일곱 살 초가을 어느 날, 우리는 콜레트라는 친구네서 여자아이들끼리만 모여 밤새 놀기로 했다. 나는 제일 좋아하는 분홍색과 노란색이 섞인 치마를 차려입고 콜레트네로 갈 준비를 했다. 그날은 그 애의 생일이기도 했던 터라 바비 인형이 딸린 장난감 자동차를 곱게 포장해 선물로 가져가려 했다.

나를 콜레트네로 데려다준 엄마는 헤어지기 전에 나를 꼭 안아주었다. 친구 집에서 자는 건 처음이라 걱정된 모양이었다. "자, 이제 다 왔다." 그녀가 가방과 어린이용 침낭을 건넸다. "혹시 집에 다시 오고 싶으면 언제든 돌아오렴."

하지만 나는 걱정은커녕 몹시 들떠 있었다. 집이 아닌 다른 곳에서 밤샘이라니! 그저 빨리 친구들과 어울리고 싶은 생각뿐이었다.

모임은 정말 재미있었다. 우리는 우선 피자며 케이크, 아이스크림 등을 잔뜩 먹은 후 편한 옷으로 갈아입었다. 거실에서 실컷 춤

추다가 집 밖으로 나가 놀기도 했다. 콜레트의 엄마가 이제 "조용히 있을 시간"이라고 말했고 다시 집으로 들어와 영화를 틀어 놓고 각자 가져온 침낭을 끌어안았다. 친구들은 하나둘씩 잠들기 시작했다.

영화가 끝날 무렵 아직 잠들지 않은 사람은 나뿐이었다. 어둠 속에서 나는 또다시 내가 뭔가를 느끼지 못한다는 사실을 절실하게 깨달았다. 자는 친구들을 바라보았다. 눈감은 모습을 보고 있자니 불안했다. 점점 공허함으로 인한 긴장감이 차올랐고 옆에 있는 친구를 갑자기 힘껏 때리고 싶은 충동이 들었다.

정말 이상했다. 친구에게 상처를 주고 싶지 않았지만 그렇게 하면 내가 편안해진다는 사실도 잘 알고 있었다. 유혹을 이겨내려는 듯 머리를 흔들며 친구에게서 멀어지기 위해 자리에서 일어섰다. 그리고 집 안을 돌아다니기 시작했다.

콜레트에게는 제이콥이라는 이름의 남동생이 있었다. 제이콥이 있던 2층 방 발코니에서는 바깥의 거리를 내다볼 수 있었다. 나는 조용히 계단을 따라 2층으로 올라갔다. 아기 침대 안에서 잠든 제이콥은 내 동생보다 훨씬 더 작아 보였다. 한쪽 구석에 구겨져 박혀 있는 담요를 집어 들고 잘 펴서 제이콥을 덮어 주었다. 그런 다음 발코니 쪽을 바라보았다.

창문의 잠금장치를 열었다. 근처 거리가 대부분 눈에 들어왔다. 나는 발돋움하고 저 멀리 있는 교차로를 보기 위해 몸을 앞으로 기울였다. 그러자 익숙한 이름의 거리 표지판이 보였다. 그렇다면 불과 몇 분이면 걸어서 집으로 돌아갈 수 있지 않은가.

갑자기 내가 더는 그 집에 있고 싶지 않다는 사실을 깨달았다. 혼자만 깨어 있는 게 싫었고, 한밤중에 멋대로 돌아다닐 수 있다는 것도 싫었다. 우리 집에서라면 엄마가 정한 엄격한 규칙을 따라야만 하는데, 여기는 어떤가? 누가 나를 말릴 수 있을까? 아니, 애초에 나는 뭘 하고 싶은 걸까? 정말 불안하기 짝이 없었다.

현관문 밖으로 나가 보니 날은 여전히 깜깜했고 분위기가 그렇게 좋을 수가 없었다. 투명인간이 된 것 같은 기분에 조금 전까지 느껴지던 압박감은 어디론가 사라졌다. 나는 인도를 따라 집으로 걷기 시작했다. 길에 늘어선 집들이 보였다. 저 안에는 어떤 사람들이 살고 있을까? 그리고 지금 뭘 하고 있을까? 궁금했다. 그리고 투명인간이 되어 하루 종일 남몰래 사람들을 관찰할 수 있으면 좋겠다고 생각했다.

공기는 기분 좋게 상쾌했고 사방은 안개로 뒤덮여 있었다. 엄마는 그런 날씨를 종종 "마법 같은 날씨"라고 부르곤 했다. 집으로 교차로에 이르자 가방에서 침낭을 꺼내 거대한 목도리처럼 몸에 둘렀다. 생각보다 집으로 가는 길이 멀었지만 신경 쓰지 않았다.

길 건너편을 바라보니 어떤 집 차고 문이 열려 있었다. 저 안에는 뭐가 있을까? 나는 알고 싶었고 결국 직접 가서 알아보자고 생각했다.

길을 건너기 위해 인도 밖으로 한 걸음 내딛자 갑자기 분위기가 바뀌어서 깜짝 놀랐다. 규칙이 모두 사라진 듯했다. 모두가 잠든 어둠 속에서는 제한이 없었다. 나는 무엇이든 할 수 있었고 또 어디든 갈 수 있었다. 콜레트네서는 그런 생각이 나를 몹시 불편하게 만들었는데 이제는 오히려 그 반대였다. 내게는 강력한 힘이 생긴 것 같았다. 무엇이 이런 차이를 만드는지 궁금했다.

달빛에 의지해 차고를 향해 걸어갔다. 안으로 들어가서 주위를 둘러보니 웨건 승용차 말고도 다양한 종류의 장난감이며 자질구레한 물건들을 보관하는 공간이 넉넉하게 있었다. 정말 아이들이 좋아할 만한 곳이었다. 스케이트보드 모서리가 발목을 스치자 사포가 발목을 긁는 느낌이 났다.

당장 스케이트보드를 집어 들고 싶은 충동을 억눌렀다. 대신 차 옆으로 가서 뒷좌석 문을 열었다. 실내등이 잠시 차고를 부드럽게 밝혔다. 나는 차 안으로 뛰어 들어가 문을 닫았다. 그리고 무슨 일이 벌어질 때까지 조용히 기다리기로 했다.

차 안은 하도 고요해서 마치 귀먹은 것 같았지만 나쁘지는 않았다. 영화 '슈퍼맨'에서 주인공 크리스토퍼 리브가 북극에 있는 자기 기지로 돌아가 힘을 되찾는 장면이 떠올랐다. "여기가 내 기지야." 나는 이렇게 속삭였다. 시간이 지날수록 더욱 강해지는 내 모습을 상상했다.

문득 차고 밖에서 번쩍이는 불빛이 보였다. 검은색 승용차 한 대가 지나가는 중이었다. 눈을 가늘게 뜨고 "저 차가 지금 여기서 뭘 하는 거지?"라고 중얼거렸다. 그리고 그 차를 나의 적이라고 판단했다.

재빨리 차 문을 열고 밖으로 나가 보니 그 승용차는 마침 모퉁이를 돌아 사라졌다. '슈퍼맨을 괴롭혔던 조드 장군 패거리가 틀림없어.' 나는 적개심을 불태웠다. 그리고 다시 길 건너에 내버려 두었던 침낭 쪽으로 달려갔다. 몸을 숙여 주섬주섬 물건들을 챙기는데 문득 익숙한 세탁 세제 냄새가 났다. 이제 정말 집으로 가야겠다는 생각이 들었다. 나는 가로수와 가깝게 걸었다. 얌전한 그림자 사이로 요리조리 빠르게 빠져나가는 게 즐거웠다. '밤이 무서운 사람이 있다니 신기하기도 하지.' 기분이 아주 좋았다. '오히려 낮보다 훨씬 나은데 말이야.'

우리 집이 있는 언덕 근처에 도착했을 때 나는 아주 지친 상태였다. 가파른 언덕을 느릿느릿 올라가려니 등에 짊어진 가방이 나를 막 끌어당기는 느낌이었다. 아무도 부르지 않고 뒷문을 통해 집 안으로 들어갔다. 조용히 계단을 따라 내 방으로 올라갔다. 그런데 내가 침대 안으로 파고들자마자 엄마가 문을 벌컥 열고 나타났다.

"패트릭!" 엄마가 요란한 소리와 함께 불을 켰다. "너 도대체 여기서 뭘 하는 거니?!" 나는 그녀의 모습에 깜짝 놀랐고, 곧 큰 소리로 울기 시작했다. 이해해 주기를 바라며 내가 한 모든 일에 관해서 설명했지만, 상황은 더 나빠질 뿐이었다. 결국 엄마도 흐느끼기 시작했고 두려움이 가득한 눈으로 나를 바라보았다.

"패트릭." 마침내 엄마가 나를 가까이 끌어당겼다. "다시는, 절대로 그런 일을 해서는 안 돼. 무슨 일이라도 생기면 어쩌려고 그랬니? 집을 못 찾아왔으면 어쩔 뻔했어?" 나는 알아들었다는 듯 고개를 끄덕였지만, 정말로 큰일이 날 수도 있겠다고 생각하지는 않았다. 그저 혼란스럽기만 했다. 엄마는 집에 오고 싶으면 얼마든지 그렇게 하라고 했는데 왜 저렇게 화내는 걸까?

"그러니까 그 말은 엄마가 너를 데리러 간다는 뜻이었어. 그러니 앞으로 다시는 이런 일은 없을 거라고 엄마랑 약속하자."

물론 약속이야 했지만, 그 후로 몇 년 동안 내겐 아예 약속을 지킬 기회조차 주어지지 않았다. 나는 사람들이 친구 집에 놀러 왔다가 갑자기 뭔가에 홀린 듯 한밤중에 혼자 걸어서 집으로 걸어 가버리는 아이를 꺼린다는 것을 어렴풋이 알아차렸다. 콜레트의 엄마는 불쾌한 감정을 숨기지 않았다. 내가 한밤중에 사라진 일을 다른 부모들도 다 알게 되었다. 나는 더는 모임에 초대받지 못했다. 비단 부모들만 불편했던 건 아니었다. 이제는 친구들도 나를 이상한 눈으로 보기 시작했다.

"너 좀 이상해." 에바가 말했다.

그날 일은 초등학교 1학년 시절의 몇 안 되는 기억 중 하나다. 그때 우리는 방구석에 있는 인형의 집을 둘러싸고 소꿉장난을 하고 있었다. 같은 반 친구인 에바는 누구에게나 다정하고 친절했기 때문에 다들 그 애를 좋아했다. 그래서인지는 몰라도 소꿉장난할 때면 보통은 에바가 '엄마 역할'을 맡곤 했는데, 나는 다른 역할을 더 좋아하는 편이었다.

"나는 집사를 할 거야." 내가 이렇게 말하자 에바는 고개를 갸웃거리며 나를 바라보았다.

텔레비전에서 알게 된 집사는 내가 보기에는 그야말로 세계 최
고의 직업이었다. 집사는 아무런 설명 없이 집 안 어디든 마음대로
다니고 집 안의 옷과 가방도 마음대로 가져갈 수 있었다. 게다가
그런 그의 행동에 대해 뭐라고 하는 사람도 없었다. 그를 의식하거
나 신경 쓰는 사람은 아무도 없었다. 사람들이 하는 말도 마음대로
엿들을 수 있겠지. 얼마나 부러운 일인가. 적어도 나는 그렇게 생각
했지만 친구들은 달랐다.

"넌 왜 그렇게 이상해?" 에바가 다시 말했다.

기분이 나쁘거나 불편하다는 뜻은 아니었다. 에바는 그저 솔직
하게 말했을 뿐이고 나 역시 굳이 그런 말에 대꾸할 필요가 없었
다. 하지만 문득 그 애의 얼굴을 보니 전에는 본 적이 없는 묘한 표
정이 눈에 들어왔다. 혼란과 확신, 그리고 두려움 같은 감정이 아주
구체적으로 드러났다. 에바뿐만 아니라 다른 애들도 다 비슷한 얼
굴로 나를 바라보았다. 나는 움찔할 수밖에 없었다. 내가 모르는 나
의 모습을 친구들만 알아보는 것 같았다.

분위기가 어색해지자 나는 웃으며 고개를 숙였다. "부인, 실례
했습니다." 텔레비전에서 본 집사 목소리를 흉내 냈다. "하지만 제
가 뭔가 이상하게 보였다면 그건 누군가 방금 요리사를 죽였기 때
문입니다!"

나는 그런 식으로 어색해져 버린 분위기를 풀곤 했다. 농담인 듯
다소 충격적인 이야기를 하는 것이다. 평범한 소꿉장난이 범죄극

처럼 긴장감 넘치게 바뀌자 친구들은 모두 소리를 지르며 웃어댔다. 나의 '이상한' 모습도 슬며시 잊히는 듯했다. 하지만 그것도 임시방편일 뿐이었다.

확실히 뭔가 달라졌다는 걸 나도 알고 친구들도 알았다. 학교에서는 특별한 문제 없이 지낼 수 있었지만, 방과 후엔 함께 어울리는 시간이 점점 줄어들었다. 나는 신경 쓰지 않았다. 혼자 있어도 아무 상관이 없었다. 하지만 엄마의 생각은 달랐다.

"네가 혼자서만 노는 게 엄마는 좀 그렇네." 엄마가 말했다. 어느 토요일 오후였다. 그녀는 몇 시간 째 방에서 혼자 노는 나를 찾아서 내 방으로 올라왔다.

"괜찮아요, 엄마. 혼자 있는 게 더 좋아요."

엄마는 얼굴을 찡그리며 침대에 앉아 너구리 인형을 끌어안았다. "그래도 친구들을 집에 좀 불러 보는 게 어떨까? 집에 부르고 싶은 친구는 없니? 에바는 어때?"

나는 아무런 대꾸도 하지 않고 그저 창밖만 내다보았다. 5층 꼭대기에 있는 내 방에서 밖으로 내려갈 수 있을 만큼 긴 줄을 만들려면 침대보를 몇 개나 이어 묶어야 하는지 생각 중이었다. 얼마 전 백화점 광고지에서 '비상용 사다리'라는 걸 보았고 그 뒤로 그걸 직접 만들어 봐야겠다는 생각에 사로잡혔다. 진짜 뭘 하고 싶은지는 몰랐지만, 꼭 만들고 싶다는 생각이 머릿속에 가득했다. 그런데 엄마가 나타나 내 생각을 방해하기 시작한 것이다.

"잘 모르겠어요. 그러니까, 에바는 좋은 친구가 맞아요. 그러니

아마 다음에 집에 한번 불러도 괜찮을 것 같아요."

엄마는 너구리 인형을 옆에 내려놓고 몸을 일으켰다. "패트릭, 오늘 저녁에는 굿맨 씨 가족이 놀러 올 거야. 그러니 이따가 그 집 딸들과 같이 노는 게 어떠니?"

굿맨 가족은 평범한 이웃이었지만 그 집의 두 딸은 아주 골칫거리였고 나는 그 둘이 싫어서 견딜 수가 없었다. 시드니 굿맨은 동네 깡패나 다름없었고, 동생인 티나 굿맨은 멍청이였는데, 대개 언니인 시드가 말썽을 일으키면 동생 티나도 말려드는 경우가 많다. 두 사람의 행동이 정말 마음에 들지 않았지만 그렇다고 내가 누군가를 판단할 입장은 전혀 아니었다. 하지만 그 애들을 미워할 수밖에 없다고도 생각했다. 내 관점에서 가장 중요한 건 의도였다. 나는 선택의 여지가 없을 때만 행동했다. 더 부적절한 일이 일어나지 않도록 막는 일종의 자기방어 수단이었다. 반면에 시드니와 티나 자매의 행동은 그저 아무 생각 없는 무모하고 질 낮은 장난에 불과했다. 둘은 못되게 구는 게 좋아서 그렇게 할 뿐, 거기에는 아무런 의도나 목적이 없었다.

나보다 네 살 어린 동생 할로위는 당시 이제 갓 걸음마를 뗀 아기였다. 엘살바도르에서 온 리라는 이름의 다정한 보모가 5층에서 우리 자매와 함께 지냈다. 굿맨 가족이 찾아왔던 그 날 저녁도 그녀는 평소처럼 방에서 동생을 돌보는 중이었다. 그녀가 쓰는 방에는 누가 들어가는 일이 거의 없었다. 그런데 시드가 또다시 멍청한 짓을 하려고 했다.

내 방에서 놀고 있는데 갑자기 그 애가 심술궂게 말했다. "저 아줌마 방에 몰래 들어가서 침대에 물을 뿌리자!"

그 애가 하는 말만 들어도 짜증이 치솟았다. "멍청한 소리 하지 마. 그걸 우리가 했는지 모를 것 같아? 그러면 어떻게 되는 줄 알아? 너한테 무슨 일이 벌어질 것 같아? 아줌마가 우리 엄마한테 사실대로 말하면 너희 둘은 당장 이 집에서 쫓겨나야 할걸."

그때 내 머리에는 클랜시에게서 훔친 머리핀이 꽂혀 있었다. '어쩌면 남의 침대에 물을 뿌리는 것보다 더 멍청하고 나쁜 짓이 있을지 몰라.' 문득 그런 생각이 들자 머리핀을 풀었다.

시드가 방문을 열더니 밖을 내다보았다. "그래. 어쨌거나 물을 뿌리기에는 너무 늦었어. 아줌마가 벌써 자기 방으로 돌아갔거든. 할로위가 잠들었나 봐." 시드는 다시 뭔가를 궁리하는 듯했다. "그렇다면 가서 할로위를 깨우자!" 잡지를 보고 있던 티나가 고개를 들고 좋은 생각이라는 듯 코를 킁킁거렸다. 나는 크게 당황했다.

"내 동생을 왜 깨우는데?"

"그래야 아줌마가 다시 할로위 방에 갈 거 아니야! 그렇게 할로위를 재우고 나면 또 가서 잠을 깨우는 거야! 그러면 정말 재미있겠지?"

전혀 재미있지 않았다. 무엇보다, 누구도 내 동생을 건드릴 수 없었다. 계단에서 굴러떨어지면 어떻게 되는지 잘 몰랐지만 나는 필요하다면 언제든 '실수를 가장해' 시드니와 티나 자매를 계단 밑으로 밀칠 준비가 되어 있었다. 또 아줌마가 다시 할로위를 보러 가는 것도 싫었다. 나는 동생이 잠들고 나면 그녀가 자기 방에서 몇 시간이고 가족과 통화한다는 걸 알고 있었다. 그러면 나 역시 블론디의 음반을 누구의 방해도 받지 않고 마음대로 들을 수 있었다.

그 당시 나는 밴드 블론디의 데비 해리에 매료되어 그야말로 한껏 '꽂힌' 상태였다. 특히 세 번째 음반인 'Parallel Lines'를 제일 좋아했다. 커버에 있는 하얀색 치마를 입고 허리에 손을 얹은 채 강렬한 표정을 짓는 데비의 모습이 너무 좋아 늘 흉내 내곤 했다. 그 무렵의 가족 사진첩을 보면 내가 그러고 있는 사진을 얼마든지 찾아볼 수 있었다.

데비가 웃음기 없이 굳은 표정이었기 때문에 나 역시 평소에는 늘 그런 표정으로 지내려 했다. 학교에서는 기념사진 비슷한 걸 찍다가 사진 기사와 말썽이 생겼고 그 때문에 내가 사진기를 걷어차는 일이 벌어졌다. 엄마는 그게 다 데비 해리와 블론디 때문이라고 생각했는지 음반을 몽땅 갖다 버렸다. 하지만 나는 몰래 쓰레기통을 뒤져 음반들을 다시 가져와 밤마다 들었고, 아줌마는 아직 그 사실을 몰랐다.

다른 방식으로 자매를 대하기로 했다. "그러면 이건 어때? 뒷마당으로 몰래 나가서 부모님들이 뭘 하고 있는지 창문으로 감시하는 거야."

시드는 내 제안이 마음에 들지 않는 모양이었다. 곤란을 겪을 사람이 아무도 없으니 상대적으로 김이 빠지는 일이었다. 하지만 부모들이 하는 얘기를 몰래 엿듣는 일도 그냥 거부하기 어려울 정도로 흥미진진했고 티나는 찬성하는 것 같았다.

몇 차례 더 이야기가 오간 후 시드도 결국 내 말을 따르기로 했다. 우리 셋은 내 방을 몰래 빠져나와 아줌마 방을 지나 1층 세탁실까지 내려갔다. 뒷문을 열자 차갑고도 달콤한 캘리포니아의 공기가 밀려들었다.

"좋았어." 내가 말했다. "너희 둘은 이쪽으로 가. 저기 뒷마당에서 다시 만나자." 두 사람은 긴장한 것 같았다. 밖으로 나와 보니 사방이 칠흑처럼 캄캄했고 뒷마당도 사실상 마당이 아니었다. 집 뒤쪽 대부분은 집을 지탱하는 나무 기둥들이 차지하고 있었는데 거기서 조금만 잘못 움직여도 높이가 족히 삼십 미터는 넘는 언덕 아래로 굴러떨어질 수 있었다. "겁먹은 것 아니지, 괜찮지?" 나는 진짜 걱정하는 듯한 표정을 지어 보였다.

"너나 조심해." 그러고 티나는 집 옆을 돌아 사라졌고 그 뒤를 시드가 머뭇거리며 따라갔다. 두 사람이 보이지 않게 되자 나는 그 즉시 집 안으로 들어와 문을 걸어 잠갔다. 그리고 5층 내 방으로 돌아가 불을 끄고 침대에 누워 턴테이블을 틀었다. 나는 전혀 흥분하지 않았고 꽤 만족스러운 기분이 들었다. 죄책감 비슷한 걸 느껴야 한다는 사실을 알면서도 아무렇지도 않았다. 누구의 방해도 받지 않고 다시 블론디의 노래를 실컷 들을 수 있게 되었으니까.

거의 한 시간쯤 지났을까, 저 멀리서 엄마가 올라오는 소리가 들렸다. 나는 그녀가 방에 들어오기 전에 쓰고 있던 헤드폰을 감추고 턴테이블 소리를 줄였다. "패트릭, 네가 혹시 시드와 티나를 밖으로 내보내고 문을 잠갔니?"

"네, 그렇게 했어요." 솔직하게 대답했다. 그녀는 그런 나에게 무슨 말을 해야 할지 난감해하는 것 같았다.

"음, 걔네 부모님이 정말 화가 났어." 엄마가 침대 위에 앉았다. "시드랑 티나가 어둠 속에서 길을 잃고 집으로 들어오지도 못했으니까. 하마터면 큰일 날 뻔했다는 걸 모르겠니?" 그녀는 잠시 말을 멈췄다가 덧붙였다. "아마 굿맨 씨 가족은 다시는 우리 집을 안 찾아올 것 같구나."

"정말요?" 나는 신이 나서 되물었다. "티나는 우리 집에 오면 항상 불을 다 *끄고*는 내 욕조에 들어가 목욕하는데, 나는 그게 뭐 하는 짓인지 모르겠어요. 그리고 시드는 먹을 걸 여기까지 몰래 가져오다 사방에 흘리고요. 언니고 동생이고 정말 다 짜증 나는 애들이야!"

엄마는 고개를 흔들며 한숨을 내쉬었다. "휴, 어쨌든 솔직하게 말해줘서 고맙구나." 그리고 내 정수리에 입을 맞췄다. "그렇지만 너도 앞으로 외출 금지야. 학교에서 돌아오면 일주일 동안 밖으로 나가지도 말고 텔레비전도 보면 안 돼." 나는 고개를 *끄덕*이고는 말없이 내게 주어진 운명을 받아들였다. 그 정도 일이라면 얼마든지 감당할 수 있었다.

엄마가 방에서 나가 계단을 내려가려 할 때 내가 "엄마!"라고 소리쳤다. 엄마가 다시 돌아왔다. 나는 숨을 깊게 쉬었다. "엄마가 블론디 음반들을 갖다 버렸지만 내가 다시 찾아서 매일 밤 듣고 있어요. 물론 그렇게 하면 안 된다는 건 잘 알고 있어요." 엄마는 말없이 그대로 서 있었다. 복도의 불빛을 등지고 선 그녀의 모습은 정말 멋있었다.

"그걸 다시 가지고 왔다고……? 여기, 네 방에 있다고?"

나는 고개를 끄덕였다. 엄마는 턴테이블 쪽으로 걸어가 그 위에 걸려 있는 앨범을 확인하고는 나를 돌아보며 고개를 흔들었다. 그리고 앨범을 모두 다 들고는 다시 내게 입을 맞췄다. 그녀가 내 이마 위로 흘러내린 머리카락을 쓰다듬었다.

"말해줘서 고맙구나. 우리 딸은 참 정직하다. 그럼, 잘 자렴."

엄마가 아래층으로 내려가자 나는 몸을 웅크리고 이불 속 깊이 파고들었다. 그리고 마치 귀뚜라미처럼 발을 비벼댔다. 편안하고 만족스러웠다. 그녀가 턴테이블 끄는 걸 잊었는지 빈 턴테이블이 빙글빙글 돌아가는 소리가 부드럽게 울려 퍼졌다. 문득 비밀을 고백하고 블론디 음반을 다 빼앗긴 게 과연 지혜로운 행동이었는지 의심스러웠다. 하지만 다시 잠들 때까지 웃음이 멈추지 않았다.

제2장
초콜릿 케이크

아빠는 초콜릿 케이크를 세상에서 제일 좋아했다. 미시시피에서 어린 시절을 보낼 때 렐라 메이라는 이름의 가사도우미가 매주 한 번도 빠지지 않고 케이크를 직접 구워 주었다고 했다. 나중에 내가 태어난 후 크리스마스에 할아버지 집에 갔을 때도 케이크가 있었고, 나는 그 향기에 매료되었다. 또 메이 아줌마가 흰색 유니폼에 앞치마를 두르고 마치 자신의 영역을 지키듯 주방 입구에 우뚝 서 있는 모습에 크게 감탄하곤 했다.

엄마도 아빠처럼 미국 남부 출신이다. 버지니아에서 태어나 자라면서 남부식 가정생활과 전통을 중요히 여기게 되었다. 두 사람이 결혼한 후 아빠가 좋아했던 케이크는 곧 우리 집의 또 다른 전통이 되었다.

샌프란시스코에 있던 우리 집 주방 식탁에서 엄마가 실로 케이크를 깔끔하게 횡으로 자르던 모습이 지금도 기억난다. "이렇게 하면 아주 깔끔하고 완벽하게 케이크를 층층이 잘라낼 수 있지." 엄마는 이렇게 말했다.

나는 엄마와 주방에 함께 있는 게 정말 좋았다. 그녀가 케이크를 자르고 장식하는 동안 나는 식탁 밑에서 뒹굴며 책을 읽었다. 시간이 흐르면서 그 시간은 고해성사와 비슷해졌다. 나는 엄마에게 학교에서 일어난 일을 전부 말하고 문제가 있다고 생각되는 행동도 다 고백했다. 엄마는 문제를 지적하고 올바른 대응 방법을 설명해 주었다. 스스로의 판단은 그다지 신뢰할 수 없었기에 뭐든지 엄마는 함께 의논하고 문제를 해결하는 게 최선이라고 생각했다.

어느 이른 아침, 엄마가 내게 계량컵을 들리고는 이웃집에 가서 설탕을 좀 얻어오라고 했다. "파텔 아줌마에게 고맙다는 인사는 했니?" 설탕을 가지고 돌아온 내게 그녀가 물었다.

"집에는 아무도 없었어요."

엄마가 하던 일을 멈추고 나를 돌아보았다. "그러면 그 설탕은 어디서……?"

"내가 직접 주방에 들어가서 퍼 왔어요."

집 앞에 도착했을 때 나는 집에 아무도 없다는 걸 알아차렸다. 파텔 아저씨는 녹색 웨건 승용차를 차고 안이 아니라 집 밖에 늘 세워 두는데, 그 차가 보이지 않았던 것이다.

나는 유리 미닫이문이 열려 있을 거라고 확신하며 손잡이를 잡아끌었다. 역시 예상대로 문은 쉽게 열렸다. 주방으로 들어가 설탕통을 찾았다. 계량컵에 설탕을 담은 후 밖으로 나와 그 집에서 기르던 개 모제스와 잠시 놀아 주었다.

"전에도 안 된다고 했지만, 그래도 개 한 마리만 키우면 안 될까요? 옆집에 모제스가 있으니 심심할 일은 없을 거예요."

엄마는 겁에 질린 듯한 표정으로 나를 바라보았다.

"옆집에 아무도 없었단 말이지……?" 그녀가 천천히 입을 열었다. "그러면 어떻게 집 안으로 들어간 거니?"

나는 내가 한 일을 그대로 말했다. 내가 말을 끝마치자마자 그녀는 양손에 얼굴을 파묻었다. "아, 이런." 그리고 다시 고개를 치켜들었다. "사람이 없을 때는 남의 집에 함부로 들어가서는 안 돼."

갑자기 머리가 어지러웠다. "왜요? 아무 말도 안 할 텐데? 우리는 늘 서로의 집을 오가잖아요. 집 안에 들어가더라도 아무것도 안 건드리면 괜찮지 않아요?"

"아무것도 건드리지 않은 게 아니잖니!" 엄마가 화난 표정으로 말했다. "설탕을 멋대로 가져왔잖아!"

정말로 상황이 이해되지 않았다. "하지만 엄마가 설탕을 가져오라고 했잖아요."

엄마는 거칠게 숨을 쉬었다. "가서 설탕을 얻어 오라고 했지, 네 멋대로 허락도 없이 퍼 오라고 한 적은 없어! 다시는 그렇게 해서는 안 돼. 패트릭, 너는 정말로 잘못된 행동을 한 거야. 엄마 말을, 엄마가 하는 말을 알아듣겠니?"

"네." 나는 거짓말로 대답했다. 그녀가 하는 말을 알아들을 수 없었기 때문이다. 설탕을 달라고 설탕 이야기를 굳이 하는 건 형식에 불과하다고 생각했다. 직접 부탁하지 않는다고 해도 파텔 아줌마네 누구도 신경 쓰지 않으리라. 나는 오히려 서로 잡담까지 나눌 번거로움을 덜어준 것이다. 쓸데없는 잡담을 좋아하는 사람이 있을까? 적어도 나는 아니었다. 하지만 이런 생각을 엄마에게 제대로 설명할 수 없다는 사실을 잘 알고 있었다. 엄마는 정직을 가장 중요하게 생각했고 무슨 문제가 생기면 있는 사실만을 그대로 말하면 된다고 늘 얘기했다. "제대로 다 털어놓아야 사람들이 더 잘 이해할 수 있으니까." 하지만 나는 정말로 그런지 확신할 수 없었다.

나는 모든 걸 끊임없이 의심했다. 내가 느껴야 할 감정과 그렇지 않은 감정을 확신할 수 없었다. 내가 한 일이 적절했는지, 내가 하려는 일에는 문제가 없는지 또 의심했다. 불확실한 모든 걸 있는 그대로 털어놓는 건 '이론적'으로는 좋은 방법처럼 보였지만 실제로는 상황만 더 나쁘게 만드는 경우가 많다. 내 생각에 대한 상대방의 반응을 어떻게 알 수 있단 말인가. 나는 진실과 거짓이라는 양극단 사이를 끊임없이 오갔고, 어느 쪽을 선택해야 하는지 전혀, 전혀 알 수 없었다. 특히 엄마와 관련해서는 더욱 그랬다. 어떤 식으로든 엄마를 화나게 하는 일만은 정말 피하고 싶었다. 엄마는 말하자면 내 감정의 나침반 같은 존재였다. 엄마가 내게 올바른 길을 알려 줄 거라 믿어 의심치 않았다. 엄마가 옆에 있을 때는 내가 어떤 감정을 느끼건 느끼지 않건 걱정할 필요가 없었고 또 어떤 행동을 해야 할지 갈등하지도 않았다. 어쨌든 엄마가 다 판단해 줄 테니까. 하지만 엄마가 화내면 나는 혼자 남은 것처럼 외로웠다.

엄마는 한숨을 내쉬고 새로운 실로 케이크 자를 준비했다. "엄마가 정리해서 얘기해 줄게. 우리는 누군가 집 안에 있을 때만 그 집에 들어갈 수 있어. 그리고 설사 아무것도 건드리지 않더라도 절대 빈집에 멋대로 들어가서는 안 되는 거야."

고개를 끄덕였다. 그리고 그동안 엄마랑 아빠가 집을 비울 때마다 옆집을 멋대로 드나들었다는 말은 하지 않기로 했다. 그때 막 새로운 규칙을 들었기에 지난 일들에까지 같은 규칙을 적용할 이유는 없다고 생각했다.

엄마는 할 말이 더 있는 듯 보였지만, 그때 아빠의 쿵쾅거리는 발소리가 들려왔다. 뒤이어 뭔가 뒤적이는 소리가 들리더니 문이 열리며 아빠가 급하게 안으로 들어섰다.

"내 서류 가방 본 사람 있어?" 아빠는 성큼성큼 우리를 지나쳐 주방과 거실 이곳저곳을 뒤지기 시작했다. 나는 그가 코를 훌쩍이는 소리를 듣고 혹시 감기에 걸린 게 아닌지 걱정했다. 그날 밤 우리는 스케이트를 타러 갈 계획이었다.

블론디 음반을 압수당한 후 나는 시각 장애인 스케이트 선수가 주인공으로 나오는 '사랑이 머무는 곳에 ^Ice Castles'라는 영화에 새로 집착하게 되었다. 수건으로 눈을 가린 채 미끌미끌한 마룻바닥 위에서 스케이트 타는 흉내를 내던 나는 진짜 스케이트장에 갈 생각에 몹시 들떠 있었다. 아빠가 감기에 걸렸다면 내가 세운 계획이 다 어그러질지도 몰랐다.

"위층 서재에 있을 거야." 엄마가 말했다. "그런데 서류 가방은 왜? 오늘은 토요일인데. 저녁 먹고 나면 애들 데리고 스케이트장에 가기로 했잖아." 엄마의 목소리에는 가시가 돋쳐 있었다. 아빠가 고개를 들고 손으로 얼굴을 쓰다듬었다.

"아, 이런. 스케이트장에 가기로 했었지." 아빠가 엄마에게 다가 왔다. "브루스에게 전화가 왔는데, 지금 회사로 나와 달라네."

당시 아빠는 음반 제작 업계에서 크게 인정받고 있었는데, 업무 시간이 터무니없이 길거나 제멋대로일 때가 많았다.

그가 내 쪽을 보았다. "패트릭, 미안하구나." 그리고 엄마에게 물었다. "스케이트장은 다음에 가면 어떨까?"

엄마는 아무런 대답도 하지 않은 채 그저 창밖만 바라보았다. 나는 분위기가 이상하다고 생각했지만, 아빠는 아무것도 눈치채지 못한 듯 어깨 너머로 "다음 주, 다음 주에는 꼭 같이 가주마!"라고 소리치며 문으로 향했다. 엄마는 잠시 가만히 앉아 있다가 식탁 위에 케이크를 그대로 내버려두고 개수대 쪽으로 걸어갔다. 어떻게 해야 할지 모른 채 그녀의 뒤를 따라갔다. 엄마는 개수대 앞에 서서 멍하니 천장을 바라보았다. 거실에 있는 미닫이 창문을 통해 저녁노을이 비쳐들었다. 엄마는 하루 중에서 그 시간을 제일 싫어하게 된 게 샌프란시스코 시절부터였다고 시간이 한참 지나 말했다. 하지만 나는 한 번도 그렇게 생각해 본 적이 없었다. 내게 해 질 무렵의 시간은 언제나 마법 같은, 어둠을 알리는 신호나 마찬가지였다. 그날따라 노을에 비친 엄마의 얼굴은 정말로 아름다웠다. 엄마 뒤로 다가가 그녀를 끌어안았다. 무슨 말을 해야 할지 알 수 없었다.

집안 분위기는 한동안 같은 식으로 이어졌다. 아빠는 거의 매일 자정이 지나서야 퇴근했다. 학교에 데려다주는 차 안에서 짧게 뽀뽀하며 인사하고 주말에 가끔 외출할 때 말고는 아빠와 함께하는 시간은 점점 줄어들었다. 솔직히 말하면 이편이 좋았다. 집에서 나 혼자 엄마와 동생을 차지할 수 있다는 게 그렇게 좋을 수가 없었다.

나는 동생이 좋았다. 형제나 자매 사이에 질투로 다툼이 생겨 걱정이라는 말은 우리 자매와는 전혀 상관없는 이야기였다. 나는 관심이 내게 쏠리는 걸 지금도 좋아하지 않는데, 동생이 태어나니 자연스럽게 관심이 분산되었다. 또 짓궂은 장난을 좋아하는 내 성격을 이해하는 친구가 생겨서 좋았다. 우리는 함께 놀 때 정해진 규칙을 깨트리는 걸 늘 가장 중요하게 생각했다. 그건 지금도 마찬가지다. 할로위가 내게 물잔을 건네주면 나는 그걸 벽 한가운데를 향해 집어 던진다. 욕조에 들어간 할로위가 목욕용 물비누를 가리키면 나는 그걸 욕조 안에 잔뜩 쏟아붓고는 물을 요란하게 틀어 버린다. 그런 행동 하나하나가 정말이지 시끌벅적한 반응을 불러일으켰고 엄마도 아주 즐거워했다. 하지만 시끄러울 정도로 크게 웃는 우리를 아빠가 언제나 오냐오냐했던 건 아니다. "너희들 도대체 지금 뭐 하는 거냐?" 어느 날인가는 그가 내 방에 갑자기 들어와 신경질적으로 물은 적 있었다. 아빠는 원래 우리랑 노는 걸 좋아했지만 그즈음 그런 일은 거의 없었고 집에 있을 때는 그저 쉬고 싶은 것 같았다.

아빠의 퇴근 시간은 점점 더 늦어졌고, 얼마 지나지 않아 엄마는 우울증에 빠졌다. 어떤 날은 정말 별것 아닌 일에도 울음을 터트렸고 또 어떤 날은 내가 도저히 이해할 수 없는 이유로 우리에게 화를 내거나 윽박지르기도 했다. 나는 난생처음 엄마라는 나침반 없이 지내야 했기에 불안했다. 집에서 초콜릿 케이크가 사라진 지도 몇 주가 지났고, 도둑질을 비롯해 내가 평소 일삼는 일에 대해서 엄마랑 대화할 기회도 없었다.

그 무렵 나는 학교에서 남의 책가방을 들고 왔다. 가방은 사실 아무 필요도 없었고 결국에는 거의 다 주인에게 돌려주긴 했지만, 긴장을 풀기 위해서 강박에 가깝게 가방에 눈독을 들였다. 주인이 누구인지, 가방이 어디에 있었는지는 전혀 중요하지 않았다. 정말 중요한 건 남의 가방에 손대는 행위 그 자체였다. 그게 무엇이든 '옳지 못한' 행동을 함으로써 압박감을 해소하고 동시에 충격을 줘서 감정을 일깨우려 했다. 하지만 그것도 그리 오래가지는 않았다. 가방을 가져올수록 자극이 줄었다. 공허감 때문에 더 극단적인 나쁜 짓을 저지르고 싶은 충동에 시달렸다.

그 애와 같이 있을 때도 그랬다. 우리는 함께 등교하고 있었는데 시드가 내 신경을 건드리기 시작했다. 시드는 또다시 우리 집에 놀러 오고 싶었지만, 어른들이 허락해 주지 않았기 때문이다.

"이게 다 너 때문이야." 그 애가 징징거렸다. "그때 네가 그런 멍청한 장난만 치지 않았어도 계속 함께 놀 수 있었을 거 아니야. 가만 보면 일을 망치는 건 언제나 너야!"

"미안해." 나는 시드 자매가 집에 찾아오지 않아 좋았고 전혀 미안하지도 않았다. 갑자기 머리가 아프기 시작하면서 뭔가가 천천히 나를 짓눌렀다. 모든 감정이 끊어지며 정신이 나갈 것처럼 고통스러웠다. 그냥 혼자 있고 싶었다.

그런데 시드가 갑자기 바닥에 있던 내 책가방을 걷어차 가방 안에 들어 있던 물건들이 사방으로 흩어졌다. "너는 말이야. 아무것도 아니야. 네 집도 너도 다 쓰레기라고."

그래봐야 아무 효과도 없었다. 시드는 전에도 그저 내 관심을 끌기 위해 비슷한 짓을 여러 번 했었다. 하지만 그날은 날을 잘못 잡은 게 분명했다. 시드를 보며 다시는 저 얼굴을 마주하고 싶지 않다고 생각했다. 한밤중에 시드 자매를 집 밖으로 내보내고 문을 닫아 버렸으니 그만하면 내 뜻이 충분히 전달되었어야 했는데, 아무래도 더 직접적인 메시지를 전달할 필요가 있는 것 같았다.

아무 말도 하지 않고 흩어진 물건들을 주섬주섬 끌어모았다. 그중에는 헬로키티가 그려진 분홍색 필통도 있었는데, 안에는 날카롭게 깎은 노란색 연필이 가득했다. 나는 연필 하나를 꺼내 들고는 몸을 일으켜 시드의 머리 옆부분을 찍었다.

연필이 쪼개지며 파편이 목 주위로 흩어졌다. 그 애는 비명을 지르기 시작했고 등굣길에 이를 목격한 아이들은 당연히 다 넋을 잃었다. 나 역시 멍하니 서 있었다. 나를 짓누르던 압박감이 사라졌다. 동시에 희열 같은 게 치밀어 올랐다.

나는 아주 기분 좋게 자리를 떠났다. 지난 몇 주 동안 압박감을 걷어 내기 위해 온갖 파괴적인 행동을 일삼아 왔지만 아무런 효과가 없었는데, 단 한 번의 폭력으로 모든 근심과 걱정이 씻은 듯 사라졌다. 그것도 그냥 사라진 게 아니라 진정한 평화가 찾아왔다. 그야말로 효율과 광기가 동반된, 평온함으로 이르는 지름길이었다. 물론 누구도 이해시킬 수 없었겠지만 나는 한동안 멍하니 돌아다니다가 집으로 돌아가 차분한 목소리로 엄마에게 무슨 일이 있었는지 다 말했다.

"도대체 무슨 생각으로 그런 짓을 저지른 거냐!" 아빠는 자신이 알아들을 수 있는 해명을 요구했다. 밤늦게 침대에 앉아 있는 나에게 엄마와 아빠는 뭔가를 대답하라고 다그쳤지만, 아무런 할 말이 없었다.

"나도 모르겠어요. 그냥 그렇게 한 거예요."

"그러면 아예 뭘 잘못했다는 생각도 없는 거냐?" 아빠는 크게 실망한 듯 짜증을 냈다. 출장을 끝마치고 막 집에 돌아왔건만, 기다리고 있는 건 다툼뿐이었다.

"네! 잘못했어요! 잘못했다고 말했잖아요." 나도 소리를 질렀다. 이미 시드에게 사과 편지도 보냈다. "그런데 왜 다들 그렇게 화내는 건데요?"

"네가 정말 잘못했다고 생각하지도 않고 미안해하지도 않으니까." 옆에서 엄마가 조용히 말했다. "다 진심이 아니야. 너는 진심으로 그렇게 생각하고 있지 않아." 낯선 사람이라도 있는 것처럼 내 얼굴을 바라보는 엄마의 표정에 온몸이 얼어붙었다. 친구들과 우리 집에서 소꿉장난하던 날 에바가 보여주었던, "넌 좀 이상해."라고 말하는 듯한, 뭔가 혼란스러운 듯한 표정. "뭔지는 확실히 모르겠어. 하지만 넌 좀 이상해. 그게 느껴져."

누군가 배에 주먹질이라도 한 것처럼 속이 뒤틀렸다. 그런 식으로 엄마가 나를 바라보는 게 정말 싫었다. 당장 그 표정을 거두기를 바랐다. 마치 나를 전혀 모르는 누군가가 나를 관찰하는 것 같았다. 나는 엄마에게 있는 그대로 사실을 말해 버린 자신에게 화가 났다. 나를 '이해시키는 데' 아무런 도움이 되지 않았고 오히려 모두를 혼란스럽게 만들 뿐이었다. 상황을 정리하기 위해 자리에서 일어나 엄마를 끌어안으려 했지만, 그녀는 손을 들어 나를 밀쳐 냈다.

"아니, 아니야." 엄마는 다시 한번 나를 오랫동안 뚫어지게 바라본 뒤 방을 나갔다. 아빠가 그녀를 따라 나갔다. 계단을 내려가는 두 사람의 모습이 점점 작아졌다. 침대로 기어든 후 누군가를 해치면 좋겠다고 생각했다. 그러면 시드를 연필로 찍었을 때와 똑같은 기분을 느낄 수 있겠지. 나는 잠시 마음을 추스른 후 베개를 힘껏 끌어안고 손목에 손톱을 박아 넣었다.

"미안하다고! 잘못했다고!" 쉰 목소리로 소리를 지르며 계속해서 팔을 할퀴다가 이윽고 이를 악물고 온 힘을 다해 진심으로 반성하려 했다. 얼마나 오랫동안 그러고 있었는지 기억나지 않는다. 나는 마침내 모든 노력을 포기하고 그저 절망과 분노에 휩싸인 채 지쳐 쓰러졌다. 팔에서 피가 흘러내리는 게 보였다.

그 일이 있고 난 뒤, 엄마는 사람을 거의 만나지 않았다. 몇 주 동안 자기 방에서 두문불출했고 이따금 방에서 나올 때는 슬픈 표정을 지었다. 그래서 엘살바도르에서 온 보모 아줌마가 우리를 돌봐야 했다. 나는 그녀가 정말 좋았다. 그녀는 친절하고 다정한 사람이었고 자기 전에는 항상 책도 읽어 주었다. 그렇지만 나에게 정말 필요한 건 엄마였다.

시드를 연필로 찔렀을 때 느꼈던, 본질을 정확히 알 수 없지만 강렬한 그 희열을 다시 경험하고 싶었다. 누군가에게 상처를 입히고 싶으면서도 동시에 그러고 싶지 않았다. 나는 겁에 질려 어찌할 바를 몰랐고 엄마의 도움이 간절했다. 어쩌다 일이 그렇게 안 좋게 돌아가게 되었는지 알 수 없었다. 모든 게 다 내 잘못이라는 건 분명했고 상황을 바꿀 방법을 찾아내야만 했다.

어느 날 방에서 이 문제에 대해 고심하고 있는데 익숙한 냄새가 풍겨왔다.

초콜릿 케이크였다.

방금 케이크를 구운 모양이었다. 그렇다면 곧 냉장고에서 잠시 식혔다가 식탁 위에 올리고는 실로 층층이 자르고 장식하겠지. 나는 그 순간 무슨 일을 해야 하는지 깨달았다.

옷장 안의 상자는 또다시 가득 차 있었다. 책을 비롯해 가게에서 집어 온 사탕, 아빠 사무실에서 가져온 음반, 교사 휴게실에서 슬쩍한 찻잔, 신발 한 켤레 등등. 전부 다 기분을 풀기 위해 어디선가 훔친 물건이었다. 감춰 두었던 상자를 꺼내 서랍장 위에 올려놓았다.

엄마의 마음을 돌릴 방법은 이것뿐이었다.

엄마가 다시 케이크를 구웠다는 건 기분이 나아졌다는 뜻이 분명했다. 엄마에게 그동안 내가 저지른 일들을 모두 말하면 그녀는 내가 잘못을 바로잡을 수 있도록 도와주겠지. 그리고 나를 꼭 안아주고 정직한 아이라고 칭찬해 줄 것이다. 그렇게 마음속 상자를 비워 버리고 새롭게 시작하자. 의심과 압박감, 고통, 그리고 누군가를 상처 입히고 싶은 욕망이 잘못을 고백하는 순간 다 사라질 것이다. 나는 식탁 밑에 엎드려 엄마가 케이크를 다 만들 때까지 사과할 말을 연습하곤 했다. 이번만큼은 정말 진심을 담아서 그렇게 할 생각이었다. 그러면 엄마도 나를 자랑스럽게 생각할 게 틀림없었다.

무거운 상자를 들고 조용히 계단을 내려갔다. 그리고 마침내 주방에 다다랐다. 엄마를 떠올리게 하는 달달한 초콜릿 케이크 냄새가 사방에 진동했다.

상자를 단단히 움켜쥐었다. 이미 머릿속으로 내가 보게 될 광경을 그리고 있었다. 복숭아색 실내복에 편한 실내화를 신은 엄마가 케이크를 한 층 한 층 장식하고 있으리라. 하지만 엄마가 식탁에 앉아 조용히 흐느끼는 모습을 보자 숨도 쉴 수 없었다. 사방은 어두컴컴했다. 엄마는 떨리는 손으로 실을 늘어트린 채 아무렇게나 케이크를 자르려 했다. 식탁 위에는 이미 잘라낸 케이크 조각들이 어지럽게 널려 있었다. 크기도 엉망이었고 가지런히 쌓아 올리지도 않았다. 엄마는 얼마나 오랫동안 거기 그러고 있었을까. 나는 앞으로도 영원히 알 수 없을 것이다.

엄마의 얼굴과 앞치마가 눈물로 얼룩져 있었다. 그녀는 힘겹게 숨을 몰아쉬었고 그때마다 머리가 보일 듯 말 듯 움찔거렸다. 나는 벽 뒤에서 얼어붙었다. 뭘 어떻게 해야 할지 알 수 없었다. 지금까지 한 번도 그런 엄마의 모습을 본 적이 없었다. 슬픔에 파묻혀 있는 것 같았다. 거실에 가만히 서 있으니 자른 케이크를 식탁 위로 내던지는 소리와 함께 꺽꺽거리는 소리가 들려왔다. 그리고 문을 여닫는 소리가 들렸다. 엄마가 주방에서 나갔다. 나는 상자를 당장 치워야 한다는 사실을 깨달았다.

다시 믹서기 갈리는 소리가 들렸다. 주방으로 돌아온 엄마가 케이크를 또 만드는 모양이었다. 몸을 굽히고 조심스럽게 상자를 집어 들었다. 그런 다음 방으로 돌아갔다. 가는 중에 잠시 엄마와 아빠의 침실 앞에 멈춰 섰다. 나는 문을 열고 침대 끝에 놓인 상자 앞으로 다가갔다. 그건 엄마의 비밀 상자였다. 나는 담요로 둘둘 말아 놓은 블론디의 음반을 순식간에 찾아냈다. 음반을 들고 내 방으로 가서 발로 조용히 문을 열었다. 이번에는 헤드폰을 쓰지 않고 그냥 노래를 틀었다. 내가 뭘 하고 있는지 신경 쓸 여력이 지금 엄마에게는 없으리라.

'투명인간이 된 것 같아.' 나는 생각했다.

상자를 다시 옷장에 밀어 넣는 동안 데비 해리의 노래가 방을 가득 채웠다. 이틀 후 상자를 들고 시드의 집으로 가 집 앞에 있는 쓰레기통에 내용물을 모두 쏟아 버렸다. 그러고는 아무런 양심의 가책 없이 홀가분한 기분으로 집으로 돌아왔다.

제3장

플로리다

"죄수들은 이쪽을 돌아보지 말도록!" 교도관이 소리쳤다. "지시에 따르지 않으면 험한 꼴을 보게 된다!"

나는 동생의 손을 꼭 잡았다. 어느 평일 밤 10시 30분, 우리는 집 근처 주립 교도소의 복도를 걷고 있었다. 바로 앞에서는 엄마와 교도관 감독인 길버트 삼촌이 얘기를 나누는 중이었다. 교도소 중앙 통제실로 가는 동안 몇몇 교도관들이 앞서거니 뒤서거니 하며 우리를 따라왔다.

"여기는 모범수 구역이라고 부른다." 길버트 삼촌이 설명했다. "평소 모범적으로 생활한 수감자들은 이쪽으로 이송되지. 그러면 특정 시간에 감방에서 나와 자유롭게 돌아다닐 수 있어."

나는 모범수가 뭘 뜻하는 말인지 알 수 있을 것 같았다. 한 시간 남짓 시간 동안 엄마와 우리 자매는 시설을 다 돌아봤다. 거기에는 모범수 구역 말고도 '강력범 구역'이 있었다. 교도소 깊숙한 곳에 있는 그곳은 특히 두꺼운 유리 벽으로 둘러싸여 있었다. 대부분 위험하기 짝이 없는 사람들이라고 했다. 삼촌은 우리가 유리 벽 가까이 다가가지 못하게 했다. 그렇게 지시하는 자세한 이유를 말해 주지는 않았지만 영화를 볼 때 '난감한 장면'이 나올 때마다 두 눈을 가리라고 하던 아빠가 생각났다.

"하지만 수감자들에게 관심이 있다면 특수 유리창이나 화면을 통해서 볼 수 있도록 해 주지." 내가 상대방을 볼 수는 있지만, 상대방은 나를 볼 수 없는 특수 유리창 감방은 수감자에게 더 가까이 다가갈 수 있게 해 주었다. 통제실에서 화면을 이용하면 감방 전체를 내려다볼 수도 있었다.

바비라는 교도관이 죽 늘어선 화면 앞에 앉아 내게 영상을 조정하는 방법을 알려줬다. 나는 영상 크기를 확대하거나 축소하며 감방 안을 자세히 살펴보았다. 저 사람들은 무슨 잘못을 해서 갇혀 있는 걸까? 분명 뭔가 나쁜 짓을 했겠지만 그게 뭔지 알 수 없어서 교도관에게 물어보았다.

"강간이나 살인, 그리고 뭐 방화 같은 범죄를 저질렀지." 바비가 대답했다. 그러자 길버트 삼촌이 옆에서 헛기침했다. 말을 조심하라는 신호였다. 바비는 재빨리 고개를 끄덕이고는 몸을 앞으로 숙여 내 눈을 바라보았다.

"말하자면 이런 거야." 그가 화면 속 남자들에게 손짓하며 말했다. "여기 붙잡혀 있는 수감자들은 모두 고약한 짓을 저질렀는데, 단지 그것만 문제가 아니지. 저들은 반성하거나 후회하는 법이 없어. 처음부터 아무 거리낌이 없었지. 여기는 그런 사람들을 가둬 두는 곳이란다."

"아, 그렇군요." 여전히 이해가 가지 않았지만, 그냥 그렇게 대답했다.

"내 생각에는, 여기 있는 사람들 대부분 소시오패스인 것 같아." 그가 덧붙였다.

태어나서 처음 듣는 말이었다.

"아, 그런가요? 그런데 그 소시오패스라는 게 뭔가요?"

"자신이 무슨 짓을 하든 아무렇지도 않은 사람. 부끄러움도 없고 그렇다고 겁이 나는 것도 아니지. 죄책감이나 후회 같은 건 절대로 찾아볼 수 없고, 들키는 것 따위도 아랑곳하지 않고 늘 똑같은 짓을 반복하는 사람들이야."

나는 화면을 바라보며 대꾸했다. "아하, 정말인가요?"

바비는 잠시 생각에 잠겼다. "그러면 한번 생각해 보자." 그는 자기 지갑을 꺼내 책상 위에 올려놓았다. "내가 지갑을 여기 그대로 두고 잠시 밖에 나갔다고 가정해 봐."

나는 열심히 고개를 끄덕였다.

"너 같으면 어떻게 할래? 내가 없는 사이에 지갑에서 뭘 꺼내려 할까?"

"아니요." 나는 거짓말했다.

바비는 웃었다. "당연히 그래야지! 그리고 만일 내 지갑에 손을 댄다고 해도 분명 나중에 기분이 썩 좋지는 않을 거야. 그렇지?"

"그렇겠지요."

"그렇다니까. 너는 소시오패스가 아니니까 말이지! 소시오패스라면 내 지갑에 아무렇지도 않게 손댈 거고, 그런 짓을 해도 아무렇지도 않겠지. 어쩌면 다음에 또 같은 일을 반복할지도 몰라! 소시오패스는 다음에 무슨 일이 벌어질지 전혀 신경 쓰지 않기 때문에 스스로를 통제하지 못하는 거야."

나는 마른침을 꿀꺽 삼켰다. 나와 같은 사람을 뜻하는 말이 있다고? 그가 갑자기 몸을 앞으로 숙인 후 마이크를 켜고 소리를 질렀다. "로저스! 유리창 뒤로 물러나!"

그러자 수감자 중 한 명이 특수 유리창 뒤로 한걸음 물러섰다. 그는 카메라를 향해 고개를 흔들며 웃어 보였다. "저 남자는 다른 사람을 무자비하게 폭행하는 걸로 유명하지."

나는 화면 속 로저스의 모습을 확대해 보았다. "저기요, 그러면 소시오패스는 모두 다 이렇게 감옥으로 붙잡혀 오나요?"

"아마도 그렇겠지? 정말 똑똑하다면야 어떻게든 빠져나가겠지만."

화면 속 수감자 중에는 감방 안에 함께 있는 자들도 있었다. "저렇게 함께 있다가 싸움이 나서 서로를 죽이면 어떻게 하나요?"

"그렇게 되면 사회에 진 빚을 알아서 갚는 거지." 바비는 만족스러운 듯 한숨을 내쉬었다. 나는 무슨 말인지 알아듣지 못했지만, 고개를 끄덕이며 다시 화면을 바라보았다.

"패트릭." 엄마가 나를 불렀다. "그만 여기서 나가자. 할로위도 화장실에 가고 싶다고 하니."

교도소를 견학하자고 한 건 엄마였다. 길버트 삼촌은 만날 때마다 근무지인 플로리다 주립 교도소에 관해 얘기했고, 우리는 그 얘기를 흥미로워했다.

통제실을 나온 뒤 우리는 각자 독방에 갇혀 보는 체험을 하고 모범수 구역도 견학했다. 중앙 높은 곳에 있는 또 다른 통제실로 올라가면서 저 밑에 있는 수감자들을 바라보았다. 줄잡아 수백 명이 넘는 남자들이 있었다. 저들과 우리 사이에 고작해야 다섯 명의 중년 교도관들밖에 없다는 사실에 나는 크게 흥분했다.

그때 나는 열한 살이었다. 우리는 플로리다에서 2년째 살고 있었다.

"짐을 꾸려라." 엄마가 말했다.

"주말에 할머니네 갈 거야." 나중에 알았지만, 아빠 곁을 떠나 다 함께 플로리다로 가겠다는 걸 그녀는 우리에게 이런 식으로 알렸다. 나는 아무것도 모른 채 시키는 대로 짐을 꾸렸다.

플로리다에 도착하자마자 뭔가 분위기가 이상하다는 사실을 눈치챘다. 엄마는 자신이 아빠와 헤어졌고 플로리다의 주민이 되었다는 사실을 절대 인정하지 않았다. 심지어 엄마가 새로 살 만한 집을 보러 다닐 수 있도록 아빠가 짐을 가득 실은 차를 플로리다에 배편으로 부쳐준 후에도 그녀의 태도는 변하지 않았다. 나는 엄마가 언제나 내게 진실을 말하지는 않는다는 사실을 깨닫고 크게 실망했다. 그렇다면 나도 얼마든지 거짓말할 수 있는 게 아닌가? 그게 공평하잖아. 나는 여러 번 이렇게 생각했다.

시간이 지나면서 엄마는 '휴가 기간'을 늘리기로 한 자신의 결정을 나와 동생이 기꺼이 받아들이지 못한다는 사실을 깨달았다. 그녀는 미안한 마음을 보상하려는 듯 규칙을 몇 가지 바꾸었다. 우선 나는 베이비라고 이름 붙인 족제비를 기를 수 있게 되었다. 사람과 함께 지낼 수 있도록 특별하게 길들인 이 족제비가 정말 마음에 들었다. 할로윈을 제외하면 베이비는 유일한 진짜 친구였다. 베이비는 사람들에게 다정했지만 반짝이는 물건만 보면 정신을 못 차리는, 그야말로 못 말리는 악동이자 타고난 좀도둑이었다. 밤만 되면 귀걸이나 목걸이처럼 특별한 귀중품을 입에 물고 할머니 집을 돌아다녔다. 그리고 그걸 좁은 우리 방으로 가져와 침대 밑에 쌓아 두었다.

매일 아침이 크리스마스인 것 같았다. 아침이면 침대 밑으로 내려가 우리 족제비 산타클로스가 밤중에 가져온 물건들을 살펴보곤 했다. 마음에 드는 게 있으면 따로 챙기고 나머지는 남겨 두었다.

"베이비, 정말 잘했어!" 어느 날 아침 반짝이는 금귀고리를 발견한 내가 소리쳤다.

베이비에게 뽀뽀해 주고 목덜미에 코를 파묻고는 힘껏 숨을 들이켰다. 족제비는 그 특유의 냄새 때문에 반려동물로는 그다지 인기가 없다는 말은 들었지만 나는 베이비가 풍기는 냄새가 마음에 들었다. 오래된 먼지 같은 그 냄새를 맡으면 도서관에 있는 책들이 생각났다. 베이비는 내 머리카락을 이빨로 잡아당기며 함께 놀고 싶다는 신호를 보냈다.

귀걸이를 하고 거울 앞에 서서 내 모습을 바라보았다. 그런 다음 베이비를 들어 올려 가방 안에 집어넣었다. 베이비는 그 안에서 웅크렸던 온몸을 쭉 폈다. "준비됐니? 그러면 이제 가자!"

플로리다에 사니 좋은 점도 있었다. 당시 우리 자매를 돌보는 일은 할머니가 도맡았다. 그녀는 우리에게 많은 신경을 쓸 수 없기도 했지만, 성품 자체도 꽤 너그러웠다. 정해진 시간에 집에 돌아오고, 특별히 먼 곳에 가지 않는 이상 우리는 알아서 마음대로 생활할 수 있었다.

할머니 집에서 보내는 '주말'이 몇 개월째 이어지면서 나는 압박감을 다시 예전 방식 그대로 다루기 시작했다. 교회 헌금함에서 돈을 훔쳤고 근처에 사는 어느 성질 고약한 여자 집 앞에 차에 치여 죽은 짐승 사체를 던져두었다. 그리고 할머니 집에서 한참 떨어진 빈집에 마음대로 침입해 혼자만의 고요한 시간을 만끽했다.

그 시간이 정말 좋았다. 거기 들어서면 바로 마음이 편해졌다. 공간의 여백이 주는 쾌적함도 내 취향과 맞아떨어졌고 어딘지 모르게 균형 잡힌 구조도 마음에 들었다. 텅 비었는데도 사방이 꽉 차 있는 느낌이었다. 나는 깊고 깊은 고요함 속에서 몇 시간이고 혼자 앉아 있곤 했다. 평소에 나를 괴롭히던 감정의 부재가 그 텅 빈 집에서 정반대로 작용했다.

디스코팡팡 놀이기구가 생각났다. 마을에 축제나 박람회가 열릴 때 설치되곤 하는 놀이기구 중에서 가장 인기 있는 디스코팡팡은 빙빙 돌아가는 원반을 닮았다. 딱히 앉을 자리나 손잡이가 없는 이 기구에 올라탄 사람들은 원심력에 의해 원반을 둘러싼 벽에 딱 붙게 된다. 나는 원반 한가운데 조종실에 앉은 직원을 보고 이상하다고 생각했다.

"저 사람은 어지럽지 않나요?" 한 번은 엄마에게 이렇게 물었다.

"원반 한가운데 앉아 있기 때문이지. 저 자리에 있으면 원반이 돌아도 크게 영향을 받지 않는단다."

빈집에 앉아 있는 것도 그와 비슷했다. 어른들이 정해 놓은 규칙을 어기는 일은 조종실 직원의 일과 다르지 않았다. 집 안은 낯선 침입자 때문에 놀라서 온통 들썩이고 있었지만, 모든 걸 알고 그 중심에 있는 나는 집주인이라도 된 것처럼 마음이 평화로웠다. 가방에서 나온 베이비가 마음대로 돌아다니는 사이 거실에 앉아 따사로운 햇살을 받으며 책을 읽었다. 행복 그 자체였다.

물론 남의 집에 들어가면 안 될뿐더러, 그런 일을 했으면 반드시 엄마에게 사실대로 말해야 했다. 나는 정직한 아이가 되어 편안해지고 싶었다. 그렇지만 내가 뭔가를 고백하려 할 때마다 엄마는 몹시 화나 있는 것처럼 보였다. 플로리다에 온 뒤로는 엄마와 기분 좋게 대화할 기회도 거의 없었다. 최근 들어서는 아예 나를 피하려는 가보다 싶은 생각까지 들 정도였다. 엄마는 조금이라도 불편한 문제는 논의 자체를 거부했다. 이제 샌프란시스코에 있는 아빠와 다시 합칠 일은 결코 없다는, 그런 확실하게 결정된 사실도 공유하지 않았다. 심지어 바닷가 근처에 있는 작은 주택 단지에 살 집을 새로 구한 후에도 앞으로 어떻게 살 것인지 알려 주지 않았다.

"엄마, 왜 새로운 학교로 전학을 가야 해요?" 새집으로 이사한 지 몇 개월쯤 지났을까, 낯선 사람들 사이로 차를 모는 엄마를 보며 내가 물었다.

"글쎄다. 네 아빠와 내가 여러 가지 문제를 해결하려고 애쓰는 동안 너희들이 집에서 그냥 뒹구는 것보다는 나을 것 같아서?"

"그러면 베이비는 어떻게 하고요?" 잠깐 사이에 벌써 베이비가 보고 싶어졌다. "내가 집에 없으면 심심할 텐데."

"네가 집에 없어도 잘 돌보겠다고 약속할게. 그리고 너도 새로운 친구들을 사귀어야지."

"새로운 친구들을 사귀라니요? 샌프란시스코에 살 때도 친구 같은 건 없었는데요."

"글쎄다." 엄마가 조금 밝은 목소리로 대답했다. "그래도 여기서는 좀 달라질지도 모르니까."

하지만 새로운 학교에서도 사정은 조금도 달라지지 않았다. 아이들은 다들 친절했지만, 내가 조금 이상하다는 사실을 금방 눈치챘다. 물론 내 말이나 행동이 조심스럽지도 않았다.

"뽀뽀 말고 키스해 본 적 있어?" 새로운 학교로 전학을 온 지 한 달쯤 지났을까, 점심을 먹고 있는데 라이언이라는 아이가 내게 물었다.

"없어."

"진짜 없어?" 라이언의 질문은 멈추지 않고 계속되었다.

"없어. 엄마가 돌아가셨거든."

나는 그렇게 대답하고 웃음을 터뜨렸다. 질문과 전혀 어울리지 않는 대답이었다. 나도 내가 왜 그렇게 말했는지 기억나지 않지만, 그렇게 하면 그 애가 더는 말을 걸지 않을 거라고 확신했던 것 같다. 실제로 라이언은 즉시 입을 다물었다. 하지만 라이언과 함께 둘러앉아 점심을 먹던 아이들의 표정은 싹 달라졌다. 내게는 익숙한 상황이었다.

엄마가 돌아가셨다는 소식은 곧장 교장 선생님 귀에 들어갔다. 나는 교장실로 불려 갔다.

"패트릭?" 교장 선생님이 내게 몸을 바싹 붙이며 말했다. "어머니가 돌아가셨다는 이야기를 들었는데, 그게 사실이니?" 뭔가 근심이 가득한 얼굴이었다.

"아니요." 선생님에게까지 걱정을 끼치고 싶지 않았던 나는 이렇게 대답했다. "엄마는 돌아가시지 않았어요." 그녀가 얼굴을 찡그렸다. "아, 그래? 그런데 왜 그런 말을 했니?"

아무 대답도 하지 않았다. 정말 어리석은 거짓말이었고 나랑은 전혀 어울리지 않는 행동이었다. 나는 내가 실수를 저질렀고 덕분에 별반 달갑지 않은 관심만 잔뜩 끌게 되었다는 사실을 깨달았다. 어쨌든 이미 저지른 일이긴 했지만, 앞으로 벌어질 일이 조금 걱정됐다. 아이들이 나를 더는 귀찮게 하지 않을 것이다. 물론 해야할 말이 있고 하지 말아야 할 말이 있다는 것 정도는 나도 알고 있었다.

"그냥, 애들이랑 혹시 벌어질 수도 있는 가장 안 좋은 일을 말하고 있었어요." 나는 거짓말했다. "그래서 그런 말을 한 거예요. 엄마가 죽는 것처럼 안 좋은 일은 또 없을 테니까요."

그녀는 엄숙하게 고개를 끄덕이더니 곧 밝은 표정을 지었다. "그렇다면야 큰 문제는 아니지. 아무튼 너랑 네 동생은 정말 얌전하게 학교에 잘 적응하고 있는 것 같으니까."

그 말은 절반만 사실이었다. 할로위는 얌전하게 지냈고 전학 온 지 불과 몇 주 만에 잘 적응했다. 금방 친구들이 생겼고 반에서 인기를 독차지했다. 모두 자연스럽게 할로위 주변에 모여들었다. 동생이 '오즈의 마법사'에 나오는 주인공 도로시처럼 어디를 가든지 사람들의 관심을 끄는 동안 나는 족제비를 부하로 부리는 마녀 같은 모습으로 다가오는 사람을 아무렇지 않게 밀어냈다.

이따금 정상적으로 행동하기 위해 애쓰기도 했지만 시도가 성공한 적은 단 한 번도 없었다. 내가 평범하게 대할 수 있는 사람들은 가족뿐이었다. 밖에서는 계속 거짓말을 해야만 했다. 더 심각한 문제는 나를 제대로 지도할 사람이 없다는 것이었다. 평범한 사람이 되려 애쓰는 나는 난독증으로 고생하는 같은 반 친구와 비슷한 면이 있었다. 그 애는 수학이나 음악에는 재능이 있었지만, 글자를 읽고 이해하는 데 어려움을 느껴 특별 강사가 배정되었다.

'어쩌면 나도…… 글을 못 읽는 난독증처럼 감정을 읽고 이해하는 데 문제가 있는 건 아닐까.'

교도소의 수감자들이 나와 비슷한지 알고 싶었다. 나만 빼고 모두가 온갖 종류의 감정을 느끼며 적절하게 주변에 반응하고 살아가는 것 같았다.

나를 도와줄 특별 강사도 있을까? 담임 선생님은 확실히 도움받을 사람은 아니었다. 5학년에서 우리 반을 맡은 라브넬 선생님은 학교에서 제일 성격이 고약했고, 잘못을 저지른 학생은 모두 그녀에게 끌려가 혼쭐났다. 평범하지 않고 어딘가 튀는 학생을 그녀는 절대 용납하지 않았다.

"그래서 뭘 어떻게 하면 좋을까?" 언젠가 그녀는 수업 시간에 떠들어서 우리 반까지 불려 온 어느 2학년 학생에게 이렇게 말했다. "밖으로 끌고 나가 손가락에 끈을 묶어 나무에 매달아 놓을까? 그러면 수업 시간에 조용하게 있을 거야?"

그 애는 몸을 떨며 울기 시작했고 그 모습을 본 친구들은 웃음을 터트렸다. 나는 화가 치밀어 올랐다.

'나무에 매단다고? 그러면 뭐가 달라지는데?' 그녀는 "말썽을 피우는 아이"가 있다면 따끔하게 훈육해야 한다고 말했지만 나는 말도 안 되는 소리라고 생각했다. 무엇이 옳고 그른지를 판단할 때 내가 어떤 감정적 맥락을 놓치고 있는지는 모르지만, 적어도 그녀에게 기준이 없다는 것 정도는 알았다. 라브넬 선생님의 행동은 옳지 않았다. 권위를 이용해 어린아이에게 상처를 주고 그걸 즐기기까지 했다.

'라브넬 선생님보다 차라리 내가 더 낫겠다.' 나는 이렇게 생각했다.

나는 처음으로 두려움이라는 감정이 나를 억누를 수 없다는 사실을 깨달았다. 두려움을 극복한 게 아니라 애초에 두려움을 몰랐다. 아이들은 그녀를 보고 늘 두려움에 떨었지만 나는 그녀의 행동이나 말에 한 번도 겁먹은 적 없었다. 같은 또래 친척들은 해가 지면 집 밖에 나가지 않으려 했지만 나는 혼자서도 마음대로 동네를 돌아다녔다. 방과 후에는 동생이 조용히 노는 동안 근처에 있는 빈집을 뒤지고 다녔다. 물론 어른들에게 잡히거나 들킬 수도 있었지만 그런 일은 전혀 신경 쓰지 않았다. 내 생각에 두려움은 아무짝에 쓸모없는 감정이었다. 늘 두려움에 떠는 사람들이 불쌍했다. 그얼마나 가련한 존재들인가! 나는 나만의 규칙을 따르면서 거리낌없이 살아가는 이런 삶이 만족스러웠다. 뭔가에 불안해할 이유가없었다.

하지만 어느 날 새끼 고양이들을 데리고 있는 남자를 만난 이후로 모든 게 변했다.

"방금 얘들을 발견했는데." 그가 말했다. "한 마리 가져갈래?"

늦은 오후에 나는 동생과 밖에서 놀고 있었다. 엄마는 부동산 중개 공부를 시작했고 집을 비우는 날이 많았다. 그런 행동은 여기서 영원히 살지 않을 거라는 말과는 들어맞지 않았다. 어쨌든 엄마가 공부할 수 있도록 할로위와 나는 일주일에 며칠을 할머니 집에서 보냈다. 보통 우리는 뒤뜰에서 놀곤 했는데, 그날은 집 앞 화단에서

꽃을 따기로 했다. 주변에는 아무도 없었다. 여러 꽃, 특히 할머니가 아직 손대면 안 된다고 한 갓 피어난 장미꽃을 마음대로 따려고 했다.

"고양이가 무슨 색인데요?" 내가 물었다.

"너는 무슨 색이 좋은데?" 정말 친절해 보이는 남자였다.

"검은색이요." 나는 딱 잘라서 말했다. 항상 검은색 고양이가 좋았고 베이비도 나와 같은 생각일 터였다. 나는 우리 셋이 빈집에 들어가 즐겁게 시간을 보내는 광경을 상상했다. 흰색 족제비와 검은색 고양이가 즐겁게 뛰어노는 동안 나는 비스듬히 누워 그 들을 지켜보는 것이다.

그가 할로위에게도 물었다. "그러면 너는 어떤 색을 좋아하니?" 할로위는 남자를 쳐다보려 하지도 않고 내 손을 가만히 잡고는 집 쪽으로 가려고 했다.

"아니, 나는 그렇게 무서운 사람이 아닌데!" 그가 할로위에게 말했다. 그리고 다시 나를 돌아보았다. "마침 새끼 고양이가 두 마리 있거든. 한 마리씩 가질 수 있어. 바로 저기에 있는데 같이 가서 한 번 볼까?"

"좋아요!" 나는 주저하지 않고 대답했지만 할로위의 생각은 달랐다.

할로위가 내 손을 꼭 쥐더니 뒷걸음치기 시작했다.

"나는 싫어요." 할로위가 속삭이듯 말했다.

싫다고? 내 동생이 미친 거 아니야? 지금 이 남자가 새끼 고양이를 공짜로, 그것도 두 마리나 주겠다는데 그걸 받지 않겠다는 거야? 왜 그런지는 알 것 같았다. 분명 무서웠겠지. 나는 아무 상관 없었다. 꼭 쥐고 있던 동생의 손을 놓고 이마에 입을 맞췄다. "갔다가 금방 돌아올게."

"싫어!" 할로위가 외쳤지만 듣지 않았다. 그를 따라 길을 내려가 교차로 쪽으로 향했다.

"바로 왼쪽으로 가면 돼." 그가 말했다.

길모퉁이를 돌며 동생을 돌아보았다. 할로위는 두려움에 가득 찬 얼굴로 길 한복판에 혼자 서 있었다. 뭐가 저렇게 무서운 걸까? 그 이유가 궁금해서 자꾸 신경이 쓰였다.

그와 나는 내가 종종 찾는 빈집이 있는 거리로 들어섰다. 승합차 한 대가 서 있는 게 보였다. 그가 따라오라고 손짓했다.

"저기 저 차 말야." 그가 말했다. "우리 집 앞에 서 있는 저 차."

그 순간 내 머릿속에 경고등이 켜졌다. 내가 늘 드나드는 그 집에는 아무도 살지 않았다. 나는 끔찍한 실수를 저질렀다. 위험에 빠진 것이다.

차 문은 열려 있었다. 어떤 여자가 종이 상자와 함께 뒷좌석에 앉아 있었다. "어서 오렴!" 그녀가 나를 보고 말했다. "정말 귀여운 고양이야!" 상자가 텅 비어 있다는 건 굳이 들여다보지 않아도 알 수 있었다. 나는 내가 뭔가를 눈치챘다는 사실을 이 두 사람이 알아차리지 못하도록 신경 써야 했다.

도망치기에는 너무 늦었다. 남자가 슬며시 내 옆으로 다가와 빠저나갈 길을 막았다. 나는 본능적으로 감정을 비우고 머리를 차갑게 굳혔다. 아무렇지도 않게 친근한 표정을 지어냈고 환하게 웃으며 남자를 돌아보았다.

"저 아줌마가 아저씨 아내인가요? 정말 다정한 사람이에요! 고양이들이 외롭지 않게 함께 있어 주다니!" 그는 뭔가 당황한 듯 고개를 갸웃거렸다. 나는 여자를 향해 손을 흔들면서 남자에게 속삭였다. "저 아줌마는 이름이 뭐예요?"

남자의 직감이 내가 보통 애가 아니라고 말하고 있었다. 그의 얼굴엔 당혹스러움이 다 드러났다. 하지만 그는 직감을 거스르고 웃으면서 여자 쪽을 돌아보았다. "안나, 여기 우리 꼬마 친구가 고양이를 볼 수 있게 옆으로 좀 가 봐."

하지만 나는 이미 그 자리에 없었다. 남자가 여자를 돌아보는 나는 순간 달리기 시작했다. 뒤에서 들려오는 화난 목소리를 들으니 그의 진짜 목적에 대해 더는 생각할 필요도 없을 것 같았다.

그날 두려움이라는 감정도 도움이 될 수 있다는 사실을 배웠다.

교도소 통제실 창으로 아래쪽에 모여 있는 사람들을 바라보았다. 그들도 내가 있는 쪽을 쳐다보았다.

"삼촌." 내가 말했다. "소시오패스도 뭔가를 무서워할까요?"

길버트 삼촌은 잠시 생각에 잠겼다. "아마 두려움을 모를걸. 아니다, 분명 느끼겠지. 하지만 우리와는 조금 느끼는 방식이 다르겠지."

생각이 더 복잡해졌다. "그러면 누가 그런 걸 물어보나요?"

그가 수감자들을 가리키며 말했다. "누구한테 뭘 묻는다고?" 그러고 반쯤 웃으며 말했다. "저기 내려가서 감정 상태가 어떤지, 무엇이 느끼는지 물어보고 싶은 거니?"

"네!" 나는 이렇게 외치며 자리에서 벌떡 일어섰다. "지금 당장 물어보러 가도 되나요?"

"꿈도 꾸지 마라!" 갑자기 엄마가 끼어들었다.

"왜요?"

"너무 위험해. 그리고 시간도 늦었어. 그만 가 봐야지." 그녀는 슬쩍 웃으며 다른 주제를 꺼냈다. "내일은 폴의 생일이지? 다 같이 바닷가에 가기로 했잖아. 내일 아침 일찍 일어나서 놀러 갈 준비를 해야지. 정말 재미있을 거야. 그렇지?"

하지만 나로서는 내일이 그저 지루할 것만 같았다. 물론 엄마에게 마음이 있다는 여객기 조종사 폴이 싫지는 않았지만, 바닷가는 끔찍했다. 우리가 거기에 오래 있지 않기를 바랐다. 지난번에는 혼자 있는 내게 낯선 사람이 다가와 성기를 보여 준 적도 있었다. 그때 영화 '사랑이 머무는 곳에'를 떠올렸다. 영화에는 실명한 피겨 스케이트 선수가 주인공으로 등장했다. 나는 그가 당황해서 사라질 때까지 눈이 먼 사람인 척했다.

어깨를 축 늘어트린 채 마지막으로 저 아래쪽의 사람들을 바라보았다. 나와 저 사람들 사이에 어떤 차이점이 있을까? 필사적으로 해답을 찾고 싶었다.

제4장

경계경보

"베이비가 죽었어."

엄마가 말했을 때 나는 거실에서 텔레비전을 보고 있었다. 교도소 견학을 다녀온 지 몇 개월쯤 흐른 뒤였을까. 차갑게 몸이 식은 베이비를 처음 발견한 할로위는 위층 욕실에서 눈물을 펑펑 흘리고 있었다.

"패트릭, 내가 한 말 들었니?" 엄마가 조금 짜증 섞인 목소리로 다시 말했다.

물론 말을 들었지만 뭐라고 반응해야 할지 알 수 없었다. 베이비가 죽었다는 소식은 충격적이었다. 하지만 그냥 머릿속에서 맴돌 뿐이었다. 나는 몇 번인가 눈을 깜박이다가 고개를 끄덕이고는 다시 텔레비전으로 눈길을 돌렸다.

엄마는 도저히 이해할 수 없다는 듯 크게 한숨을 쉬었고 할로위를 달래기 위해 위층으로 올라갔다. 처음으로 질투와 비슷한 감정을 느꼈다. 나도 위층으로 올라가 함께 울고 싶었다. 깊은 슬픔의 파도가 우리를 덮친 지금, 욕실 바닥에 뒹굴며 동생과 함께 흐느낄 수 있다면 얼마나 좋을까! 나는 분명 할로윈 만큼이나 누가 봐도 '엄청나게 충격받은 상태'가 되어야 했다. 그런데 나는 왜 그런 상태에 이르지 못하는 걸까?

미닫이 유리문에 비친 내 모습을 바라보았다. 그리고 눈을 감고 눈물이 차오를 때까지 베이비의 죽음에 대해서만 생각했다. 눈물이 조금씩 나왔다. '그래, 이게 맞지.'

나는 이제야 방금 사랑하는 반려동물을 잃은 아이처럼, 위로가 필요한 아이처럼 보였다. 하지만 의식적으로 노력하지 않는다면 이렇게 될 수 없다는 사실을 알고 있었다. 눈을 깜박이는 순간 베이비에 대한 생각이 사라지면서 눈물도 멈췄다. 다시 텔레비전을 바라보았다.

물론 아무런 생각도 없었던 건 아니다. 가족을 제외하면 세상 무엇과도 바꿀 수 없는 소중한 존재였는데, 그런 베이비가 죽었다니 도무지 믿기지 않았다. 베이비는 사라졌다. 무슨 일인가 벌어졌지만 그에 대한 특별한 감정을 느끼지 못하는 상황을 설명하려 할 때 나는 종종 롤러코스터를 떠올렸다. 나는 롤러코스터 옆에 서 있다. 사람들의 소리가 들린다. 롤러코스터가 움직이기 시작한다. 점점 높이 올라가는 모습을 보고 흥분한다. 가장 높은 위치에 올라섰을 때 한껏 공기를 들이마셨다가 힘차게 내뱉는다. 손을 치켜들고 롤러코스터가 밑으로 떨어지는 모습을 지켜본다. 그렇구나. 이게 바로 롤러코스터구나. 하지만 그건 롤러코스터를 타는 느낌과는 전혀 다르다.

나는 또다시 롤러코스터를 떠올렸지만, 이번에는 어깨 위로 내려오는 안전장치가 문제였다. 남들은 이런 장치가 자신을 안전하게 보호해 준다고 생각했지만 나는 아니었다. 그런 식으로 나를 가두는 방식이 싫었다. 내가 원하는 방식으로 숨 쉴 수 없었다. 맘대로 어디 숨을 수도 없었다. 정해진 기준대로 행동해야 한다는 사실을 깨달을 때마다 숨이 막히는 것 같았다.

그날 밤에도 그랬다. 동생이 우는 소리에 그 슬픔이 어느 정도인지도 상상할 수 있었다. 함께 느끼지 못할 뿐이었다. 진짜 나와 유리문에 비친 나처럼 감정과 내가 완전히 분리되었다. 나는 나의 감정을 볼 수는 있었지만, 거기에 닿을 수는 없었다.

텔레비전을 껐다. 다른 사람들과 비슷한 방식으로 감정을 표현하지 못하는 것 자체가 문제라고 생각하지는 않았다. 하지만 내 첫 번째 반려동물이 세상을 떠났는데 이렇게 아무렇지도 않게 텔레비전을 보고 있다가는 주변이 시끄러워질 것 같았다. 나는 세탁실로 향했다. 죽은 베이비가 거기 있지 않을까? 어쩌면 그 모습을 직접 본다면 어떤 감정이…… 하지만 장담할 수는 없었다. 엄마는 수건으로 베이비를 덮어두었는데, 어울리지 않게 밝은 크리스마스 장식이 올려져 있었다.

'추웠던 거야. 그래서 따뜻한 건조기 옆으로 온 거야.' 나는 허리를 굽혀 천천히 수건을 들어 올렸다. 베이비는 눈을 가늘게 뜬 채 누워 있었다. 나는 고개를 돌리고 숨을 내뱉었다. '윽, 뭐야.'

베이비를 내려다보았다. 베이비가 이전과는 완전히 다르게 보인다는 걸 인정할 수밖에 없었다. "이건 내가 알던 베이비가 아니야." 혼잣말처럼 중얼거렸다. "더이상 내가 알던 베이비가 아니라고." 무릎을 꿇고 냄새가 예전과 같은지 확인했지만, 그조차 달랐다. 베이비를 특별하게 만들었던 모든 것들이 다 사라진 것이다. 한때 유연하고 힘이 넘쳤던 베이비의 몸은 이제 아무런 의미가 없었다. 마치 버려진 낡은 옷이나 바닷가에 흩어져 있는 수백만 개의 빈 조개껍데기 중 하나에 불과했다. 순간 이상하게 차분한 기분이 들었다.

베이비를 그대로 남겨 둔 채 천천히 계단을 올라갔다. 나는 진퇴양난에 빠졌다. 엄마가 나에게 실망하고 속상해하는 건 정말 싫었지만, 나를 이해시키기 위해 뭘 어떻게 해야 하는지 도무지 알 수 없었다. 일부러 그런 것도 아니었다. 그냥 그게 내 자연스러운 모습이었다. 어쩌면 억지로라도 다른 모습을 보였어야 했을까? 뭔가를 느낀 것처럼 할로위와 함께 흐느끼는 건 내게는 일도 아니었겠지만, 그렇게 하고 싶지 않았다. 그건 거짓말이나 마찬가지였다. 엄마에게 거짓말하지 않겠다고 약속하지 않았던가.

몇 주 동안 살얼음판 위를 걷는 듯 불안한 분위기가 이어졌다. 모든 건 내가 친구인 그레이스의 집에서 하룻밤 자고 오겠다고 한 날부터 시작되었다. 문을 막 나섰을 때 기분이 산뜻했다. 나는 집에서 멀리 떨어지는 게 좋았다. 흥분도 되었지만, 무엇보다 해방된 기분이었다.

하지만 밤이 되어 모두가 잠든 시간이 또 찾아왔다. 고요함은 참을 수 없는 유혹이었다. 여느 때처럼 사람들의 말소리, 그레이스 엄마가 왔다 갔다 하는 소리, 아래층에서 울려 퍼지는 텔레비전 소리 등이 들렸다면 다른 생각을 하지 못했을 텐데, 그날 밤은 웬일인지 일찌감치 사방이 고요해졌다. 그러자 익숙한 압박감이 천천히 나를 짓누르기 시작했다. '네가 원하는 건 뭐든 할 수 있어.' 머릿속에서 목소리가 들려왔다.

사실이었다. 모두가 잠들어 있는 어둠 속에서 완전한 자유를 누릴 수 있었다. 그레이스의 자전거를 꺼내 한밤중에 동네를 돌아볼 수도, 이웃집을 몰래 살펴볼 수도 있었다. 신경 쓸 어른도, 지켜 줘야 할 동생도 없었다. 무슨 터무니없는 일을 저지르더라도 막을 사람이 하나도 없는 셈이었다. '그래도 엉뚱한 일은 저지르고 싶지는 않아.' 나는 얼굴을 찡그리며 생각했다. 이불 속에서 발을 문질렀다. 보통은 그렇게 하면 마음이 편해지곤 했지만 왜 그런지 그날 밤에는 전혀 효과가 없었다. "이거 아주 좆같은 상황이네." 나는 큰 소리로 이렇게 말했다.

험한 말을 내뱉고 나니 웃음이 나왔다. 내가 한 말이지만 너무 어색하게 들렸다. '사실은 그렇게 말하니까 좋지?' 머릿속에서 다시 목소리가 들려왔다.

맞는 말이었다. 정말 기분이 좋았다. 그 목소리의 주인은 다른 누군가가 아니었다. 그건 바로 내가 가진 어두운 면이었다. 좌절감이 흥분으로 바뀌면서 사악한 유혹이 나를 부드럽게 감쌌다. 이런 기회는 드물었다. 그대로 참고 있을 수 없었다. 욕구는 구체적이었다. 방이 지저분하게 어질러져 있을 때의 기분을 생각해 보면 된다. 딱히 내키지는 않더라도 방이 어질러져 있으면 정리해야만 한다. 그 순간 내게는 뭔가를 느낄 기회가 주어졌고 달려들어야만 했다.

교도소에서 본 사람들도 범죄를 저지르기 전에 이런 기분이 들었을까? 내키지 않지만. 어쩔 수 없이 해서는 안 되는 일을 한 게 아니었을까? 작은 감방 안에서 마음 편히 잠든 수감자들의 모습을 떠올렸다. 가만히 생각해 보니 그것도 딱히 나쁘지는 않은 것 같았다. '지금은 마음이 편안하겠지.' 교도소에 갇혀 버리면 마음속 어두운 면이 시키는, 그러니까 딱히 내키지는 않지만, 압박감이나 충동 때문에 해 왔던 '지금 내가 하려는 일'들을 더는 할 필요가 없었다. 역설적으로 수감자들은 자유를 되찾았다. 그들이 부러웠다.

상황을 해결하려고 머리를 굴리자 뭔가 떠올랐다. 그냥 집으로 돌아가면 문제를 일으킬 이유가 없었다. 엄마가 나를 억제해 줄 것이다. 내게는 '제약'이 필요했고, 나는 '정직'해지고 싶었다.

마침내 안도의 한숨을 내쉬며 침대에서 내려왔다. 짐을 챙겨 들고 종이를 찾아 뭔가를 끼적여 그레이스의 침대 옆 탁자 위에 올려놓았다. 내가 한밤중에 갑자기 몸이 아파 집으로 돌아갔다고 생각할 것이다. '어쨌든 거짓말은 아니니까.'

뿌듯한 마음으로 그레이스네 현관문을 나섰다. 집에서 그리 멀지도 않으니 밤길을 걸어왔다고 해도 엄마가 화내지는 않겠지. 시원한 밤공기 속을 걸으며 나는 생각했다. '오늘 밤 나는 자칫하면 나쁜 짓을 할 수도 있었어. 하지만 올바르게 행동하기로 했지. 착한 아이가 되는 쪽을 택한 거야.' 나는 엄마에게 빨리 이 이야기를 해 주고 싶었다.

집으로 돌아와 보니 엄마가 주방에서 폴과 웃으며 대화를 나누고 있었다. 순간 내가 집에 와서 두 사람 기분이 좋아진 게 아닌가 생각했지만, 엄마의 얼굴을 보고 착각에 불과했다는 사실을 깨달았다.

"뭐야!" 외침은 거의 비명에 가까웠다. "네가 왜 지금 여기 있어?!"

설명하려 했지만, 엄마는 말을 들으려 하지 않고 그저 경악할 뿐이었다. 나는 혼란에 빠졌다. 폴이 뭐라고 말하며 나섰지만, 엄마는 결국 술잔을 떨구고 흐느끼며 위층에 있는 방으로 달려갔다. 그 뒤를 폴이 소리치며 따라갔고 그러는 동안 나는 뭘 어떻게 해야 할지 몰라 문 앞에 얼어붙은 것처럼 서 있기만 했다.

"그냥 거짓말이나 할걸." 나는 중얼거렸다. 엄마의 반응을 봐서는 그게 더 현명한 선택이었을지도 몰랐다. 나의 어두운 면이 권하는 더 안전한 길 말이다.

상황을 정리해 보았다. 그레이스의 집으로 돌아갈까? 하지만 결국 좋은 선택이 아니라고 판단했다. 아무도 모르게 내 방으로 들어갈 수 있기를 바라며 조용히 계단을 올라갔다. 엄마의 방문 뒤에서 우는 소리가 들렸다.

"저, 저 애를 어떻게, 뭘 어떻게 해야 할지, 정말 모르겠어." 엄마가 숨을 헐떡였다. "뭘, 뭘 어떻게 해야 할지, 모르겠다고."

조금 열린 문틈으로 엄마의 모습이 보였다. 그녀는 침대 위에 엎드린 채 절망감에 온몸을 흔들었고 폴은 어찌할 바를 모르며 거칠게 숨 쉬는 그녀의 등을 부드럽게 토닥였다.

나는 뜨거운 불길에라도 닿은 듯 몸을 움츠렸다. 그런 엄마의 모습을 단 1초라도 그냥 보고 있을 수 없었다. 샌프란시스코에 살 때 엄마가 울던 모습이 떠올랐다. 나는 내 방으로 가서 문을 닫고 그 자리에 가만히 서 있었다. 그 고요함 속에서 내 몸 안에 있는 모든 세포를 느꼈다. 감각이 격렬하게 살아나는 동안 내가 숨을 쉬지 않고 있다는 걸 깨달았다. 이게 두려움인가? 딱히 확신은 들지 않았다. 두렵거나 무섭지 않았다. 그렇다면 지금 이 감정의 실체는 무엇일까? 설명할 수 있는 적절한 말을 찾기 위해 어둠 속을 응시했다. 그리고 갑자기 어떤 단어가 떠올랐다.

'경계경보'

단지 두렵거나 무섭다기보다 뭔가 섬뜩할 정도로 날카롭게 나를 일깨우는 이 기분. 지금 나에게는 당장 해결해야 할 심각한 문제가 있었다. 내 행동을 통제하기 위해서는 엄마의 보호와 지도가 필요하다. 절대 그걸 포기할 수는 없었다. 물론 신뢰라는 대가가 필요하다는 사실을 잘 알고 있었다. 내가 실제로 아무리 정직하더라도, 엄마가 나에 대한 신뢰를 잃는다면 나 역시 내 인생의 나침반인 엄마를 잃는 것이다.

눈을 감고 샌프란시스코 집에서 식탁 밑에 누워 엄마에게 내 비밀을 말하던 시절을 떠올렸다. 엄마가 나를 정직한 아이라고 불러 주어야 비로소 안심할 수 있었다. "무슨 문제가 생기면 그저 있는 사실만을 그대로 말하면 된단다. 제대로 다 털어놓아야 사람들이 더 잘 이해할 수 있으니까."

다음 날 폴이 떠난 후 엄마를 찾아갔다. 12시가 지났지만, 커튼을 치고 불마저 꺼버린 방은 여전히 어두웠다. 텔레비전이 소리 없이 켜져 있었다. 화면의 빛이 칼날처럼 어두운 방 안을 휘저을 뿐이었다. 엄마는 침대 위에 누워 멍하니 천장만 바라보았다. 밤새 한숨도 못 자고 흐느끼기만 한 것처럼 벌겋게 부은 얼굴은 온통 눈물로 얼룩져 있었고 눈 밑은 거뭇거뭇했다.

"엄마……." 엄마를 불렀지만, 그녀가 바로 가로막았다.

"패트릭, 내 말을 들어 봐." 그녀가 쉰 목소리로 말했다. "내 말을 잘 들어." 겁먹은 듯한 표정이었다. "다시는 그렇게 몰래 빠져나오면 안 돼. 그건 어디를 가든 마찬가지야. 그리고 절대, 무슨 일이 있어도 내게 거짓말해서는 안 돼."

나는 엄마가 이해해 주기를 간절히 바라며 고개를 끄덕였다. "하지만 나는 거짓말하지 않았어요!" 그리고 비명이라도 지르듯 외쳤다.

그녀가 고개를 숙였다. 분명 적당한 말을 찾고 있었다. "그러니까 그건……." 엄마는 나의 간절한 눈을 보지 못했다. "엄마는 네가…… 남들과 다르다는 걸 알고 있어."

"나도 알아요. 해서는 안 되는 일도 있다는 건 알고 있지만 나는 결국 그걸 해 버려요. 주변에서 벌어지는 일에 관심을 기울이고 또 신경 써야 한다는 건 알지만 나는 그렇게 하지 않아요. 아니, 하고 는 싶은데 그냥…… 하지 못해요. 도대체 나한테 무슨 문제가 있는 지 모르겠어요."

우리는 잠시 아무 말도 하지 않았다. 텔레비전 화면이 바뀌면서 하얀색 베개가 밝고 화사한 색으로 변했다. 순간순간 뒤바뀌는 색 을 바라보다 정신이 멍해졌다. '내가 저 베개였으면……'

"네가 있는 그대로 사실을 말하지 않으면 나는 너를 안전하게 지켜 줄 수 없어." 내 손을 붙잡은 엄마가 눈을 맞췄다. "그러니까 우리 약속하자. 다시는 거짓말하지 않고, 또 한 번 한 약속은 반드 시 지키겠다고. 그리고 정직한 아이가 되겠다고……" 그러더니 다 급하게 말을 덧붙였다. "말과 행동 모두 정직하게 하는 아이가 되 겠다고 말이야."

엄마의 눈을 바라보았다. 엄마가 무슨 말을 하는지 완벽하게 이 해할 수 있었다. "알았어요. 약속할게요."

그 약속에는 한 치도 거짓이 없었다. 그날 이후 무슨 일이 있더 라도 정직한 아이로 남으려는 노력은 종종 극단으로 치닫기도 했 다. 심지어 내가 음식을 얼마나 먹었는지 엄마가 물어볼지 모른다 고 생각해 속으로 씹은 횟수를 헤아리기도 했다. 나는 완벽해지기 위해 죽을힘을 다했다. 약속한 대로 있는 그대로의 사실만을 전달 하기 위해서. 그렇게 해서…… 베이비에 대해 있는 그대로 아주 정 직하게 반응한 것이다. 그런데 왜 나는 또 홀로 방 안에서 숨죽여 야 하는 걸까.

다음 날에는 학교 가는 게 즐거웠다. 내게 무슨 일이 있었는지 모르는 사람들과 함께 있고 싶었다. 학교에는 베이비가 죽었다는 사실을 아는 사람이 없으니까, 사람들의 기대에 맞춰 슬퍼할 필요도, 억지로 괴로운 표정을 지을 필요도 없었다. 나는 아무 일도 없었던 것처럼 하루를 보냈다. 적어도 내 관점에서는 그랬으니까.

그날 방과 후에 엄마의 차가 아니라 할머니의 차가 나를 데리러 오는 모습을 보고 안도의 한숨을 내쉬었다. 적어도 할머니와 차를 타고 가는 시간만큼은 편안할 수 있었다. 우리는 차 안에서 즐겁게 얘기를 나눴다. 할머니가 베이비 소식을 모른다는 생각에 안심했다. 그런데 집에 도착하니 뭔가 이상했다. 엄마 차가 집 앞에 있었다. 그렇다면 엄마가 집에 있다는 뜻인데 왜 할머니가 나를 데리러 온 걸까?

할머니 차에서 내려 현관문을 향해 달려갔다. 그런데 내가 손잡이를 잡기도 전에 문이 먼저 열렸다. 할로위가 아이스크림을 들고 웃으며 서 있었다. 동생은 아이스크림을 내게 내밀었다.

"카트, 어서 와!" 동생은 지난여름부터 별다른 이유 없이 나를 카트라고 부르곤 했다. "바비 인형 가지고 놀까?"

웃으며 아이스크림을 받았다. 동생의 어깨 너머로 주방에서 뭔가를 하는 엄마가 보였다. 아직 내가 돌아왔는지 모르는 모양이었다.

"엄마." 내가 집 안으로 들어서며 말했다. "오늘은 왜 할머니가 데리러 왔어요?"

그녀는 고개를 들지 않고 토마토를 조용히 썰면서 대답했다. "할로위랑 뭘 하느라 좀 바빠서."

"뭘 했는데요?" 나는 동생을 돌아봤다. "아이스크림 만들었어요?"

그녀는 고개를 저으며 토마토를 그릇에 옮겨 담았다. "그게 아니라 베이비를 땅에 묻었어."

깜짝 놀랐다. 차가운 분노가 저 밑바닥에서부터 끓어 뱃속까지 치밀어 올랐다. 아이스크림을 식탁 위에 내려놓자 금방 녹아내리기 시작했다. "뭘……" 나는 중얼거렸다. "뭘 했다고요?!"

엄마가 손에 들고 있는 칼을 내려놓고 나를 돌아보았다. "뭘 그렇게 놀라니. 지난밤에는 별로 신경 쓰는 것 같지도 않던데." 뭔가 의기양양한 모습이었다. "그래서 어떻게 하든 너는 괜찮겠다 생각했지."

한마디 한마디가 마치 주먹처럼 나를 내리쳤다. 이제 분노가 목젖까지 치밀어 올랐다. "거짓말하지 마세요." 나는 겨우 마음을 가다듬고 속삭이듯 말했다. 그러자 그녀가 내게 한 걸음 더 가까이 다가왔다.

"지금 뭐라고 했지?" 엄마는 이미 꾸짖을 준비가 되어 있었다.

엄마의 눈을 바라보았다. 이해할 수 없는 반응이 나를 더 화나게 했다. 결국 치솟는 화를 참지 못하고 가까이 있던 유리잔을 집어 들고 그녀 뒤에 있는 벽을 향해 내던졌다.

"엄마는 거짓말쟁이야!"

유리잔이 박살이 나면서 엄마 쪽으로 작은 유리 파편들이 쏟아져 내렸다. 할로위가 울기 시작했다. 나는 주방을 뛰쳐 나와 내 방으로 올라갔다. 한 걸음 한 걸음 옮길 때마다 마음이 더 단단하게 얼어붙었다. 아무것도 필요 없었다. 다 끝났다. 나쁜 행동이나 좋은 행동, 정직, 거짓말…… 그 어느 것도 중요하지 않았다. 모든 게 나를 괴롭혔다. 무엇보다 정당한 이유 없이 제멋대로 바뀌는 규칙을 따르기 위해 끊임없이 애쓰는 일에 지쳤다. 그래서 이제부터 하고 싶은 일을 하기로 결심했다. 내가 두려워해야 할 일이 있을까? 그런 건 어디에도 없었다.

부서질 정도로 세게 방문을 닫았다. 잠시 그러고 있으려니 문이 활짝 열리면서 엄마가 들어왔다. 진정하고 마음을 가다듬을 충분한 시간이 내게는 주어지지 않았다.

"패트릭! 도대체 이게 무슨 짓이야?!"

"무슨 짓이냐고요?!" 나도 몸을 부들부들 떨며 맞받아 소리쳤다. "그건 내가 할 말이에요. 일부러 동생까지 데려와서 내 베이비를 땅에 묻었잖아요!" 나는 악을 썼다. "그런데 날 보고 무슨 짓이냐고 물어보는 거예요?!"

유리 조각이 얼굴을 스쳤는지 엄마의 뺨에 핏자국이 보였다. 그녀는 한 걸음 더 앞으로 다가오며 얼굴을 문질렀다. "넌 아무렇지도 않다고 생각했어." 아까보다 훨씬 누그러진 목소리였다.

"헛소리하고 있네."

엄마 앞에서, 엄마를 향해 그렇게 말한 것도 처음이었다. 하지만 나는 개의치 않았다. "엄마는 엄마가 원하는 방식대로 내가 반응하지 않아서 화가 난 거예요. 단 한 번도 엄마가 기대하는 방식대로 내가 말하거나 행동하지 않으니까, 그게 엄마는 화가 나는 거라고요!" 아픈 곳을 찔렀는지 그녀는 고개를 숙였다. "일부러 나를 벌주려고 그랬겠지." 나는 내뱉듯이 말했다. "내가 다른 아이들이랑 '다르니까' 그런 거지."

엄마가 나를 바라보았다. 유리 조각이 머리 위에서 다이아몬드처럼 반짝거렸다. "그렇게 하면 네가 뭔가를 배울 수 있지 않을까 생각한 거야." 큰 충격을 받은 것 같았다.

"배우긴 뭘 배워요?" 나는 다가서며 말했다. "다른 아이들처럼 되는 법이요? 아니면 엄마처럼 말하고 행동하는 거?" 그리고 비웃듯 고개를 흔들며 웃음을 터트렸다. "엄마는 남에게만 진실을 말하라고 강요하는 거짓말쟁이에요. 엄마는 남에게만 정직하게 행동하라고 요구하는 사기꾼이라고요!" 나는 결정적 한 방을 노리듯 잠시 말을 멈췄다가 코웃음을 쳤다. "엄마처럼 되느니 차라리 죽어버리고 말지!"

내 말은 마치 내려치는 칼날 같았다. 엄마는 얼굴이 하얗게 질린 채 뒤로 물러섰다. 표정도 서서히 변해 갔다. 그러다 간신히 소리쳤다. "너는…… 너는 정말 끔찍한 애야! 이 방에서 절대 나오지 마!"

나는 엄마가 완전히 아래층으로 내려갈 때까지 충분히 기다렸다가 마지막에 들은 말을 대놓고 무시하듯 밖으로 뛰쳐나왔다. 복도를 걸어가는 동안 심장이 더 세차게 뛰면서 자신감도 치솟았다.

나는 갈등이나 대결을 피하는 성격이 아니었다. 다른 가족들은 가능한 한 싸움을 피하려 했지만 나는 달랐다. 그런 상황이 심지어 재미있다고 생각했다. 긴장감이 고조될수록 기운이 났다.

'나에게서 뭘 빼앗아 가려고?' 나는 엄마 방으로 조용히 들어갔다. '내 보물을 빼앗아서 다시는 내가 못 보게 만들려고?' 그녀가 가장 소중히 여기는 물건들이 들어 있는 옷장 쪽으로 향했다. "그건 나도 할 수 있어." 제일 위에 있는 서랍에는 루비로 된 귀걸이 한 쌍이 있었다. 엄마의 할머니의 유품이었고 엄마가 가장 소중하게 여기는 물건이기도 했다. 화장실로 가서 변기에 귀걸이를 내 던지고 물을 내렸다.

다시 방으로 돌아온 나는 문에 기대서서 반대편 벽을 바라보았다. 분노가 조금씩 사그라들었다. 베이비가 죽은 이후 쌓여 왔던 모든 좌절감과 긴장감도 사라졌다. 아무것도 느껴지는 게 없었다. 그 텅 빈 집처럼 나도 텅 빈 기분이었다. 편안했다. 기분을 계속 간직하고 싶었다.

엄마가 먼저 화를 낸 거니까 나로서는 '올바른' 반응이나 '잘못된' 반응에 대해 걱정하지 않았다. 이렇게 방 안에 혼자 있으면 내가 알지도 못하는 감정을 표현하기 위해 억지로 반응을 만들어 낼 필요도 없었다. 나는 감정, 남들의 기대, 압박감 등 모든 것으로부터 자유를 얻었다.

"이제 진짜 나로 살 거야." 나는 중얼거렸다.

'누가 로저 래빗을 모함했나Who Framed Roger Rabbit'라는 영화가 생각났다. 이 영화의 여주인공 제시카 래빗은 "나는 나쁜 여자가 아니에요."라고 주장한다. "그냥 어쩌다 보니 그렇게 된 거라고요." 이해할 수 있었다. 나도 자연스럽게 이렇게 된 것이다. 누구에게 상처를 주거나 일부러 문제를 일으키려 하지 않았다. 엄마가 이런 나를 이해해 주길 바랐다.

"내가 사람들과 똑같은 감정을 느끼지 못하는 건 내 잘못이 아니야. 그렇다면 이제 어떻게 해야 하지?" 침대가 눈에 들어왔다. 새삼 내가 몹시 지쳤다는 사실을 깨달았다. 침대 위로 몸을 던졌다.

몇 시간이나 지났을까. 소스라치게 놀라 잠에서 깼다. 방은 어두웠고 사방이 고요했다. '어떻게 된 거지? 지금 몇 시나 된 거야?' 그러다 문득 기억이 났다. 베이비의 죽음, 다툼, 그리고 엄마의 귀걸이. 나는 한숨을 내쉬며 옆으로 돌아누웠다. 옆에 있는 다른 침대에는 할로위가 자고 있었다. 시간은 이미 자정이 넘었다. 몸을 일으켜 손으로 얼굴을 문질렀다. 상황의 심각성이 조금씩 와닿기 시작했다.

속삭이는 소리에 생각을 집중할 수 없었다. 엄마 방에서 목소리가 들려왔다. 누군가와 통화 중이었다. "나는 그저 애에게서 제대로 된 반응을 끌어내려 했을 뿐인데……." 엄마가 흐느꼈다. "내가 실수했다는 건 알겠지만 어떻게 해야 할지 모르겠어. 얘는 감정이 없는 것 같아. 무슨 일이 벌어져도 전혀…… 전혀 신경 쓰지 않는 것처럼 보인다고!"

가슴이 두근거렸다. 복도로 나가 눈치채지 못하도록 벽에 바싹 붙어 엄마 방 쪽으로 다가갔다.

"베이비가 죽었는데…… 할로위는 보자마자 슬픔에 잠겼어. 하지만 패트릭은 아무렇지도 않아! 게다가 그게 전부가 아니야! 아까 낮에는 나한테 유리잔을 집어 던졌어. 지난달에는 학교에서 화장실에 친구들을 몰아넣고 문을 잠갔다고 연락이 왔고…… 나는 정말 뭘 어떻게 해야 할지 모르겠다고!" 나는 얼굴을 찡그렸다. 화장실 일은 그동안 잊고 있었다.

그날따라 압박감을 견딜 수 없었다. 지난 몇 주 동안 참아 온 데다가 무슨 이유인지는 몰라도, 어떤 고약한 짓을 해도 쉽게 마음을 가라앉힐 수 없을 것 같았다. 수업 시간에는 숨이 막혔다. 교실이 점점 좁아지는 듯한 느낌 속에 문득 익숙한 질문이 머릿속에 떠오르기 시작했다. '이걸 멈추지 못하면 어떻게 되는 걸까?' 나를 수차례 괴롭혀 온 질문이었다. 마음 한구석에 늘 압박감이나 긴장감을 영영 가라앉히지 못한다면 어떻게 될지 걱정했다. 교도소의 수감자들을 생각했고 그러다 시드를 찔렀던 날을 떠올렸다. 모든 게 얼마나 순식간에 진정되었던가. 또 얼마나 기분이 좋았던가. 나는 해방되고 싶은 유혹을 떨쳐내기 위해 노력했다.

"아니." 나는 중얼거렸다. "아니, 아니, 아니야!"

수업이 시작되었지만, 도저히 가만히 있을 수가 없었고 안 좋은 생각만 증폭됐다. 바깥 공기를 쐬면 좀 달라질까 하는 마음에 화장실로 갔다. 6학년 여학생 몇 명이 내 앞에서 느릿느릿 걸어가고 있었다. 그들이 나보다 먼저 화장실로 들어갔고 묵직한 화장실 문이 내 앞에서 닫혔다.

그대로 문밖에 서 있었다. 손잡이 위쪽에는 바깥에서 문을 잠글 수 있는 간단한 장치가 있었다. 그 장치를 볼 때마다 항상 흥미롭다고 생각했다. 누가 바깥에서 문을 잠글 생각을 했을까? 그리고 내가 문을 잠그면 무슨 일이 벌어질까?

화장실로 이어지는 복도는 외부와 통해 있어서 제법 바람이 시원하게 들어왔다. 나는 커다란 잠금장치를 움켜쥐고 금속 장치보다 내 손이 얼마나 작은지 가늠해 보았다. 내 힘으로 잠글 수 있을까? 처음에는 할 수 없었다. 그러다가 문득 우리 집 뒷문을 떠올렸다. 문을 앞으로 조금 밀면서 장치를 돌리면 됐었던가? 문에 기댄 채 철컥거리는 소리가 들릴 때까지 천천히 장치를 돌렸다. 그리고 뒤로 물러났다.

여학생들이 자기가 화장실에 갇혔다는 사실을 깨닫기까지의 그 짧은 시간은 영원 같이 황홀했다. 체육 시간에 커다란 트램펄린 위에서 뛰어놀던 때가 생각났다. 최대 높이로 솟아오른 후 떨어지기 직전이 내가 가장 좋아하는 순간이었다. 문 앞에서도 그와 같은 자유로움을 느꼈다. 문이 잠기는 순간 모든 압박감은 사라졌고 마음이 차분히 가라앉았다.

여학생들은 비명을 지르며 문을 두드렸다. 나는 아무런 감정 없이 흥미롭게 그 소리에 귀를 기울였다. 화장실에 갇혀서 무서워한다는 게 이상했다. 그러다 갑자기 복도 저쪽에서 목소리가 들려 깜짝 놀랐다.

"도대체 이게 무슨 일이지?"

돌아서니 6학년을 맡은 제네로 선생님이 보였다. 그녀는 빠르게 나를 지나치더니 서둘러 문을 열었다. 얼굴이 눈물로 범벅이 된 여학생들이 밖으로 뛰쳐나왔다.

"네가 그랬니?" 선생님은 거의 윽박지르다시피 물었다. "네가 이 문을 잠갔어?"

조금 전까지 나를 완전히 사로잡았던 강렬한 평화의 순간이 복도의 난장판으로 이어졌다. 나는 평소와 다르게 당황했다. 더듬거리며 뭔가 변명하려 했지만 아무 소용이 없었다. 누가 봐도 내 잘못이었고 미처 정신을 차리기도 전에 제네로 선생님이 내 손목을 잡고 교장실로 끌고 갔다.

교무실에서 엄마가 오기를 기다리며 묘한 당혹감을 느꼈다. 한 번도 그런 식으로 붙잡힌 적이 없었기 때문이다. '이렇게 될지는 몰랐어.' 나는 자기합리화했다. 그리고 압박감을 지나치게 오래 내버려 두면 꽤 위험한 상황이 생긴다는 사실을 분명히 인식했다. '주의 깊지 못했어. 엄청 위험한 상황이었어.'

다시 수감자들을 떠올렸다. 소시오패스는 모두 다 감옥으로 붙잡혀 오냐는 내 질문에 교도관 바비는 이렇게 대답했다. "그렇겠지? 정말 똑똑하다면 어떻게든 빠져나가겠지만."

'그렇다면 꼭 그렇게 되어야지. 정말 똑똑한 사람이 되어야겠어.'

누군가에게 고통이나 괴로움을 주는 게 왜 그토록 시원하게 문제를 해결해 주는지 궁금했다. 시드를 연필로 찌르고 한 번도 느껴 보지 못한 자유로운 기분에 휩싸였다. 단순한 해방감이 아니었다. 해방감에 대한 해방감이었다. 하늘 높이 나는 연과 같았다. 압박감, 긴장감, 어떤 반응에 대한 타인들의 기대를 모두 뒤로하고 날아가는 연 말이다. 하지만 지나치게 비윤리적인 행동에는 두 가지 부담이 수반됐다. 너무 위험하고, 중독적이었다.

나는 내가 가진 거의 모든 힘을 압박감을 이겨내는 데 소모하고 있다는 사실을 이해했다. 하지만 어두운 충동에 무릎 꿇는 건 손쉬운 일일뿐더러 힘도 들지 않았다. 맙소사, 그렇게 얻는 자유로움이 얼마나 좋은지. 그냥 충동에 항복한 채 흐름에 몸을 맡기고 둥둥 떠도는 듯한. 이런 느낌을 뭐라고 불러야 할까.

"굴복."

마치 누군가 들려주는 것처럼 단어가 내 입에서 흘러나왔다. 확실히 굴복이었다. 그런데 무엇에 굴복한다는 거지? 나의 어두운 면? 아니면 내 '나쁜' 충동?

통화를 엿들으며 필사적으로 해답을 찾으려 애썼다. 하지만 엄마가 다시 흐느끼면서 내 생각도 중단되었다. 그녀가 머뭇거리며 말했다. "나도 이러기는 싫지만, 애를 기숙학교에 보내야 할 것 같아."

나는 눈을 번뜩였다. 기숙학교라고? 한숨을 내쉬며 고개를 숙였다. 내 마음속에는 언제나 기숙학교에 가고 싶은 비밀스러운 소망이 있었다. 예컨대 코네티컷에 있는 미스 포터 스쿨은 학창 시절을 보내기에 아주 좋은 장소처럼 보였다. 나도 머지않아 중학교에 진학해야 했다. 자세히 확인해 보지는 않았지만, 수십 개의 실핀으로 머리를 단정하게 땋아 올리고 산뜻한 바둑판무늬 교복을 입은 내 모습을 어렵지 않게 상상할 수 있었다. 모든 걸 새롭게 시작하기에 좋은 장소였다. 평범한 애들 속에 잘 숨으면 오히려 내 존재를 들키지 않을 수 있을 것 같았다. 하지만 엄마 곁을 떠나기는 싫었다. 화가 나서 소리를 질렀고, 싸우고 나니 편안해지기도 했지만 나는 엄마를 사랑했다. 엄마의 나침반 역할이 어쩌면 그저 신기루에 불과할 수도 있다는 걸 마지못해 받아들였지만, 나침반이 없는 삶이 과연 가능할지 의심스러웠다. 불가능해 보였다.

'엄마는 왜 나를 그냥 받아들이지 못하는 걸까?' 나는 좌절감을 느꼈다. 남들과 똑같이 행동하려고, 또 나를 숨기려고 하지 않는다면 편안하게 살 수 있을 텐데. 나쁜 짓을 저지르고 싶은 충동과 압박감도 사라질 텐데. '엄마는 왜 이 간단한 걸 이해하지 못하지?'

'왜냐하면 이해할 능력이 없으니까.' 내 마음속 어두운 면이 대꾸했다. 틀린 말이 아니었다. 엄마처럼 양심의 가책을 느낄 수 있는 평범한 사람들은 나와 같은 사람의 본질이 무엇인지 결코 이해하지 못할 것이다. 엄마는 아무런 감정도 느끼지 못하는 상태를, 다른 사람에게 해를 끼치거나 나쁜 짓을 저지르고 싶은 충동을 받아들일 수 없다. 애초에 나를 이해하는 사람이 있을까? 나는 진심으로,

엄마를 더는 난처하게 만들고 싶지 않았다.

문득 화장실에 가고 싶었다. 최대한 조용히 살금살금 움직여 변기 쪽으로 다가갔다. 변기 바닥에 귀걸이가 가라앉아 있었다. 쓸려 내려갈 만큼 물살이 세지 않았던 모양이었다. 물속에서 귀걸이를 꺼냈다. 물을 닦고 있으려니 갑자기 엄마를 얼마든지 이해할 수 있을 것 같았다.

'엄마는 그저 뭘 잘 모를 뿐인데. 그럼 엄마를 탓하는 건 공평하지 않아.'

화장실을 나왔다. 엄마의 방문은 이제 완전히 닫혀 있었다. 화장실에서 나는 소리를 들었을 것이다. 문에 귀를 대보니 여전히 통화 중이었지만 무슨 말을 하는지는 잘 들리지 않았다. 하지만 더 엿듣지 않아도 괜찮았다. 내가 뭘 해야 하는지 이미 알고 있었다. 귀걸이를 바라보고 있노라니 변기에 넣고 물을 내렸을 때의 쾌감이 떠올랐다. '나도 나를 어쩔 수 없었어. 하지만 나쁜 짓을 하면 마음이 진정돼.' 최악인 건, 내가 그런 기분을 정말 좋아한다는 사실이었다.

하지만 그러면 내 기분 말고는 좋아질 게 아무것도 없었다. 베이비가 죽었을 때 확인했듯 내가 이해하고 받아들일 수 있는 감정은 그리 많지 않았다. 잡으려 해도 잡을 수 없는 그림자 같았다. 간혹 느끼는 행복이나 분노 정도도 전등을 껐다 켜는 것처럼 순식간에 사라졌다.

손을 꽉 움켜쥐었다. 귀걸이가 손바닥을 파고들었지만 상관없었다. 닫힌 엄마의 방문을 보며 밀려오는 슬픔의 파도를 느꼈다. 엄마와 유대가 깊은 만큼 엄마가 그리울 것 같았다. 하지만 내가 엄마 곁을 떠나지 않더라도 이제 엄마에게 모든 걸 있는 그대로 말할수는 없을 것이다. 완전히 솔직하게는 안 된다.

'그런데 엄마랑 떨어져 살면 난 어떻게 될까?' 엄마와 심리적으로 단절된다는 건 생각만 해도 엄청나게 불안했다. '아니, 불안이 아니라……' 냉정하게 생각했다. '더는 엄마를 믿을 수 없게 된 거야. 엄마가 잘못한 건 없지만 이대로는 내가 더 큰 피해를 보게 될 거야.' 엄마는 자신이 할 수 있는 한 앞장서서 나를 이끌려 했지만 험난한 여정을 제대로 준비하지 못한 자동차처럼 고장 나기 시작했다. 나 역시 나의 진짜 모습을 절대로 바꿀 수 없었다. 나는 나 자신을 엄마에게 감춰야만 했다.

두 눈을 감고 방문에 몸을 기댔다. 그리고 손으로 머리를 감싸 쥐고 속삭였다. "엄마, 나는 엄마를 너무너무 사랑해요. 그렇지만 약속은 못 지킬 것 같아."

할로위는 여전히 자고 있었다. 우리가 함께 쓰는 붙박이 옷장 문을 열고 안으로 기어들어 뒤에 붙은 망가진 환풍 장치의 철망을 벗겨냈다. 그 안에는 내가 제일 소중하게 여기는 보물들, 오랫동안 모아 온 온갖 종류의 자질구레한 장신구들이 가득 차 있었다. 링고 스타의 안경과 내가 싫어하는 어떤 선생님에게서 훔친 열쇠고리 사이에 엄마의 귀걸이를 집어넣었다. 루비 귀걸이의 번들거리는 광채는 내가 새로 마련해 준 안식처에 대한 저항처럼 보이기도 했다.

내일 엄마에게 미안하다고 말해야지. 베이비의 죽음이 뒤늦게 슬펐고, 당시에는 너무 정신이 없었다고 설명해야겠다. 그러면 이미 미안함을 느끼고 있는 엄마는 사과를 받아 줄 것이다. 억지로 쥐어짠 눈물이라도 진짜라고 믿겠지. 그런 다음에는 엄마가 원하는 대로 평범한 여자아이처럼 행동하자. 어두운 면은 감추고.

나는 나의 존재를 부정하기보다는 받아들이는 쪽을 택했다. 본성을 바꾸려는 노력도 그만둘 것이다. 그 대신 '다른 사람들 눈에 띄지 않는 방법'을 한번 찾아보자고 결심했다.

그렇게 결심하자 바로 안심됐다. 엄마의 귀걸이를 변기에 넣고 내릴 때의 해방감을 다시 떠올리고 부드럽게 미소 지었다. 평범한 반응을 억지로 쥐어짜야만 하는 부담이나 치밀어 오르는 압박감에 대한 불안 없이, 이제 나는 내 모습을 지킬 것이다. 나는…… 그저 나일 뿐이다. 나는 자유롭게 살고 싶었다. '어쩌면 혼자가 되는 것도 그리 나쁜 일은 아닐 거야. 나는 스스로 좋은 선택을 할 수 있어. 내 결심이 옳다는 걸 증명하기 위해서라도 귀걸이를 제자리에 갖다 놓자.' 나는 생각했다. 그렇지만 철망을 제자리에 끼우고 옷장에서 나오려는 순간 내 안의 또 다른 내가 이를 다시 생각하기 시작했다. 엄마는 나를 도우려 했을 뿐이라고 믿는지 모르겠지만 그녀의 행동은 의도적이었을 뿐만 아니라 정말 비열했다. "행동에는 결과가 따른다."라고 엄마는 항상 말했었고 나의 어두운 면도 그녀와 같은 생각이었다. 엄마가 베이비에게 한 짓을 생각해 보면 루비 귀걸이 일도 어쩌면 당연한 결과였는지도 모른다.

"아니, 이제 그만해." 어두운 면에 대항이라도 하듯 중얼거렸다. "나는 이제 혼자 모든 걸 알아서 할 거야. 그러니 더 똑똑해져야 한다고."

나는 지친 몸으로 침대에 누웠다. 맞은편에 있는 창문으로 울타리 너머의 바다가 보였다. 고양이 한 마리가 울타리 위를 걸었다.

'내가 고양이라면 좋겠어.' 반쯤 졸면서 생각하다가 나도 모르게 잠들었다.

제5장
제시카 래빗의 변명

또 이사했다. 엄마는 우리가 살던 주택 단지가 너무 답답하다고 생각했다. 그래서 찾고 또 찾은 끝에 더 크고 좋은 집을 구했다. "이제 여기가 진짜 우리 집이야."

새로운 집이 마음에 들었다. 단층집이었지만 방이 세 개였기 때문에 동생과 따로 방을 쓸 수 있었고 바닷가와도 가까워서 매일 잠들 때까지 파도 소리를 들을 수 있었다. 밖으로 난 커다란 창문이 있는 내 방은 나만의 작은 세계였다. 첫날 밤에 침대 위에 앉아 몇 시간이고 밖을 바라보았다. 나에게 그 창은 《나니아 연대기》에 나오는, 나니아 왕국으로 이어지는 비밀 통로와 비슷했다. '원한다면 언제든 바로 밖으로 나갈 수 있어.' 당장 그러고 싶었다.

나는 경계라는 개념도 잘 받아들이지 못했다. 또래 아이들은 대부분 아주 자연스럽게 경계를 알아챘다. 멈춰서야 할 때와 계속 가야 할 때를 알았고 옳고 그름 역시 감정적으로 잘 이해했다. 하지만 나는 전혀 그렇지 못했다. 특히 도둑질이나 거짓말처럼 보는 관점에 따라 정당화할 수 있는 행위에 대해서는 더욱 그랬다. 가령 나는 내 물건을 되찾기 위해 전에 살던 집을 찾아갔다.

이사한 지 일주일쯤 지났을까, 목걸이 하나가 보이지 않자 상자를 뒤적였다. 결국 온 방 안을 이 잡듯 샅샅이 뒤졌고 결국 한 가지 분명한 사실을 깨달았다. 오래된 옷장 속 망가진 환풍 장치 뒤에 목걸이를 남겨 두고 온 것이다.

나는 몸서리를 치며 주방으로 달려갔다. 아침 먹고 남은 걸 치우는 엄마가 보였다. "엄마, 전에 살던 집에 다시 가야 해요. 뭘 두고 왔어요."

"패트릭, 그건 안 돼." 그녀가 가라앉은 목소리로 말했다. "일단 집을 나왔으면 마음대로 다시 들어갈 수 없어. 법이 그러니까." 그러고는 안쓰럽다는 듯 고개를 흔들었다. "미안하구나."

나는 비명을 지르고 싶은 충동을 억누르며 방으로 돌아왔다. '법 같은 소리 하네.' 좀 더 유연한 태도로 돕지 않는 엄마에게도 욕을 퍼부었다. 목걸이는 내 물건이고 나는 그걸 그대로 내버려 둘 생각이 없었다. 물론 새로운 집주인이 목걸이를 발견할 가능성은 절대 없었다. 그냥 철망 뒤에 둔 게 아니라 주의를 기울여 벽돌 틈 사이에 넣어 두었으니까. 하지만 너무 주의 깊게 숨겨 둔 탓일까. 이사하기 전날 밤 감춰 두었던 보물들을 다 꺼낼 때 목걸이를 까맣게 잊어버리고 말았다.

"씨발." 나는 조용히 씩씩거렸다. 평소의 나라면 그런 실수를 저지르지 않았을 텐데. 나는 물건을 잃어버리거나 시간 약속을 잊어

버리는 사람이 아니었다. "그러면 그 빌어먹을 비밀 옷장에서 아끼는 보물들도 잊지 말고 챙겨 왔어야지!" 빈 상자를 걷어차며 중얼거렸다. 그러다 문득 자전거 딸랑이가 바닥에 굴러다니는 걸 보고 한 가지 생각이 떠올랐다.

전에 살던 집은 그리 멀지 않았다. 창밖으로 보면 예전 집까지 이어지는 도로가 보였고 내가 충분히 혼자 해낼 수 있다고 생각했다. 그리고 즉시 행동에 나섰다.

예전에 살던 집 뒤편 화장실 창문 앞에 도착했다. 창문의 잠금장치는 망가져 있었다. 오래전 동생이 걸쇠를 부러트렸는데 엄마는 한 번도 이를 신경 쓰지 않았다. "저 창문은 너무 좁으니까 말이지, 저기로 나쁜 놈이 몰래 들어올 수는 없을 거야." 엄마는 그렇게 말했다.

유리창은 당연히 쉽게 열렸다. 웃으며 집 안으로 들어왔다. 엄마의 생각은 틀리지 않았다. 저 작은 유리창을 통과할 수 있는 "나쁜 놈"은 없겠지. 하지만 "나쁜 년"에게는 가능했다. 나는 벽을 타고 미끄러져 내린 뒤 잠시 귀를 기울였다. 집 안에는 아무도 없는 것 같았다. 상황이 이렇게 딱 맞아떨어지다니.

손목시계를 봤다. 엄마에게는 30분만 나갔다 오겠다고 약속했다. 지금까지 걸린 시간이 10분. 집에 돌아가는 데도 10분. 목걸이를 찾는 데 쓸 수 있는 시간은 10분. 내가 수학 둔재라도 가능한 계산이었다.

주방과 거실을 살펴보았다. 상자와 가구 등으로 집 안이 어수선

했지만, 사람은 보이지 않았다. 나는 복도를 지나 계단을 올라갔다.

내 방문은 닫혀 있었다. 잠시 추억에 잠겼다. 하지만 그러느라 문을 열기 전에 조심하지 못한 건 실수였다. 나는 바닥에 앉아 있는 여자아이를 보고 깜짝 놀랐다. 아이는 무릎 위에 초록색 공책을 올려놓고 표지에 있는 말의 발굽을 분홍색으로 칠하는 중이었다.

우리는 놀란 눈으로 서로를 동시에 마주 보았다. 나와 나이가 비슷해 보였다. "너는 누구야?" 아이가 물었다.

"나는 패트릭이라고 해." 나는 재빨리 정신을 차리고 대답했다. "전에 여기에 살던 사람이야." 아이가 눈을 깜박였다. "내 이름은 리베카야." 아이는 머뭇거리며 자기 이름을 말했다. 나는 어색한 분위기를 풀기 위해 밝게 웃어 보였다.

"아, 혹시 놀라게 했다면 정말 미안해!" 웃으며 두 손을 모으고 살짝 고개를 숙였다. 할로위에게 배운, 다른 사람들에게 호감을 살 수 있는 몸짓이었다. "문 앞에서 인사했는데 대답하는 사람이 아무도 없어서……."

리베카가 어색하게 웃었다. "아…… 그랬구나. 아마 부모님이 문을 열어 두고 나가셨나 봐. 저 앞 가게에 가셨는데…… 금방 오실 거야." 마지막에 서둘러 말을 덧붙이는 걸 보고 리베카가 긴장했다는 사실을 알아차렸다. 물론 나는 아무렇지도 않았다.

"그랬구나. 나도 이 방을 썼는데……." 조심스럽게 옷장 쪽으로 몇 걸음 다가가 손잡이를 잡았다. "이삿짐을 제대로 다 꾸린 줄 알았거든." 그러고는 옷장 문을 열었다. "그런데 오늘 아침이 되어서야 뭔가를 두고 온 게 생각이 나서 말이야." 옷장 안으로 들어갔다. "그래서 그걸 다시 찾으러 와야겠다고 생각했어." 몸을 돌리고 무릎을 꿇은 뒤 환풍 장치 철망을 잡아당겼다. "리베카!" 리베카가 뭔가 수상쩍은 일을 하지 않도록 확인할 필요가 있었다. "이것 좀 봐."

리베카가 내 곁으로 다가왔다. "그게 뭐야?" 벽에 난 구멍을 보고 물었다.

"여기를 내 비밀 장소로 사용했거든. 필요하면 너도 마음대로 쓸 수 있어." 벽돌을 조심스럽게 치우고 목걸이를 꺼내는 동안 리베카는 내 뒤에 서 있었다. 나는 목걸이를 꼭 움켜쥐었다. 뭐라 말할 수 없을 정도로 마음이 편안해졌다.

"와!" 리베카가 말했다. "정말 멋지다!"

나는 철망을 제자리에 다시 끼우고 몸을 일으켰다. "그래, 비밀 장소로는 안성맞춤이지." 리베카는 아무 말도 하지 않고 그냥 고개만 끄덕였다. 어색한 시간이 잠시 흐른 뒤 나는 예의 바르게 웃으며 옷장 밖으로 나왔다. 그러고 문 앞에서 잠시 발걸음을 멈췄다. "그러면 이만 가 볼게."

리베카도 웃으며 말했다. "다음에 또 놀러 와."

손을 흔들며 뒷걸음질해 방을 빠져나왔다. 그런 다음 계단을 내려와 밖으로 달려 나갔다. 아무것도 모르는 엄마가 있는 집으로 돌아갔다.

그날 밤, 새로 마련한 비밀 장소에 안전하게 목걸이를 보관하고 침대에 누워 오늘 있었던 모험에 대해 생각했다. 오늘 일이 어떤 압박감이나 충동 때문에 시작되지는 않았기 때문에 대단했다고 나름대로 결론을 내렸다. 오늘 한 '나쁜 짓'은 불가항력으로 벌인 일이 아니었다. 내가 하고 싶어서 한 일이었다. 엄밀하게 따지면 좋지 않은 행동이었지만 상관없었다. 어떤 불쾌한 기분도 들지 않았다. 기회만 된다면 또 하고 싶었다.

좋지 않은 행동을 할 때 느껴지는 것에 대해 생각했다. 비록 짧은 시간이었지만, 내가 상상만 했던, 남들은 매일 같이 느끼는 그런 감정에 접근한 것 같았다. 내 안에는 언제나 뭔가를 훔치고 누군가를 몰래 감시하고 심지어 상처를 주고 싶은 충동이 있었다. 그렇게 하면 기분이 좋아진다는 걸 알고 있었기 때문이다.

적당한 선에서 나쁜 짓을 하는 건 스스로를 보호하기 위한 노력이 아닐까. 심각한 나쁜 짓을 피하려는 나름의 시도랄까. 나는 엄마와의 관계를 망치지 않도록 늘 신경을 썼다. 그래서 꼭 필요한 경우가 아니면 절대로 엄마가 싫어하는 나쁜 짓을 하지 않으려 조심해 왔다. 하지만 이제는 상황이 달라졌다. 엄마가 원하는 '좋은 아이'가 되어야 한다는 생각을 떨쳐 버린다면…… 생각만 해도 흥분되었다. 다만 내 행동을 어떻게 조절할 수 있을지는 고민이었다. 마음대로 행동한다면 그것이 정도를 넘어설 수도 있었다. 하지만 만일 내 어두운 면을 극복하는 대신 그것과 협상한다면 어떨까.

미시시피에 있는 할아버지가 농장에서 야생마를 훈련하는 장면이 떠올랐다. "처음에는 어떤 놈이든 도무지 말을 듣지 않지." 할아버지는 이렇게 말했었다. 우리는 창고 근처의 풀밭에 있었다. 나는 할아버지가 울타리 옆에 서 있던 망아지에게 다가가 조심스럽게 고삐를 거는 모습을 보았다. 말은 몸부림쳤지만, 곧 얌전해졌다. "이렇게 뒷발질도 하고 말이야." 그가 조용히 말을 이었다. "몸부림도 치면서 사람을 쫓아내려고 하지. 하지만 꾸준히 노력하면 믿음을 줄 수 있어."

할아버지는 고삐를 천천히 잡아당겨서 천천히 말머리를 아래로 향하게 했다. "처음부터 지나치게 강요하면 말도 자연스럽게 자기 의지를 내비치게 되거든. 그리고 무엇보다 중요한 건 말이다." 그가 주머니에서 각설탕을 한 움큼 꺼냈다. "관계가 진전될 때마다 상을 주면서 사람에게 순종하도록 잘 달래는 거지." 망아지가 상으로 받은 각설탕을 열심히 우물거렸다. 나는 웃음을 터트렸다. 할아버지가 내게 눈을 찡긋했다. "이게 바로 말을 길들이는 방법이란다."

나는 할아버지에게 배운 방식을 이용해 내 안에 도사린 어두운 면을 길들이기로 했다. 억지로 뜻을 꺾기보다 부드럽게 대하고 싶었다. 작업은 바로 그날 밤부터 시작되었다.

침대에서 일어나 커다란 창문을 열었다. 바람이 세차게 불어오며 바다의 파도 소리가 귓가를 가득 채웠고 짜디짠 공기가 얼굴에 입을 맞췄다. 이곳을 조용히 빠져나가 저곳의 어둠 속으로 사라지고픈 충동을 억제하기란 거의 불가능했다. 그렇지만 버텼다. 그리고 마침내 훈련의 성과에 만족감을 느꼈다. 나는 억지로 다시 잠을

청했다.

몇 주에 걸쳐 훈련을 반복했다. 해만 지면 문을 닫아걸고 방 안의 불을 끈 뒤 창문을 열고 밖을 내다보았다. 한동안은 그것만으로도 충분했다. 그런데 어느 날 밤에 나는 나를 얽매고 있던 고삐가 풀렸다.

사방이 고요했다. 루 리드가 부르는 'Sweet Jane'이 내 옷장 위에 놓인 은색 카세트 플레이어에서 부드럽게 흘러나왔다. 방을 가로질러 조용히 창문을 열고 혼자 노래를 불렀다. "하늘을 향해 활짝 열린 창문이 나에게 속삭이는 듯해……." 원래 가사에 "활짝 열린 창문"이라는 말이 나오지 않지만 노래 가사를 바꿔 부르는 건 내 취미 중 하나였다. 수많은 노래가 감정을 이야기하지만, 나로서는 공감하기 어려울 때가 많았다. 그럴 때는 가사를 조금만 바꿔도 노래를 부르기가 훨씬 수월해졌다. "하늘을 향해 활짝 열린 창문이 나에게 속삭이는 듯해……. 그리고 나는 활짝 웃지."

나는 창턱을 밟고 올라서서 방충망을 연 뒤 한쪽 다리만 내밀고 창틀에 엉덩이를 걸쳤다. 그리고 거리를 바라보았다. 달빛이 내 몸 한복판을 선을 긋듯이 지나 왼쪽 옆구리를 환하게 비췄다. "반은 밝고 반은 어둡구나." 내가 싱긋 웃으며 말했다. 제대로 균형이 이루어지는 중이었다.

몸을 뒤로 젖히고 마당 너머 인도에 지나가는 사람들을 자세히 살펴보았다. 우리 집 근처의 길은 바닷가와 꽤 가까워서 사람들의 왕래가 잦았다. 눈에 보이는 행인만 십여 명이 넘었다. 하지만 그들은 나를 볼 수 없었다. 마당에 있는 커다란 떡갈나무 그늘에 몸을 감추고 있었다. 물론 나는 저쪽을 마음대로 다 볼 수 있었지만.

저 사람들은 누구일까? 늘 궁금했다. 지금 뭘 하는 걸까? 어디로 가는 거지? 알아낼 수 있다면 얼마나 좋을까. 그러다 문득 이런 생각이 들었다. '못 알아낼 것도 없잖아?'

독일산 셰퍼드와 함께 한 남자가 지나갔다. 우리 집 앞을 오가는 걸 이전에도 몇 번이나 보았기에 그에게 관심이 많았다. 결혼은 했을까? 했다면 아이들은? 사는 곳은 어디일까? 여기서 그리 멀지는 않겠지? 거의 매일 이 앞을 지나가니까. 나는 그가 우리 집 앞으로 다가오는 걸 보다가 별생각 없이 창밖으로 나와 있던 한쪽 다리를 움직였다. 발이 땅바닥에 닿았다. 잠시 움직이지 않고 무슨 일이 일어날 것처럼 숨을 죽였다. 엄마가 다시 방으로 들어오라고 소리를 지르거나, 내 온몸이 흥분에 휩싸일지 모르니까. 하지만 아무 일도 일어나지 않았다.

다른 쪽 다리도 움직여 땅 쪽으로 내밀었다. 정원사 아저씨가 내 방 창문 근처에 잔디가 잘 자라라고 젖은 나뭇잎과 나뭇조각 등을 뿌려 두었는데 맨발로 그걸 밟고 보니 신발을 신어야겠다는 생각이 들었다. 어서 가서 한 켤레 가져오려 했는데 남자와 개는 빠르게 움직여서 내게는 그다지 여유가 없었다. 결국 맨발로 남자의 뒤를 따라갔다.

만족감이 천천히 온몸에 차올랐다. 걷는 속도를 높였다.

나보다 집 몇 채 정도를 앞서가던 남자가 교차로에서 멈췄다. 그를 놓치고 싶지 않았다. 그가 모퉁이를 돌아 보이지 않게 되자 나는 달리기 시작했다. 그가 다시 보일 때까지 다른 집 마당을 가로지르는 지름길로 잠옷 자락이 다 젖을 정도로 정신없이 달렸다. 남자는 우리 집 뒤쪽 거리의 어느 집으로 향했다. 전에 한 번도 본 적이 없는 집이었고 차고 문이 열려 있었다. 남자는 집 안으로 들어가 주방에서 기다리고 있던 어떤 여자와 만났다. 내가 서 있는 자리에서는 거실 창문을 통해 집 안이 훤히 다 들여다보였다. 나는 고개를 흔들었다. 사람들이 저녁에 커튼도 치지 않은 채 불을 밝히는 이유를 알 수 없었다. 마치 누가 훔쳐봐도 좋다는 초대장 같지 않은가. 갓난아이를 높다란 의자 위에 앉히고 있던 여자에게 남자가 입을 맞추었다. '저렇게 한 가족이겠지?'

가까이 다가가 더 자세히 살펴보았다. 아기가 사내아이인지 여자아이인지는 알아볼 수 없었다. 몇 걸음 더 내딛자 정말 코앞이었다. 여자가 와인 병마개를 열자 남자는 그런 그녀를 보고 웃었다. 모든 것이 정말 평범하면서도 멋져 보였다. 언젠가는 나도 저 사람들처럼 되고 싶었다.

"거기요!" 그때 누군가 소리쳤다. "거기서 뭐하세요?"

주위를 돌아보니 저 아래쪽에 노부부가 있었다. 그들도 매주 몇 번씩 우리 집 앞을 지나가는데 보통은 아들처럼 보이는 젊은 남자가 함께 있었다. 나는 뒤로 물러섰다. 내 하늘색 잠옷이 보름달 빛을 받아 환하게 비쳤다. 남자 쪽은 당황한 것 같았다. 아마 어린 여자아이라고는 예상하지 못했겠지. 나는 눈을 찡긋거리며 검지를 입술에 가져갔다.

"쉬잇! 지금 숨바꼭질 중이거든요!" 나는 장난치듯 웃으며 그 자리를 빠져나갔다. 옆에는 길을 잘 아는 공원이 있었고 우리 집까지는 엎어지면 코가 닿을 거리였다. 달이 환하게 길을 밝혔다. 순식간에 창문을 넘어 방으로 돌아왔다.

자신이 정말 대견했다. 나의 어두운 면이 약간의 즐거움을 누리도록 해 주었지만 계속해서 주도권을 유지했다. 나만의 경계선이 정해진 것이다. 내 안의 어두운 면과 밝는 면이 이제 공존할 수 있었다. 하지만 아직 해결해야 할 문제들이 몇 가지 더 남아 있었다.

예전에 살았던 집에 멋대로 들어가고, 한밤중에 낯선 사람을 미행하는 건 '올바른 행동'이 아니었다. 하지만 그건 누가 정한 걸까? 누가 피해를 받는 걸까? 스스로 정한 규칙이나 경계선이 나의 어두운 면을 억제할 수 있다면, 누가 봐도 명명백백하게 해로운 행동만을 진짜 '나쁜 짓'으로 봐야 하지 않을까?

"정말 중요한 건 공정한 기준이야." 나는 중얼거렸다. 그리고 침대 옆 탁자 위에 있는 공책과 펜을 가져와 무언가를 적었다.

<패트릭 규칙>
1. 누구에게도 해를 끼치지 않는다.

규칙을 바라보다가 만족스러운 기분으로 침대에 몸을 눕혔다. 그저 규칙 하나를 만든 것에 불과할 수도 있지만, 내게는 정말 중요한 행동 수칙이 처음 정해진 셈이었다.

폭력이 장기적인 해결책이 될 수 없었다. 나 자신을 보호하는 일이 먼저였다. 폭력이 당장은 긴장을 푸는 데 도움이 되는지는 몰라도, 사람들의 이목을 끌고 결국은 그만큼의 대가를 치르게 된다. 나는 덜 극단적인 방법을 찾을 필요가 있었다.

그 후 몇 개월에 걸쳐서 몰래 집을 빠져나와 동네의 낯선 사람들을 미행했다. 나는 그 시간을 규칙을 지키는 법을 배우는 과정으로 받아들였다. 모든 건 전적으로 나의 판단과 결정이었다. 물론 어느 동네에나 있을 법한, 살짝 미친 사람처럼 행인들을 따라다니는게 비정상적인 행동이라는 사실은 전혀 고려하지 않았다.

"들키지만 않으면 해를 끼친 게 아니다."라는 말을 일종의 주문으로 삼았다. 신념을 유지하기 위해 자연스럽게 거짓말의 보호구를 둘렀다. 거짓말만큼 쉬운 일은 없었다. 거짓말은 나 같은 부류가 선택하는 논리적인 방법이었다. "무슨 문제가 생기면 그저 있는 사실만을 그대로 말하면 돼. 제대로 다 털어놓아야 사람들이 더 잘 이해할 수 있으니까." 엄마는 말했지만, 시간이 지날수록 실제가 그렇지 않다는 생각을 자꾸 하게 됐다. 두려움도, 후회도 못 느끼는 나는 사람들에게 이해받지 못했다. 보통 그들은 혼란스러워했고 그로 인해 더 많은 문제가 발생했다. 사람들은 내가 뭔가를 솔직하게 털어놓으면 화내는 경향이 있었다. 반면에 거짓말은 상황을 항상 편안하게 만들어 주었다.

이런 전략은 학교에서 하던 깃발 빼앗기 놀이와 비슷했다. 아이들은 두 무리로 나뉘어 각각 자신들의 기지 안에 깃발을 숨겨 두는데, 먼저 상대편의 깃발을 찾아 빼앗는 쪽이 놀이의 승자가 된다. 나는 그 깃발이 있는 위치를 알아내는 가장 확실한 방법이 바로 거짓말이라고 생각했다.

"야!" 나는 에버렛이라는 남자아이를 불렀다. 상대편에 속해 있는 아이였지만 아무렇지도 않게 가까이 다가갔다. "깃발은 지금 어디 있어? 이제 내가 깃발을 지킬 차례인데?"

그 애는 나를 멍하니 바라보았다. "지금 무슨 말을 하는 거야? 너는 저쪽 편이잖아."

"너야말로 무슨 말을 하는 거야?" 나는 허리춤에 손을 얹고는 당당하게 말했다. "내가 저쪽 편이라면 여기 왜 와 있는데?" 에버렛은 코웃음 쳤지만 나는 눈을 부라렸다.

"뭐 그런가 보지." 에버렛이 말했다. "하지만 여자애가 깃발을 어떻게 지켜."

"바보야, 그게 우리 계획이잖아." 나는 어깨너머로 진짜 우리 편 쪽을 바라보며 고개를 끄덕였다. "상대편이 여자애가 깃발을 지킬 거라고는 절대 생각하지 않을 테니까!"

그러자 에버렛은 자기도 알겠다는 듯 웃으면서 나를 깃발이 있는 곳으로 데려갔다. 나는 그 애가 충분히 멀어질 때까지 기다렸다가 깃발을 주머니에 넣은 후 아무 일도 없었다는 듯 운동장을 가로질렀다.

"5분 정도 기다렸다가 이걸 저기 덤불에서 찾았다고 말해." 나는 상대편 깃발을 우리 주장에게 건네주면서 말했다.

그 애는 놀란 눈으로 나를 바라보았다. "특별 점수를 네가 안 받겠다고?"

"나는 필요 없어. 그냥 우리 편이 이기면 그걸로 충분해."

그게 바로 내 삶의 방식이었다. 어떤 관심이나 인정을 원하지 않았다. 내가 정한 목표를 달성하고 내가 정한 대로 살면 그걸로 족했다. 그런 나에게 거짓말은 분명 가장 좋은 수단이었으며 최근에야 비로소 사용법을 알게 된 초능력과 비슷했다. 거짓말로 나를 감추고 무적의 존재가 될 수 있었다. 도저히 바꿀 수 없는, 두려움을 느끼지 못하고 후회도 하지 않는 성향이 더는 불리하게 작용하지 않았다.

나는 정말로 혼자 있는 걸 좋아했다. 혼자 있을 때 비로소 진짜 내가 되어 진짜 자유를 누릴 수 있었다.

중학교에서는 점심시간 후에 수업이 세 시간 더 있었다. 이미 오전에 기력을 다 소진한 선생님들이 수업을 담당했다. 그래서 내가 수업에 빠지더라도 지친 선생님들이 알아차리지 못할 거라고 확신했다. 그렇다면 한번 수업을 빠져 볼까? 어느 날 오후 나는 정말 수업에 들어가지 않았다.

점심을 먹으러 가는 대신 아무렇지도 않게 주차장을 가로질러 학교 밖으로 나갔다. 너무 쉬워서 놀라울 지경이었다. 집으로 돌아온 후에는 학교에서 전화가 올지 몰라 전화에만 신경을 썼다. 결국 누군가 내가 사라졌다는 사실을 알고 엄마에게 연락하지 않을까?

하지만 그런 일은 일어나지 않았다.

몇 주에 걸쳐 며칠에 한 번씩은 오후 수업을 빼먹었지만 한 번도 나를 찾는 전화가 온 적은 없었다. 그래서 아예 규칙적으로 반나절을 챙기기로 했다. 물론 숙제를 제출하거나 시험을 보는 데 지장이 없을 만큼은 수업에 참석했다. 하지만 그런 게 아니라면 더 흥미로운 일을 찾아 학교를 나섰다. 그냥 집으로 간 적도 여러 번이었다. 아주 만족스러운 시간이었다. 하지만 얼마 지나지 않아 나는 더 구체적이고 장기적인 계획을 세우고 싶어졌다. 비밀 공간을 만드는 계획 말이다.

어느 날, 엄마가 갑자기 일하는 시간에 집에 돌아오는 바람에 침대 밑에 숨어 그녀가 다시 나가기를 기다렸다. 당시 그녀는 부동산 중개 일이 잘됐기 때문에 평일이면 보통 손님들을 만나곤 했다. 조금 열린 방문 사이로 복도를 따라 이리저리 움직이는 발끝이 보였고 마침내 차가 떠나는 소리와 함께 엄마가 사라졌다.

창문 밖으로 차가 완전히 보이지 않는다는 사실을 확인한 뒤 엄마의 서재를 돌아보았다. 거기에 그녀가 사고파는 주택 관련 서류가 모두 보관되어 있었다. 엄마가 빈집들을 찾아다닐 때 따라가는 일이 많았는데, 대체로 지루한 시간이었다. 하지만 그 덕분에 어떻게 빈집을 드나들 수 있는지는 확실히 알았다. 엄마는 자신이 관리를 맡은 집 문 앞에 번호를 눌러야 열리는 작은 상자를 놓아두었다. 상자 안에는 열쇠가 들어 있었다. 이따금 나와 할로위는 엄마의 부탁으로 비밀번호를 눌러 그 상자를 열어 보곤 했다.

'09127' 번호가 기억났다. 나는 계속해서 오후 수업을 빼먹었고 집으로 돌아가는 대신 엄마가 관리하는 빈집들을 찾아갔다. 비밀 번호와 열쇠 덕분에 나는 인생에서 잊기 힘든 행복한 오후를 보낼 수 있었다.

어떤 집 화장실은 나무로 된 매끈한 바닥에 커다란 대리석 욕조를 갖췄으며 온수까지 제대로 나올 정도로 그럴듯했다. 또 어떤 집은 바닥과 벽에 곰팡이가 보이고 전기조차 들어오지 않을 정도로 아주 형편없었다. 하지만 중요한 건 어디를 가든 혼자서 편히 쉴 수 있었으며 이런 모든 과정과 상황을 알고 있는 건 오직 나뿐이라는 사실이었다.

'사람들은 왜 혼자 있는 것을 두려워하는 걸까?' 어느 날인가 바닷가의 빈집에 누워 쉬고 있으려니 정말로 궁금했다. 열린 창으로는 소금기를 머금은 바람이 불어왔고 이보다 더 멋진 시간은 상상조차 할 수 없다고 생각했다. 나는 행복에 취했다. 하지만 여전히 신경 쓰이는 점이 있었다. 내 행동은 부적절한 일이었고, 그 사실이 나를 불편하게 했다.

'내가 빈집에 드나든다고 해서 다치는 사람은 아무도 없어. 비밀만 잘 간직한다면 누가 불쾌해할 일도 아닌 것 같아. 그러니 솔직히 이걸 나쁜 짓이라고 할 수는 없잖아?'

오후 수업을 빼먹는 일도 마찬가지였다. 내가 다니던 중학교는 더러운 쓰레기통이나 마찬가지였다. 싸움질에 약물에 문란한 생활이 일상이었다. 정말 끔찍한 곳이었고 그걸 모르는 사람은 없었다.

그렇다면 반나절이나마 학교를 빠져나오는 게 왜 '나쁜 일'이란 말인가? 나는 그런 쓰레기통 같은 환경에서 잠시라도 벗어나겠다고 결정했다. 피해를 보는 사람은 아무도 없었다. 그걸 왜 사람들은 잘못된 일이라고, 규칙을 어기는 일이라고 생각하는 걸까? 앞뒤가 안 맞았다. 제시카 래빗의 변명이 생각났다. "나는 나쁜 아이가 아니야. 그냥 어쩌다 보니 이렇게 된 거야."

혹시 나처럼 '어쩌다 보니' 이렇게 된 사람이 또 있을까? 아니, 그것보다도 이 세상에 과연 나 같은 사람을 이해하고 좋아해 줄 사람이 있을까? 몇 번이고 생각했다. 혼자 있으면 물론 편하고 좋았지만 그래도 진심을 털어놓을 사람이 한 명이라도 있다면 사는 게 더 재미있을 것 같았다. 여학생들은 대부분 남자친구를 사귀는데 나도 그럴 수 있을까? 과연 나 같은 사람도 아름다운 사랑을 할 수 있을까? 그리고 내가 사랑에 집중할 수 있을까?

그 해답은 얼마 지나지 않아 찾을 수 있었다.

제6장
첫사랑

열네 살이 되던 해 여름, 여름 캠프에 참여했다가 데이비드라는 남자아이를 만났다.

내가 할로위가 다니는 교회의 여름 캠프에 따라가지 않겠다고 하자 대신 엄마는 예술 활동을 테마로 하는 다른 여름 캠프를 추천했다. "여름방학에 온종일 혼자 집에서만 있을 수는 없잖니. 그러니 엄마가 추천해준 여름 학교라도 가든가, 아니면 엄마 일을 돕든가."

예상외로 엄마가 추천해 준 여름 학교의 예술 체험 활동은 아주 만족스러웠다. 장소는 전설적인 거부 존 D. 록펠러의 겨울 별장 중 한 곳이었고, 여름 캠프가 시작되고 얼마 지나지 않아 록펠러가 별장 지하에 마을 주변 건물들로 이어지는 비밀 통로를 만들어 두었다는 소문을 들었다. 나는 그 소문에 크게 매료되었고 그게 사실인지 알아내야겠다고 생각했다.

마침 행정실에는 별장과 관련된 서류로 가득 찬 서랍이 있었다. 시간이 남을 때마다 행정실 주변을 어슬렁거리며 틈을 노렸다. 그런데 어느 날, 놀랍도록 잘생긴 남자아이가 문 앞에 나타났다.

"어, 안녕?" 그가 인사했다.

순간적으로 말문이 막혔다. 그는 나보다 키가 약간 더 컸고 머리와 눈동자는 짙은 갈색이었다. 짙게 그을린 피부가 흰색 티셔츠와 아주 잘 어울렸다. 빛바랜 반바지를 입고 어깨에는 큼지막한 짐 가방 하나를 둘러매고 있었다. 나는 내가 그 가방 안에 들어갈 수 있을 만큼 몸집이 작아져서 어디든 함께 갈 수 있다면 어떨까 상상했다.

여름 캠프 총책임자인 선생님이 나타나 내 이름을 불렀을 때 엉뚱한 상상도 끝이 났다. "패트릭, 여기는 데이비드야. 데이비드는 오늘 왔어."

"아, 그래요." 나는 최대한 무덤덤한 표정으로 대꾸했다.

그녀는 우리를 남겨 두고 행정실에 따로 마련된 자기 사무실로 들어갔다. 데이비드가 나를 보고 씩 웃었다. 나는 다시 문제의 문서들이 보관된 서랍을 돌아보고 기회를 엿보다가 재빨리 서랍을 열어 오래된 설계도를 빼냈다. 그런 다음 데이비드를 보고 활짝 웃으며 설계도를 가방 안에 쑤셔 넣었다.

"오늘 처음 왔다고?" 내가 물었다.

"어, 그런데……." 그는 뭔가 의심스러운 표정으로 나를 내려다보며 대답했다.

사무실에서 나온 선생님이 데이비드에게 준비물과 지도 한 장을 내밀었다. "패트릭, 네가 데이비드를 좀 안내해 주겠니?"

"네, 그럼요."

"고마워, 참 친절하구나." 그녀가 웃으며 말했다. "여기 있는 패트릭으로 말하자면 아마 선생님들보다 이곳에 대해 더 잘 알고 있을걸!"

그 말은 틀리지 않았다. 비밀 통로 이야기에 흠뻑 빠진 나는 지난 몇 주 동안 근처를 샅샅이 돌아보았다. 점심시간이나 사람들의 관심이 뜸한 일과 시간 이후에 몰래 돌아다녔다. 그런데 데이비드의 예상치 않은 등장 덕분에 그날은 누구의 눈치도 보지 않고 마음대로 주변을 돌아볼 수 있게 되었다.

우리는 행정실을 나섰다. 나는 3층으로 된 별장 전체를 자세히 돌아보며 데이비드에게 설명하는 한편, 가져온 설계도와 비교하며 여러 내용을 따로 기록했다.

"정말 철저하네." 데이비드가 말했다. 그를 위한 '안내'가 시작된 지 한 시간이 지났지만 우리는 아직 별장 건물 안에 있었다.

"음, 구조가 좀 복잡해서 말이야." 나는 그를 닫힌 문들이 늘어선 또 다른 복도로 안내했다. "길을 잘 파악하는 게 중요하거든."

"그렇다고는 해도 별장 안을 이렇게 전부 다 살펴봐야 하는지는 잘 모르겠는데?" 데이비드는 고개를 갸웃거리다가 곧 이렇게 덧붙였다. "하긴 뭐, 상관없지. 이렇게 아름다운 여자애랑 함께하는 건 매일 오는 기회가 아니거든."

나는 순간 당황했다. 우리 가족 말고는 나를 보고 예쁘다거나 아름답다고 말한 사람은 아무도 없었으니까. 나는 호기심이 가득 찬 눈으로 데이비드를 바라보았다. 정말 예상치 못한 대담한 말이었고, 그 말 한마디가 나보다는 오히려 데이비드 자신에 대해 더 많은 걸 드러냈다고 생각했다.

나는 팔짱을 끼고 눈을 크게 뜨며 웃었다. "비밀을 지키겠다고 약속할 수 있어?" 나는 교실 쪽으로 발걸음을 옮기며 그에게 따라오라는 손짓을 했다. 그리고 가져온 설계도를 펼쳐 놓고 소문으로 내려오는 비밀 통로 이야기와 그 소문이 사실인지 아닌지 알아내려는 계획에 관해 말했다. 내 계획에 누군가를 끌어들이면 내가 이상한 애라는 인상을 줄 수 있었다. 하지만 그러고는 뭔가 다른 사람 같았고…… 내 모든 걸 다 말해 주고 싶었다.

그는 내 얘기를 신중하게 듣고 설계도와 내 기록을 주의 깊게 살펴보았다. 데이비드는 설계도의 한 지점을 가리켰다. "그러니까 여기가 바로 지금 우리가 있는 곳이라는 거지?"

"그래, 맞아." 내가 고개를 끄덕였다. 그리고 설계도에 뭔가를 표시하려는데 그가 내 손을 붙잡으며 말했다.

"여기에는 뭘 쓰지 마." 그가 웃으며 속삭였다. "그대로 가져다 놔야지. 대신 복사본을 만들면 원하는 대로 표시할 수 있을 거야." 데이비드는 천천히 내 손을 놓고 잠시 생각에 잠긴 채 손으로 숱 많은 갈색 머리를 쓸어 올렸다. "아, 행정실 말고 다른 사무실에 복사기가 있었는데." 그는 오래된 설계도를 조심스럽게 말아서 들었다. "잠깐만 기다리고 있어. 금방 다녀올게."

그날 이후 우리는 떼려야 뗄 수 없는 사이가 되었다. 데이비드는 나보다 몇 살 위인 고등학생이었고 엄마와 여동생을 부양하기 위해 일도 했다. 그는 담배를 피우고 가짜 신분증도 있었으며 자기 돈으로 유지하는 차도 있었다. 그리고 나와 마찬가지로 규칙을 이해할 수 없을 때는 아무런 망설임 없이 규칙을 어겼다. 하지만 그런 반항적인 모습 뒤에는 내가 그때까지 만났던 누구와도 비교할 수 없을 정도로 친절하고 사려 깊은 영혼이 숨어 있었다. 게다가 성적도 좋은 모범생이었다. 내가 현실적이면서 뒤끝이 없다면 그는 감성이 풍부하고 열정적이었다.

데이비드에 대한 나의 감정은 강렬했지만, 처음에는 그게 뭔지 잘 이해할 수 없었다. 게다가 나는 내 또래의 사랑이나 연애에 대한 지식을 대부분 V.C. 앤드류스의 소설에서 배웠다. 책을 읽으면서 내가 작가가 그리는 격정적인 사랑이나 금단의 관계에 심드렁하다는 사실에 스스로 놀랐다. 또 그런 감정을 직접 느끼기는 힘들겠다고 생각했다.

말하자면 내 감정의 실체는 싸구려 색연필과 비슷했다. 금방 알아볼 수 있는 강렬한 원색, 그러니까 기쁨이나 슬픔 같은 원초적인 감정은 있었지만, 더 미묘한 색, 즉 가슴 두근거리는 사랑이나 열정 같은 복잡한 감정은 언제나 손이 닿지 않는 곳에 있었다. 물론 나도 그런 감정들이 존재한다는 사실은 알고 있었다. 책에서도 읽었고 영화에서도 보았기 때문이다. 그렇지만 결코 이해하거나 공감할 수 없었다.

수업 시간에 《폭풍의 언덕》을 다 함께 읽은 적이 있었다. 여자아이들은 다들 남자 주인공인 히스클리프에게 반했고 그를 사랑하지만 결국 파멸시키는 여자 주인공인 캐서린에게 깊이 공감했다. 그들에게《폭풍의 언덕》은 비극적 운명으로 서로 얽힌 연인들에 대한 감동적인 이야기였다. 하지만 나는 아무것도 이해할 수 없었다.

집으로 돌아온 나는 이제 살았다는 듯 큰 숨을 내쉬며 책을 멀리 던져 버렸다. 그리고 엄마를 바라보며 얼굴을 찡그렸다. "책이 마음에 안 드니?" 그녀가 물었다. "어떤 부분이 마음에 안 드는데?"

"여주인공이 멍텅구리거든요. 잘난 척만 실컷 하다가 다 망해 버리는 싸구려 영화 주인공 같아. 겉으로는 거칠 것 없이 마음대로 행동하는 듯 쇼를 하지만 실제로는 그럴싸해 보이고 돈 많은 남편만 바라는 속물이에요. 그런데 또 히스클리프 때문에 힘든 척하잖아. 히스클리프가 어떤 사람인지 제대로 알지도 못하면서." 나는 눈을 부릅떴다. "히스클리프는 캐서린이 원하는 그럴싸한 남편감도 아니고요." 나는 고개를 흔들었다. "이 책이 무슨 불멸의 사랑 이야기로 알려진 게 도저히 믿기지 않아요. 그런 식으로 살 바에 나는 그냥 죽어 버릴 것 같은데."

"정말 좋아하는 사람이 나타나면 너도 마음이 달라질걸."

그리고 갑자기 내 눈앞에 그런 사람이 나타난 것이다. 하지만 그는 히스클리프가 아니었고 우리 두 사람의 이야기도《폭풍의 언덕》과는 전혀 달랐다.

데이비드에 대한 나의 감정은 집착이나 소유욕 같은 힘든 것이 아니었다. 히스클리프를 향한 캐서린의 감정처럼 정신없이 뭔가에 휩쓸리는 기분도 들지 않았다. 나는 그에게 '완전히 푹 빠지지 않았으며' 언제나 단단하게 나 자신의 존재를 지켰다. 하지만 분명 살면서 처음 겪는 일이었다. 가장 좋았던 건 바로 옆에 정말 멋진 누군가가 항상 함께 있다는 점이었다. 데이비드는 내가 아는 한 세상에서 가장 멋진 사람이었다. 그를 만나면 복잡한 수수께끼가 술술 풀리는 것 같았다. 나에게 어울리는 사랑이었다.

좀 달달하게 말하자면 데이비드는 내가 원하는 모든 걸 다 가지고 있었을 뿐만 아니라 내가 되고 싶은 모든 모습을 다 가지고 있었다. 그는 모든 종류의 감정을 느끼고 그대로 표현할 수 있었지만, 그렇지 못한 나와 있어도 절대 불편하거나 기분 나빠하지 않았다. 그와 있으면 나도 함께 다양한 감정을 느낄 수 있을 것 같았다. 더는 '어두운 비밀'을 스스로에게조차 감추고 억누를 필요가 없다고 느꼈다. 데이비드의 너그러움은 나를 편안하게 만들어 주었고 그런 그에게라면 뭐든지 다 털어놓을 수 있다고 생각했다.

"그래서 네가 느끼는 그 압박감이라는 걸 좀 더 들려줘 봐."

우리는 강이 내려다보이는 풀밭 위에 앉아 있었다. 록펠러 가문의 땅은 강 뒤쪽의 공원을 지나 드넓은 바닷가까지 이어져 있었다. 다양한 종류의 버드나무가 심겨 있고 시냇물이 거대한 물레방아를 굴리는 공원에서 데이비드와 나는 자연적으로 만들어진 여러 은밀한 장소들을 찾아냈다. 그곳에서 서로에 대해 많은 것들을 알아 갔다.

그날 데이비드는 휴대용 CD 플레이어를 가져왔고 우리는 스미스라는 영국 밴드의 음악을 들었다. 나는 고개를 들고 그의 입술에 물려 있는 담배에 손을 뻗었다. 길게 담배 한 모금을 빨고 난 후 시냇물에 발을 담그고 음악에 맞춰 흔들었다. 내 머릿속에서 일어나는 일에 대해 누군가에게 말한 건 그때가 처음이었는데, 그와 그런 대화를 나누는 게 즐겁다는 사실을 깨닫고 깜짝 놀랐다. 비로소 성숙한 어른이 된 것 같았다.

"별로 특별한 건 없어." 나는 담배 연기에 익숙해지려 애쓰며 우선 기침부터 하지 않으려 최선을 다했다. "다만 내가 기억하는 한 정말 오래전부터 그걸 느껴 왔지."

데이비드는 얼굴을 찡그렸다. "그렇구나. 그러면 어떤 기분인데?"

나는 어떻게 대답해야 할지 생각하며 고개를 숙이고 풀잎을 잡아당겼다. 손가락 끝에 잡힌 가느다란 풀잎이 날카로운 칼날처럼 느껴졌다.

"뜨거운 난로 위에 물을 담아 올려놓은 그릇 같은 느낌? 처음에는 아무 일도 없어. 그러다 작은 물방울들이 올라오기 시작해." 나는 얼굴을 약간 찡그리고 좀 더 자세히 설명하려 애썼다. "그렇게 물이 끓을 때쯤이면 정말 불안해지는 거야. 왜냐하면 물이 끓어서 넘치는 것을 막기 위해 뭐라도 해야 할 것 같거든."

"왜 불안하지? 물이 끓어 넘치면 어떻게 되는데?"

"폭력적으로 변해." 나는 구속 없는 자유로움을 느끼면서도 동시에 두려웠다. 순간 너무 많은 걸 드러냈는지도 모른다고 생각했다. 하지만 데이비드는 그저 고개를 끄덕일 뿐이었다.

"물이 끓어 넘치는 걸 막기 위해서 자꾸 뭔가를 한다는 거지? 거기가 어디였더라? 누구 집엔가 몰래 가서 뭘 훔쳤다고……." 그는 내가 해 준 이야기를 다시 떠올리려는 듯 손가락을 튕겼다.

"아만다, 아만다네 집. 그 집에 가서 걔가 받은 상패를 훔쳤어."

아만다는 학교에서 인기 있는 치어리더 단장이었다. 내가 오후 수업을 빼먹는 걸 교장 선생님에게 고자질한 후부터 그녀가 싫었다. 수업 문제는 어떻게든 겨우 넘어갈 수 있었지만 자기랑 전혀 상관도 없는 일에 참견했다는 사실을 나는 절대로 용서할 수 없었다.

그녀는 우리 집에서 그리 멀지 않은 곳에 있는 커다란 집에 살았고 그 집 차고 문은 항상 열려 있었다. 어느 날 밤에 나는 차고를 통해 집 안으로 몰래 들어가 거실 벽난로 위에 장식되어 있던 상패를 훔쳤다. 치어리더 단장인 그녀가 제일 소중하게 생각하는 기념품이었다.

데이비드가 나를 보고 익살스러운 표정을 지었다. "여기 여름 캠프 마치면 나도 그 한밤의 모험에 데려가 줘."

"아예 나랑 같이 아만다네 집에 가는 건 어떠신가용?" 나는 할머니가 즐겨 보던 어떤 텔레비전 방송에서 들은 익살스러운 말투를 흉내 내며 놀리듯 말했다. 그도 낄낄거렸다. "상패를 제자리에 갖다 두면 아만다가 정말 기절초풍할걸."

"야, 진짜 너는." 데이비드가 웃음을 터트렸다. "진짜 음흉하다!"

데이비드의 CD 플레이어에서 'How Soon Is Now?'라는 노래가 흘러나왔다. 나는 몸을 일으켜 노래를 따라부르기 시작했다. 물론 평소처럼 마음대로 가사를 바꿨다. "나는 여왕 / 나는 상속자 / 내가 물려받은 건 범죄에 무감각한 마음 / 나는 여왕이자 상속자…… / 하지만 물려받은 건 아무것도 없지." 나는 큰소리로 외쳤다. "그 입 다물어 / 어떻게 네가 감히 / 내가 일을 망친다고 말할 수 있어? / 나는 어차피 사랑받을 필요가 없는 인간인데 / 나는 다른 사람들과는 전혀 달라!"

데이비드가 갑자기 내 허리를 잡고 자기 무릎 위로 끌어당겼다. 그리고 나를 뚫어지게 응시했다. "정말 그렇게 생각해? 사랑받을 필요가 없다고?"

나는 당황한 표정으로 그를 바라보았다. 사실은 나도 잘 몰랐다. 여자아이들이나 영화 속 주인공들은 사랑을 마치 행복해지려면 필요한, 어떤 생명력의 근원처럼 여겼다. 하지만 나에게 사랑이란 그저 백화점에 전시된, 아름답기만 할 뿐 생명의 기운은 전혀 없는 옷이나 장신구와 같았다. 물론 진짜 사랑은 좋은 것일 테지. 엄마는 남자친구가 찾아올 때마다 행복해 보였다. 로맨스 영화는 항상 인기가 많았다. 그렇지만 나는 한 번도 사랑에 심취해 본 적이 없었다. 사랑이라는 개념 자체는 이론적으로 대단히 그럴듯했지만, 진심이 아닌 위험한 거래처럼 보였다. 엄격한 사회적 계약이라는 틀

안에서 '정상적인' 모습을 보이고자 지나치게 애쓰는 일 같았다.

데이비드는 대답을 채근했다. "잘 모르겠어." 나는 마침내 대답했다. "사실은 지금까지 한 번도…… 살아가는 데 사랑이 필요하다고 생각해 본 적이 없어서."

그가 실망스러운 반응을 보일지 모른다고 생각했지만, 그는 오히려 뭔가 깊은 인상을 받은 것 같은 표정이었다. "그것참 흥미로운데."

"흥미롭다고? 왜 그렇게 생각하는데?"

"그거야 네가 다른 사람들과 다르기 때문이지. 사람들이 어쩔 수 없이 휘둘리는 감정에 대해 너는 객관적인 태도를 유지할 수 있거든. 너도 사랑이 좋은 것이라고는 생각하지. 하지만 갈망하지는 않기 때문에 너는 휘둘리지 않는 거야." 그런 다음 데이비드는 이렇게 노래했다. "너는 다른 사람들과는 전혀 달라!"

또 제시카 래빗이 떠올랐다. 내 성격의 나쁜 부분이라고 생각해 왔던 것들이 실제로는 전혀 그렇지 않다면 어떨까? 남들과 다를 뿐이라면?

나는 줄곧 내 진짜 모습을 숨기려 애써 왔다. 자신을 이해하거나 알아보려 노력하지 않고 숨기기에 급급했다. 타고난 성품을 모른 척하고 고치려고만 했다. 그런데 갑자기 정반대로 행동하는 사람이 나타난 것이다. 그는 나를 바꾸고 싶어 하지 않았다. 나를 있는 그대로 받아들였다. 내가 만난 다른 누구와도 다르게 나를 똑바로 바라봤다. 무엇보다 자신이 보아 낸 것들을 마음에 들어 했다. 완전히 새로운 일이었다. 나는 나 자신을 특별히 싫어한 적이 없었다. 그렇다고 딱히 칭찬받을 만하다고 생각하지도 않았다. 그런데 데이비드는 내 생각을 완전히 뒤바꿨다.

내가 가치 있는 사람, 그리고 좋은 사람이 될 수 있다고 생각하게 되었다. 데이비드도 그렇게 생각하는 것 같았다. 그는 내가 만난 사람 중에서 가장 멋진 사람, 최고의 사람이었다. 그는 내가 짓궂은 장난에 몰두하는 걸 나무라지 않았다. 오히려 적극적으로 함께했다.

"개같네." 나는 크게 낙심했다.

늦은 오후였다. 우리는 미술 수업을 듣지 않고 몰래 빠져나와 오래된 설계도에 표시된 출입구를 찾고 있었다. 왜 문이 보이지 않는가 했는데 알고 보니 문이 있어야 할 자리가 거대한 주방으로 바뀌어 있었다. 그릇으로 가득 찬, 벽의 절반 가까이 되는 커다란 크기의 장식장이 떡하니 서 있었다.

"옮길 방법이 없잖아." 나는 투덜거렸다. 그리고 바닥에 주저앉아 장식장 밑을 손전등으로 비춰 보았다. 눈에 들어오는 건 제한적이었지만 나무로 만든 좁다란 문의 밑부분 같은 게 보였다. "데이비드!" 나는 좀 더 자세히 살펴보기 위해 머리를 이리저리 비틀었고 그러다 흥분해서 속삭였다. "찾았어!"

그는 아무런 말도 없이 한쪽 구석에 앉아 무릎 위에 올려놓은 무언가를 열심히 바라봤다. 나는 손전등을 그쪽으로 비췄다. "데이비드!" 이번에는 조금 더 큰 소리로 이름을 불렀다. "내 말 듣고 있어? 문을 찾았다고!"

"쉿!" 그가 대답했다. 손에는 믿음직한 스위스 군용 칼이 들려 있었다. "천을 좀 잘라내고 있으니까." 침착한 목소리였다.

"천을 자르다니 그게 무슨 소리야?" 내가 짜증 섞인 한숨을 내쉬었다. "이러고 있을 시간이 없다고!"

데이비드가 몸을 일으켜 장식장 쪽으로 다가왔다. 크기를 가늠해 보더니 조심스레 뒤로 기울이기 시작했다. "좀 도와줘. 잠깐만 이걸 붙잡고 있어."

나는 그가 시키는 대로 장식장을 붙들었다. "아주 간단한 이치야." 그가 무릎을 꿇으며 설명했다. "천은 마찰을 줄여 주거든."

데이비드가 장식장 밑에 천 조각을 밀어 넣는 걸 보고 입이 딱 벌어졌다. 맙소사, 정말 똑똑해. 게다가 뛰어난 손재주까지! 그는 매년 여름이면 보스턴에 있는 아빠의 화물 운송 회사에서 몇 주 동안 일을 도왔기 때문에, 무거운 물건을 움직일 때 필요한 요령을 잘 알고 있었다. 그는 정말 모르는 게 없는 만물박사 같았다.

우리의 조합은 가히 환상적이었다. 나는 거짓말하거나 물건을 슬쩍 집어 오는 재주가 있었다. 데이비드는 역사와 과학 지식이 풍부하며 실전에서 문제를 해결할 수 있는 놀라운 능력이 있었다.

나는 데이비드가 밀어 넣은 천 조각의 위치를 조정하는 걸 보면서 진정한 내 짝을 찾았다고 생각했다. 천 조각은 장식장 밑이 바닥과 닿는 부분에 딱 들어맞아서 서 있는 위치에서는 잘 보이지 않

았다. 바닥에 엎드려 장식장 밑을 일부러 살펴보지 않는 이상 무슨
일이 있었는지 알아차릴 수 없었다. 마침내 그가 천천히 힘주자 장
식장이 조용히 옆으로 움직였다. 장식장을 치운 자리에는 나무 문
이 그 모습을 드러냈다.

홍분된 표정으로 데이비드를 바라보며 문손잡이를 조심스럽게
돌렸다. 철컥, 하는 소리와 함께 문이 열렸고 경첩에서도 요란한 소
리가 났다. 우리는 혹시 누군가 그 소리를 들었는지 확인하기 위해
꼼짝하지 않고 그대로 서 있었다. 근처에 아무도 없는 걸 확인한
후에야 문 안쪽의 어둠 속으로 미끄러지듯 들어갔다. 손전등을 비
췄다.

우리가 예상했던 대로 문 뒤에는 가파르게 아래쪽으로 이어지
는 낡은 계단이 있었다. 그 밑에는 또 다른 출입구가 있었는데, 마
치 어떤 거한이 경첩에서 억지로 뜯어낸 것처럼 반쯤 부서진 문이
있었다.

"좀 오싹한데." 데이비드는 이렇게 말했고 나는 슬며시 웃었다.
우리는 조심스럽게 계단을 내려가 부서진 문틈 사이로 몸을 숙여
공사를 하다 중단된 것처럼 보이는 공간으로 들어갔다. 이 별장의
1층 전체 넓이와 맞먹는 것처럼 보였다. 손전등으로 사방을 자세
히 비추자 한쪽 구석에 윗부분이 반원형으로 된 통로 비슷한 곳이
보였다. 우리는 숨이 멎을 것처럼 놀랐다. 통로는 두꺼운 벽돌로 세
운 벽으로 막혀 있었고 그 위로 묵직한 쇠사슬이 늘어져 있었다.
나는 앞으로 달려가 벽을 손으로 더듬었다. 다른 부분들과 비교하

면 좀 더 최근에 만든 것처럼 보였다. 한 걸음 뒤로 물러섰다. "여기가 틀림없어. 설사 그렇지 않다고 해도, 나는 그렇다고 믿을 거야."

내 뒤로 다가온 데이비드가 나를 힘껏 끌어안았다. "정말 대단해! 진짜로 해냈구나!" 그는 소리치며 내 얼굴을 붙잡고 자기 쪽을 향하게 했다. "네가 찾아낸 거야!"

데이비드의 입술이 내 입술에 와서 닿았다.

깜짝 놀라 숨을 크게 들이마셨다. 데이비드의 체취가 더욱 진하게 풍겨왔다. 약간의 담배 향이 어우러진 짙은 초콜릿 맛이 느껴졌다. 굳이 다른 말로 표현하자면 순간 허기가 느껴졌달까⋯⋯. 갑자기 게걸스럽게 뭔가를 먹어 치우고 싶었지만 뭘 원하는지 정확히 알 수 없었다. 한쪽 손을 뻗어 그의 등을 어루만졌다. 따뜻했다. 데이비드가 나를 다시 힘껏 끌어안자 그의 티셔츠 안으로 기어들고 싶다고 생각했다. 들고 있던 손전등이 바닥으로 떨어졌다. 우리는 어둠 속으로 몸을 던졌다.

수없이 그 비밀 공간을 찾아갔다. 기회가 있을 때마다 지하실로 내려가 거대한 공간을 탐색했고 어느 한 곳 빠트리는 법 없이 모두 머릿속에 새겨 두었다. 때로는 오후 내내 그곳에서 고독을 즐기며 보내기도 했다. 데이비드가 따라올 때도 있었지만 대부분은 혼자였다. 제일 좋아하는 곳은 벽돌로 막힌 문 앞이었다. 한 번은 작은 탁자와 의자를 가져와 나만의 개인 거실을 만들었다. 의자에 앉아 손전등 불빛 아래에서 소니 워크맨으로 재즈를 듣곤 했다.

내가 처음 재즈를 들은 건 초등학교 때 가족 여행에서다. 아빠는 뉴올리언스 프렌치쿼터의 어느 건물 2층에 숙소 한 곳을 마련해 두었다. 우리는 미시시피에 사는 할아버지와 할머니 집을 찾아갈 때마다 그 열정 넘치는 남부 도시를 따로 방문해 좋은 시간을 보냈다. 나는 언제나 그렇듯 밤이 오는 게 제일 좋았다. 할로위와 나는 디카터 스트릿이 내려다보이는 발코니가 있는 방을 함께 썼다. 가족들이 모두 잠든 후면 나는 발코니로 나갔고, 아래층의 술집에서 들려오는 블루스 소리에 흠뻑 취하곤 했다.

그때부터 재즈를 좋아하기로 했다. 우주에는 모든 것이 서로 얽혀 있는 듯 보이는데 재즈에는 독립된 세상이 있었다. 악보 없이 자유롭게 흐르는 음악은 나를 억지로 현실 세계에 밀어넣거나 내게 미래를 염려하라고 강요하지 않았다. 나보다 더 규칙에 얽매이지 않는 것 같은 자유로운 음률과 박자로 내가 그대로 있어도 좋다고 말해 주었다.

그 숨겨진 지하 공간은 마치 재즈처럼 규칙도, 정해진 구조도 없었다. 몇 번이나 그곳을 찾은 뒤 지상보다는 지하가 더 편하다는 사실을 깨달았다. 특히 점심시간이 좋았다. 머리 위에서 사람들이 모여 하는 말을 엿들을 수 있었기 때문이다. 내가 마치 유령 같다고 생각했고 내 새로운 남자친구도 그렇게 생각하는 듯했다.

"너는 여기 사는 유령 같아!" 데이비드가 나를 놀렸다. "늘 동에 번쩍 서에 번쩍 하잖아." 우리는 공원에서 시간을 보내고 있었다.

"그런데 왜 그렇게 저기를 좋아하는 거야?"

"편안해서. 나는 남의 눈에 띄지 않는 걸 좋아하거든." 우리는 담요 위에 누워 있었고 나는 도서관에서 집어 온 책 몇 권을 뒤적였다. 록펠러가 만들었다는 지하 통로에 대해 가능한 한 더 알고 싶었다.

"너는 그런 말을 자주 하더라. 왜 그렇게 사람들 눈앞에서 사라지려 하는데?"

"그러면 내가 남들과 다르다는 게 알려질까 봐 걱정할 필요가 없거든. 사람들이 나를 볼 수 없을 때가 가장 편하고 안전하게 느껴져. 내 진짜 모습 그대로 있을 수 있으니까."

데이비드가 눈을 크게 떴다. "그렇지만 나는 이렇게 네 곁에 있는데? 이렇게 너를 보고 있잖아." 그리고 이해가 안 간다는 듯 머리를 흔들었다. "혹시 나도 불편한가?"

"아니. 너는 다른 사람들과는 다르니까."

그러자 데이비드는 아무런 말도 하지 않았다. 내가 말을 너무 많이 한 건 아닐까 또다시 생각했다. "너도 이 책들을 한번 읽어 봐." 나는 밝게 웃으며 다른 말을 꺼냈다. "아마 네 마음에 들 거야. 네가 좋아하는 내용이거든."

데이비드는 역사와 관련된 거라면 뭐든 다 좋아했다. 문학과 예술에 대해서도 모르는 게 없었다. 같이 있으면 그야말로 나만을 위한 백과사전 같았다. 나는 그의 생각을 좋아했다. 특히 음악 얘기가 좋았다. 우리는 그의 차에서 몇 시간이고 어른들 몰래 재즈부터 팝까지 여러 음악을 듣고 가사를 분석했다. 라이브를 듣고 싶은 가수에 대해 말하기도 했다.

데이비드가 여기저기 흩어진 책들을 가리키며 말했다. "패트릭, 분명히 말하지만……" 뭔가 단호하게 말하려고 최선을 다하는 것 같았다. "이 책들은 다 제자리에 돌려놓는 게 좋겠어. 나는 남의 책을 집어 오는 것만큼은 그냥 넘어가지 못하는 사람이니까."

"우리 집에 있는 책장을 보면 깜짝 놀랄 것 같은데……" 내가 웅얼거렸다.

"너는 참 역설적이야."

나는 어깨를 으쓱했다. "도대체 무슨 말을 하는 건지……"

그는 갑자기 활짝 웃더니 벌떡 일어나 노래를 부르기 시작했다. "역설이야! 역설! 그것도 가장 기가 막힌 역설이라고!"

나는 웃음을 터트렸다. 듣고 보니 그의 할아버지가 제일 좋아한다는 영화 '펜잔스의 해적들The Pirates of Penzance'에 나오는 노래였다. 할아버지 곁에서 몇 번이고 반복해서 영화를 봤던 그는 거기 나오는 노래를 다 외우는 모양이었는데, 굉장히 개성이 넘치고 기발한 가사였다.

"정말 도움이 안 되네!" 나는 노랫소리에 지지 않으려는 듯 소리를 질렀다.

"뭐 그럴지도 모르지." 나에게 이끌려 옆에 앉은 데이비드가 설명을 시작했다. "좀 들어 봐. 역설이란 서로 다른 두 가지 주장이 다사실일 때 하는 말이거든. 해적이 된 프레드릭은 스물한 살이었지만 생일은 다섯 번밖에 안 지나갔어."

"뭐라고?"

"생일이 2월 29란 말이야. 처음에 계약할 때 스물한 살이 되면 해적을 그만두겠다고 했지만 그럴 수가 없었지. 분명 나이는 스물한 살이 맞는데, 해적들의 계약은 생일을 기준으로 계산하거든. 따라서 생일만 따지면…… 프레드릭은 이제 겨우 다섯 살이었던 셈이지."

나는 얼굴을 찡그렸다. "뭐야, 지금 내가 다섯 살짜리 해적이라는 말이야?"

"뭐, 말하자면 그렇지!" 그는 웃음을 터트렸다. "한번 생각해 봐. 너와 관련된 모든 것들이 다 서로 부딪힌다고. 패트릭은 따뜻하면서도 관대한 사람이지만 동시에 날카롭고 사악하다!"

나는 어깨를 으쓱했다. "그거야 다들 그렇잖아."

"그럴 수도 있지만…… 문제는 네가 훨씬 극단적이라는 거야."

나를 불편하게 만드는 날카로운 소리였다. 샌프란시스코에 살 때 있는 그대로 사실을 말하면 엄마가 화를 낼 때의 말투가 떠올랐다. 나는 곁눈질로 데이비드의 얼굴을 살펴보며 담요 위에서 몸을 살짝 움직였다. 뭔가 대답할 말을 찾기 위해 애쓰다가 마침내 이렇게 말했다. "그 문제는 나도 한번 생각해 볼게."

하지만 그렇게 말하자마자 짜증이 치밀어 올랐다. 평범하게 살아가기 위해 엄마의 지도가 필요하다고 생각하던 때의 기분이었다. 진짜 나의 모습을 감춰야 하더라도 가족과의 관계를 유지하기 위해서라면 뭐든지 다 하던 시절이었다.

'정확히 뭘 한번 생각해 보겠다는 걸까?' 마음속에서 화가 끓어올랐다. '사람들과 똑같이 행동하는 방법을?'

생각만 해도 몸서리쳐지는 일이었다. 태어나서 처음으로 있는 그대로의 모습으로 지내는 게 좋았다. 다른 누군가와 함께 있는 것도 처음으로 좋았다! 나는 바뀌고 싶지 않았다. 뭔가 달라진 척하는 것도 정말 싫었다. 다행히도 내 마음을 데이비드도 이해해 주는 것 같았다.

"널 보고 뭘 바꾸라는 건 절대 아니야. 성격적으로 무슨 결함이 있다는 뜻이 아니라고." 그는 싱긋 웃었다. "그냥 너를 짓누르는 압박감만 조심하면 돼." 그러면서 내 이마를 부드럽게 토닥였다. "그런 감정에 휘둘리지 않는 게 제일 중요하니까."

고개를 끄덕였지만, 과연 그럴 수 있을까 하는 오랜 의문이 들었다. 내가 한 일들은 실제로 누가 강요한 게 아니었다. 그렇지만 분명 때때로는 저항할 수 없었다. 압박감은 언제나 세를 확장할 구실을 찾는 것 같았고, 그걸 견뎌 내는 유일한 방법은…… 옳지 않은 일을 하는 것이었다.

강박장애를 앓고 있는 어떤 아이에 관한 기사가 생각났다. 강박장애가 있는 사람들은 어떤 행동이나 생각을 제대로 통제하지 못하고 그걸 어쩔 수 없이 반복하고 또 반복한다. 그 "어쩔 수 없다."는 말은 내가 느끼는 기분과 딱 맞는 표현이었다. 다만 차이가 있다면 나는 반복해서 손을 씻거나 거리의 전봇대 수를 빠트리지 않고 세는 것보다, 낯선 사람을 미행하고 빈집을 마음대로 드나드는 걸 좋아했다. 하지만 내가 그들과 뭐가 다르단 말인가. 다 남에게 피해를 주는 행동은 아니었잖아. 그렇게 본다면 내 행동들 역시 강박장애자의 행동과 거의 똑같지 않은가?

"강박장애는 환자 스스로 통제가 거의 불가능하다." 기사의 내용에 크게 공감했다. 대부분 나는 충동에 그냥 굴복했다. 버지니아에서 보낸 여름에도 그런 일이 있었다.

우리가 플로리다로 이사 온 지 얼마 지나지 않아 엄마랑 우리 자매는 버지니아 리치먼드 근처에 사는 증조할머니를 만나러 갔다. 나는 그곳에서도 엄마가 시키는 대로 하려고 노력했다. 하지만 환경이 새롭게 바뀌면서 뭘 해도 마음이 편하지 않았다. 증조할머니는 엄마가 어렸을 때 한동안 지내기도 했던 바닷가 근처에 살았고 엄마는 그곳을 또 다른 고향처럼 여기며 편하고 행복한 시간을 만끽했다. 나만 빼고 모두가 다 그랬던 것 같다. 나만 곧 터져 버릴 폭탄처럼 점점 커지는 긴장감에 짓눌려 있었다.

증조할머니 집에서는 할 일이 없었다. 특별한 일이라고 해봤자 바닷가를 오가거나 카드놀이를 하는 것뿐이었다. 점점 불안해지는 마음을 달래 줄 텔레비전조차 없었다. 어느 날 산책하다가 어느 인적 드문 시골길에서 햇살을 받으며 누워 있는 고양이를 봤을 때도 별생각이 들지는 않았다. 나는 고양이를 붙잡아 끌어안았다. 고양이는 곧 덫에 걸린 쥐와 비슷해졌다.

고양이가 몸부림치기 시작했다. 내 팔에 발톱을 박아넣고 손까지 물어뜯으려 했지만, 손에서 힘을 빼지 않았다. 무릎으로 고양이 몸통을 붙잡고 손으로는 목을 감쌌다. 계속해서 힘을 주었다. 고양이가 몸부림치며 제발 풀어 달라는 듯 울부짖을 때 내 숨도 거칠어졌다. 얼마쯤 시간이 지났을까. 고양이를 짓누르고 또 짓누르는 동안 시간이 멈춘 것 같았다. 그러다 고양이를 풀어 주었다. 고양이는 숨을 헐떡이며 길을 따라 늘어선 갈대밭을 향해 달려갔다. 그 모습을 지켜보며 쾌감을 느꼈다. 그 자리에 일이 분가량 주저앉아 치밀어 오르는 뜨거운 감정을 만끽했다.

그리고 분명한 사실을 인지했다. "이건······ 이건 좋지 않은 일이었어." 자리에서 일어나 고양이가 도망치며 남긴 흔적들을 바라보았고, 내가 만든 규칙에 대해서 생각했다. "누구에게도 해를 끼치지 않는다." 원래는 사람에게 해를 끼치지 않겠다는 뜻이었지만 고양이도 여기에 포함해야 한다는 걸 깨달았다. 몇 년 전엔가 엄마는 나와 할로위에게 마약에 중독된 어느 아이에 대한 비극적인 이야기를 그린 '낫 마이 키드 Not My Kid'라는 영화를 억지로 보게 했다. 거기에는 내가 좋아하는 여배우 스토커드 채닝도 출연했기 때문에 관심이 조금 있었다. 당시만 해도 엄마가 왜 대마초에 대해 그렇게 걱정하는지, 또 이른바 '입문용 마약'이 뭔지 이해하지 못했다. 하지만 이제는 이해가 됐다. 나에게는 아주 사소한 불미스러운 것도 아주 안 좋은 방향으로 영향을 미칠 수 있었고, 마약은 내게 진짜 심각한 문제를 일으켰을 것이다. 폭력도 마찬가지였다. 나는 동물을 해치고 싶지 않았다. 다시는 그날의 일을 반복하지 않을 것이다.

데이비드를 바라보았다. 고양이 사건을 들려주면 그는 어떤 반응을 보일까? 한번 알아봐야겠다고 생각했다. 그런데 내가 뭐라고 말을 하기 전에 그가 내 손을 꽉 움켜쥐었다.

"뭐 하나 말해 줄까?" 그의 커다란 갈색 눈동자가 내 눈동자 안으로 깊숙하게 들어왔다. 나는 고개를 끄덕였다.

"사랑해." 데이비드가 부드럽게 속삭였다.

이 한마디 말이 나를 얼마나 놀라게 했는지! 이게 바로 사랑이구나. 뭔가를 조건으로 내걸고 거래한다는 느낌은 전혀 들지 않았다. 위험하거나 공허하다는 느낌도 없었다. 그저 모든 게 완벽했다. 나와 전혀 상관없는 사람을 염려하고, 또 그런 관계의 은총을 입어 나 자신을 염려하는 게 어떤 일인지를 동시에 경험했다. 완벽하게 타인과 하나가 되는 느낌. 태어나서 처음 느끼는 것이었다.

"나도 사랑해." 내 귀에 내가 하는 말이 들렸다. 진심이었다. 나는 데이비드를 사랑했다. 친절함과 책임감의 수호자인 그는 나에게 정말 완벽한 남자였다. 그는 내가 가지지 못한 양심의 살아 있는 화신이었다. 무엇보다도 이제야 깨달은 나의 소망, 즉 나를 있는 그대로 받아들이고 지금의 내 모습을 유지하라고 격려하는 사람과의 관계를 제공해 주었다.

이해와 수용, 정직한 관계 속에서의 편안함. 나는 오랫동안 이런 것들을 갈망해 왔고 이제 모든 게 손안에 들어왔다. 데이비드는 나의 공허함을 채워 주었다. 나를 결코 이상한 눈으로 바라보지 않았고, 같이 있으면 어떤 압박도 주지 않았다. 내가 가능할지도 모른다고 생각했던 것 이상으로 나는 데이비드를 사랑했다. 나 역시 누군가의 사랑을 받을 가치가 있다는 깨달음 따위는 아무것도 아니게 느껴질 정도였다.

입을 맞추자 담배와 사탕이 뒤섞인 맛이 내 입 안을 가득 채웠다. 이제 설계도도, 어두운 지하의 비밀 장소도 다 필요 없었다. 데이비드의 품 안에서 내가 해야만 한다고 느꼈던 유일한 일은……그저 가만히 있는 것뿐이었다.

그해 여름, 나는 사랑과 우정 어린 관계를 경험하며 조금 더 성장했다. 처음으로 감정의 부재를 끊어냈다. 나는 사랑을 느꼈다! 나도 모르는 사이 데이비드와 소통하고 교감하는 법을 체득했다. 내게만 당연하지 않다고 생각했던 것들이었다.

데이비드는 내가 뭔가를 새롭게 배우고 바뀌어 가는 과정을 인내심을 가지고 지켜보았다. 나보다 몇 살 위였지만, 단 한 번도 나이 차이를 의식하지 않는 듯 보였다. 그가 자신이 내 남자친구라는 사실에 만족해한다고 나는 생각했다.

여름 캠프가 끝나는 날, 주방으로 갔다. 설계도를 포함한 서류들이 장식장 밑에 있었다. 나는 서류들을 다시 챙겼고, 처음 발견했을 때를 떠올리며 싱긋 웃었다.

"다시 갖다 놓으려고?" 갑자기 나타난 데이비드가 물었다.

나는 웃으며 짐짓 얌전하게 대답했다. "응. 나가는 길에 들리려고."

그는 고개를 끄덕였다. "너희 엄마는 거의 다 오셨을까?"

나는 어깨를 으쓱하며 얼굴을 조금 찌푸렸다. 그가 나를 집까지 태워 주겠다고 했는데 아쉽게도 엄마에게는 통하지 않았다. 내가 전화로 그래도 괜찮겠느냐고 물었을 때 그녀는 이렇게 대답했다. "넌 겨우 열네 살이야. 그런데 그 남자애는 뭐? 열여덟? 절대로 안 되지."

나는 크게 실망했다. 우리는 여름 내내 거의 하루도 빠지지 않고 함께 있었는데 그까짓 차 좀 얻어타는 게 뭐가 대수라고. 하지만 데이비드는 다 이해해 주었고, 엄마가 데리러 올 때까지 나와 함께 있겠다고 말했다.

"응, 거의 다 오셨겠지." 내가 대답했다.

그가 고개를 숙였다. 분명 슬퍼하고 있으리라. "데이비드…… 괜찮은 거지?"

"너는 어떤데?" 조금 날카로운 목소리였다. "난 네가 보고 싶을 거야."

나는 일부러 뽀로통한 표정을 지으며 앞으로 다가가 그의 허리를 팔로 감싸 안았다. "나두우. 그런데 그리 멀리 살지도 않잖아. 앞으로도 계속 만날 수 있어."

"글쎄, 정말 그럴까."

"그게 지금 무슨 소리야? 차도 있으면서."

"그래, 네 엄마가 절대로 못 올라타게 하는 차가 있지." 우리가 끌어안고 있는 동안 데이비드는 별로 말을 하지 않았다. 얼굴에는 왠지 슬프기도 하고 화가 나기도 한 것 같은 표정이었다. "하긴 다 무슨 상관이야. 어차피 다니는 학교도 다르고, 나는 내년에 대학에 갈 거고……." 그는 마음을 진정시키려는 듯 자세를 고치며 머리를 흔들었다. "그러니까 내 말은, 넌 아직 중학생이고……."

뭔가 낯익은 불안감이 스며들기 시작했다. 나는 끌어안고 있던 팔을 풀었다. "아니, 그렇지 않아. 다음 학기부터는 나도 고등학생이야. 그리고 도대체 언제부터 그런 게 문제가 된 건데?"

화가 났다. 그렇게 오래 함께 지내는 동안 데이비드는 우리의 나이 차이 혹은 우리가 다니는 학교 문제에 대해서 한 번도 말을 꺼낸 적이 없었다. 대체 무슨 얘길 하고 싶어서 이러는 거지? 이제 와서 나를 차 버리려고? 도무지 이해할 수 없었다. 나는 뭘 어떻게 해야 할지 몰랐고, 다른 접근 방식을 취하려 했다.

"그리고 말이야……." 일부러 달콤하고 끈적거리는 목소리로 말했다. "나랑 같이 우리 동네를 돌아보고 싶다고 했잖아."

그의 마음을 돌리기 위해 마지막으로 최선을 다했다. 순간 그도 마음이 흔들리는 것 같았다. 데이비드가 웃기 시작했고 커다란 갈색 눈동자로 내 얼굴을 바라보았다. "그거 재미있겠다."

"그렇지?" 그의 허리를 감싸안았다. 그리고 그의 뺨에 부드럽게 입을 맞췄다. "네가 곁에 없는데 내가 어떻게 마음 편히 지낼 수 있겠어?"

그때 직원 한 사람이 나타났다. "거기!" 그녀가 날카롭게 소리쳤다. "거기 어린 연인들! 그러고 있으면 곤란해." 그녀는 특히 데이비드를 노려보며 덧붙였다. "그리고 패트릭, 어머니가 오셨다."

"이제 그만 가자." 그의 말에 내 노력이 물거품이 되었다는 사실을 깨달았다.

"잠깐만요." 나는 직원을 간절한 눈길로 바라봤다. "조금만, 그러니까 아주 조금만 더 있으면 안 될까요?"

"할 말이 더 있으면 여기 말고 현관 근처에 가서 마음껏 하도록 해."

"아니요, 이제 괜찮습니다." 데이비드가 말을 가로막았고 내 뺨에 입을 맞추며 속삭였다. "나중에 또 봐."

그렇게 데이비드는 문밖으로 사라졌다.

제 2 부

아빠

제7장
한 돌기 빛

선셋 블러바드를 달리고 있으려니 검은 아스팔트 길에 가로등 불빛이 비쳤다. 해가 지자 기온이 뚝 떨어졌다. 입고 있는 건 반바지와 티셔츠뿐이었다. 난방 장치를 켜기 위해 손을 뻗었다. 문득 이 차의 작동법을 전혀 모른다는 사실을 깨달았다. 차의 주인은 내가 아니었으니까.

결국 차를 세우고 계기반을 이리저리 둘러보았다. 불과 몇 시간 전 이 차를 훔쳤고, 늦은 밤 로스앤젤레스 거리를 정신없이 돌아다니느라 아직 차의 다른 기능을 파악하지 못했다. 이제 일을 저지른 뒤의 짜릿함은 다 사라졌다. 춥고, 쓸쓸하고, 또 초조할 뿐이었다.

드디어 제대로 난방을 켜자 윙윙거리는 소리와 함께 따뜻한 바람이 뿜어져 나오기 시작했다. 안도하며 몸을 뒤로 기댔다. 계기반 시계가 자정을 가리키며 내가 또다시 기숙사 통금 시간을 어겼다는 사실을 알려 주었다. 한숨을 내쉬며 천장을 바라보았다. 내가 진짜 통금 시간을 조금이라도 신경 썼다면 어땠을지, 그게 아니더라도 뭔가에 거리낄 것이 있는 사람이라면 어땠을지 궁금했다. 흥미로운 상상이었다.

몸이 따뜻해지면서 기분도 나아지기 시작했다. 그렇게 몇 분가량 어느 편의점 앞에 차를 세워놓은 채 그대로 앉아 있었다. 조수석 위에는 차 주인의 지갑이 보였다. 지갑을 펼쳐서 여러 개의 신용카드 중 하나를 꺼내 들었다. 그런 다음 차에서 내려 편의점 안으로 들어가 또 다른 모험을 기대하며 몸을 녹였다.

대학생이 되어 집을 떠난 지 벌써 6개월이 지났지만, 계획대로 되는 건 하나도 없었다.

고등학교 졸업반이 되자 나는 UCLA, 그러니까 캘리포니아 주립대학교 지원을 결정했다.

"다른 주에 있는 대학에 지원하기에는 시기가 좀 늦었는데." 진학 상담 교사인 로드리게스 선생님이 퉁명스럽게 말했다.

그녀의 뒤를 바라보니 액자 안에 여러 대의 고급 승용차를 배경으로 서 있는 어떤 남자의 사진이 있었다. 그리고 이런 문구도 있었다. '대학 교육이 필요한 이유.' 그 액자를 창밖으로 집어 던지고 싶었다.

그녀는 내 성적표를 살펴봤다. "그러니까 다른 주의 대학에 지원하고 싶었다면 좀 더 빨리 지원 절차를 밟았어야 한다는 말이야."

나는 전부터 로드리게스 선생님이 싫었다. 그녀는 자신에게는 너그러우면서도 학생들에게는 엄격하게 규정을 들먹이곤 했다. 늘

최악의 경우만 예로 드는 습관까지 있었으니 그야말로 최악의 조합이었다.

"그게 말이에요." 나는 밝은 표정을 지었다. "아빠가 캘리포니아에 사시거든요. 그러면 저도 캘리포니아 주민이라고 할 수 있겠지요." 뭔가 시시비비를 따지려고 말을 꺼낸 건 아니었다. 그런데 그녀는 나를 한 대 후려치고 싶은 것 같았다. 그녀는 자세를 바꾸더니 보라색 옷깃에 붙어 불길하게 번들거리고 있는 애벌레 모양의 모조 다이아몬드 장식을 만지작거리기 시작했다.

"글쎄, 그런 건 나는 잘 모르겠고. 어쨌거나 너무 늦게 UCLA에 지원하는 건 별로 소용없는 짓이라고. 더군다나 이곳에도 좋은 대학들이 얼마든지 있잖아? 반대로 생각해 봐라. 캘리포니아에 사는 학생이 플로리다 거주자인 것처럼 꾸며서 플로리다 주립대학교에 지원한다면 사람들이 어떻게 생각할까?"

당연히 나라면 전혀 신경 쓰지 않는다. 무엇보다 고급 승용차를 늘어놓는 게 '성공'이라는 생각에 동조하는 여자에게 인생 조언을 들을 생각이 없었다. 물론 생각을 입 밖으로 꺼내지 않았다.

UCLA에 지원하기로 한 선택은 공부나 성적과는 아무 상관이 없었다. 거리가 중요할 뿐이었다. 이제 곧 법적인 성인이 되지만 내가 왜 남들과 다른지 그 원인에 조금도 가까이 다가서지 못했다. 나를 진정시키기 위한 덜 폭력적인 방법도 여전히 찾아내지 못했다. 그때까지 운이 좋았을 뿐이라는 걸 잘 알고 있었다. 심야 외출과 미행, 그리고 가택 침입을 거듭하며 중학교와 고등학교 생활 내

내 어두운 면을 달랠 수 있는 은밀한 탈출구를 겨우 확보할 수 있었다. 하지만 선을 지키는 건 여전히 어려웠고 이렇게 작고 보수적인 동네에서라면 운이 다하는 것도 시간문제였다.

나에게 필요한 건 큰 도시였다. 남의 눈에 띄지 않기 위해 끊임없이 노력할 필요가 없는 곳, 나를 잘 숨길 수 있는 곳을 머릿속으로 그려보았다. 그리고 어느 날 밤 이런 생각이 들었다. 로스앤젤레스라면! 아빠가 사는 도시라면 꿈꿔왔던 사치스러운 생활을 누릴 수 있지 않을까? 군이 노력하지 않아도 익명성을 유지할 수 있는 생활을. 드넓은 땅 위에 수백만 명이 넘는 사람들이 사는 도시에서라면 나는 내가 원하는 사람이 될 수 있었다. 사람들 사이에 섞일 수도, 아예 사라질 수도 있었다.

엄마는 내가 저 멀리 서쪽 땅끝으로 가는 걸 별로 좋아하지 않았다. 하지만 나는 여러 가지 이유를 대며 고집부렸다. 우리 가족을 사랑했지만, 오히려 가족을 위해서라도 멀리 떨어져야만 했다. 특히 이제는 내 허울을 꿰뚫어 볼 수 있게 된 동생 할로위가 걱정이었다.

"이것 좀 봐." 어느 날 오후 동생이 말했다.

내가 비디오 게임을 하는 동안 할로위는 스케치북에 그림을 그렸다. 동생은 어렸을 때부터 그림 그리는 걸 아주 좋아했고 특히 만화 그리는 솜씨가 뛰어났다. 할로위는 자신이 최근에 직접 만든 캐릭터를 보여주었다. 망토와 가면을 쓴 여성 초인이자 영웅이었다. 영어 대문자 'A'를 전면에 내세운 영웅의 이름은 '캡틴 애퍼시 CAPTAIN APATHY'였고, '애퍼시', 즉 '무감각'이라는 이름에 걸맞게 "거짓과 불의, 그리고 무정부주의를 위하여"라는 설명이 붙어 있었다.

더 자세히 살펴보니 망토를 두른 여전사는 말풍선을 통해 이렇게 말하고 있었다. "두려움 따위는 없다! 캡틴 애퍼시는 아무것도 신경 쓰지 않는다!"

"야······." 나는 조용히 중얼거렸다. 아무런 말도 할 수 없었다. 그런 나를 보고 할로위가 빙그레 웃었다.

"이건 바로 언니야." 할로위가 신이 나서 말했다. "내가 세상에서 제일 좋아하는 영웅, 카트!" 그러고는 행복한 표정으로 제일 좋아하는 과자를 가지러 주방으로 갔다. 나는 그대로 멍하니 동생이 그린 만화를 바라보았다. 나는 내가 결코 초인도, 영웅도 될 수 없다는 사실을 잘 알고 있었다.

오히려 할로위야말로 나의 영웅이었다. 동생은 천성적으로 착했고, 동생에게는 해치워야 할 악마도, 감춰야 할 비밀도, 자신만의 길을 뚫어 내려는 파괴적인 충동도 없었다. 우리 자매가 태어날 때 우연히 나에게만 어두운 면이 잘못 분배된 것 같았다. 나는 짓궂고 장난기 어린 면을 타고났고 할로위는 순수하고 밝은 면을 타고났다. 항상 우리 둘 사이에 극명한 차이가 있다는 걸 인식했다. 그런데 캡틴 애퍼시를 보니 나만 그런 건 아닌 것 같았다.

대학 진학은 분명 이상적인 해결책이었다. 내가 집을 떠나면 엄마에게 나를 숨길, 또 동생에게 안 좋은 영향을 줄까 염려할 필요가 없었다. 대학만 가면 내 마음대로 살 수 있겠지. 굳이 저항하고 싸울 거리가 없다면 파괴적인 충동도 사라지지 않을까?

그리고 어쩌면 남들처럼 평범하게 살 수 있지 않을까.

사실 어두운 충동과 긴장감에 짓눌리지 않는 삶에 대해서 끊임없이 생각해 왔다. 내가 기억하는 한 아주 오랫동안 조심스럽게 궁금해했다. 물론 지나친 기대는 금물이었다.

시작은 나쁘지 않았다. 로스앤젤레스에서의 생활은 만족스러웠고 심지어 평범하기까지 했다. 도착한 첫날 아빠가 공항까지 마중을 나왔다. 우리는 몇 주에 걸쳐 UCLA를 둘러보았고 기숙사에 짐을 들여놓았다. 내 방은 여학생 전용 회관을 개조한 건물 2층에 있었다. 힐가드 애비뉴가 내려다보였다. 아담한 발코니와 양쪽으로 열리는 프랑스식 문이 있는 유일한 방이기도 했다. 나는 내 방이 정말 마음에 들었다.

처음 며칠 동안은 혼자 지냈다. 물론 방을 배정받은 다른 학생 이름도 문 앞에 적혀 있었지만 그게 누구인지, 또 언제 도착하는지 전혀 몰랐다. 시간이 지날수록 그 학생이 오지 않을 수도 있다는 희망을 품었다. 하지만 고요한 삶의 꿈은 학기가 시작되기 전날 문이 활짝 열리며 커다란 여행 가방을 몇 개 든 멋진 중국인 여학생이 나타나는 순간 사라지고 말았다.

"안녕, 나는 패트릭이라고 해." 조심스럽게 먼저 인사를 건넸다.

그녀가 아몬드 열매를 닮은, 아름다운 눈으로 나를 쳐다보았다. 그리고 뭔가 커다란 지갑 같은 걸 뒤지더니 그 안에서 작은 은색 상자를 꺼냈다. 대충 공학용 계산기 정도의 크기였다. 상자 한쪽 끝에는 스피커가, 다른 쪽 끝에는 마이크가 붙어 있었다. 그녀가 상자에 입을 대고 재빨리 중국어로 뭐라고 말하자 스피커에서 단조로운 남자 목소리로 영어가 힘차게 흘러나왔다. "만나서 반갑습니다. 나는 키미라고 합니다."

"통역기라니! 어디든 이걸 가지고 다녀?" 그 상자는 내 말을 키미에게 그대로 전달했고 그녀는 열심히 고개를 끄덕였다. 키미는 중국에서 온 유학생으로 이전에 미국에 와 본 적도 없거니와 영어도 못했다.

"통역기입니다, 네. 기계." 키미가 상자를 두드렸다.

"키미, 어쨌든 이렇게 만나서 반가워." 상자에게도 인사했다. "통역기 님도 반가워요." 전망 좋은 방과 통역기가 없으면 말할 수 없는 룸메이트. 이보다 더 완벽할 수가 있을까.

강의와 교과 내용도 아주 만족스러웠다. 나는 신입 학기를 바쁘게 보냈다. 강의가 없거나 공부하지 않는 시간에는 학교 안을 이리저리 돌아다녔다. 새로운 환경과 바쁜 대학 생활이 합쳐지면서 다른 건 생각할 겨를도, 여력도 남지 않았다. 밤만 되면 침대 위에 쓰러져 죽은 듯이 잠을 잤고 다음 날 아침에는 상쾌하고 편안한 기분으로 눈을 떴다. 지극히 평범한 하루하루였다. 하지만 그런 생활은 오래 지속되지 않았다.

첫 학기를 보낸 후 점점 맥이 풀렸다. 대학 생활에 적응해서 분주하게 지낼 필요가 없어진 뒤로 낯익은 불안감과 무감각에 빠져드는 자신을 발견했다. 점점 더 커지는 압박감과 그에 따른 극심한 긴장감을 느꼈다. 여전히 새로 찾은 자유를 누리고는 있었지만, 마음속에는 평화가 사라졌다. 다른 일에 시선을 충분히 돌릴 수 없게 되자 내 안에 거대하고 파괴적인 충동이 여전하다는 사실을 깨달았다. 하지만 우리 집 방의 창문처럼 편리한 출구가 없었기 때문에 또다시 새로운 출구를 찾아야 했다.

"캡틴 애퍼시." 내가 중얼거렸다.

기숙사 정원이 내려다보이는 벽에 기대 해가 지기를 기다렸다. 저 아래쪽 언덕으로 이어지는 학교 풍경이 대부분 내려다보였다. 나는 그 풍경이 좋았다. 특히 늦은 오후, 캘리포니아의 하늘이 모든 것을 핏빛 오렌지색으로 물들이는 모습은 가히 장관이었다. 계단 근처에서 몇몇 남학생들이 스케이트보드를 탔다. 한 사람이 심하게 넘어지더니 무릎이 찢어졌다. 지나가던 사람들이 달려와 부축하고 일으켜 세웠다.

"두려움 따위는 없다. 캡틴 애퍼시는 아무것도 신경 쓰지 않는다……." 나는 속삭였다.

한숨을 쉬며 사라져 가는 빛을 향해 고개를 돌렸다. '나는 역설적인 존재다.' 나는 내가 아무것도 신경 쓰지 않는다는 사실을 제외하고는 아무것도 신경 쓰지 않았다. 그런 상태는 누군가를 칼로 찌르고 싶게 만들었다. 물론 지금은 적어도 내가 왜 그런 충동을 느끼는지 이해하고 있었다.

'심리학 입문'은 1학년 때 내가 제일 좋아했던 강의였다. 나는 항상 나의 반사회적인 행동을 이해하려고 애써 왔지만 내가 뭘 알아야 하는지는 가늠이 안 됐다. 그런데 이 강의는 그런 막연함을 해소하는 데 도움이 되었다. 강의를 맡은 교수님은 심리학자 슬랙 박사였고 처음부터 그녀가 마음에 들었다. 강의는 '정상적인 정신 상태'에 대한 설명부터 시작되었다. 그녀는 사람들은 대부분 다양한 감정을 가지고 태어나며, 개인의 정신 건강이나 이상 행동 성향에 관한 판단은 주로 적절한 감정 반응이 기준이 된다고 설명했다.

극단적인 반응이나 행동을 보이면 정신질환이나 인격장애로 진단되는 경우가 종종 있다. 그러나 중요한 건 이러한 극단적 성향은 정신질환과 인격장애, 양방향으로 확장된다는 것이다. 감정을 과도하게 경험하는 사람이 있는 만큼, 너무 적게 경험하는 사람도 있다. 이들은 어떤 감정을 느낄 수 있느냐가 아니라 어떤 감정을 느낄 수 없느냐에 따라 분류된다. 나는 당연히 이 문제에 가장 크게 관심을 보였다.

"일반적으로 말하는 '무감각' 혹은 '무관심'이란 이런 감정의 부족이나 부재를 나타내는 또 다른 용어"라고 교수님은 설명했다. 학기가 시작한 지 한 달쯤 되자 반사회적 심리학이라는 주제를 더 깊이 다루게 되었다. "무감각은 많은 반사회적 장애의 중요한 특징 중 하나"라는 설명이 이어졌다. "예를 들어 소시오패스를 생각해 보자." 교수님이 잠시 설명을 멈추고 '소시오패스'라는 단어를 칠판에 적었다. "소시오패스 장애는 공감에 특별히 관심이 없는 게 특징이다. 심리학적 측면에서 보자면 소시오패스는 연민 혹은 동정심 같은 감정을 모른다. 죄책감을 느끼지 않으며, 감정을 처리하는 과정 자체가 다르다. 일반적인 사람들과는 전혀 다른 방식으로 감정을 느낀다고 보는 것이 적절하다. 그리고 많은 연구자는 이러한 감정의 부재가 공격적이고 파괴적인 행동을 낳는다고 믿는다. 감정에 대한 잠재적, 무의식적 욕구가 소시오패스에게 그런 행동을 하도록 몰아가는 것이다."

나는 크게 매료되었다. 누군가가 실제로 '소시오패스'라는 용어를 제대로 설명하는 걸 들어 본 건 처음이었다. 교도관이 수감자들을 가리키며 그 단어를 사용하는 걸 들은 후 거의 10년 동안 정확한 의미를 찾으려고 노력했다. 시간이 흐르면서 일종의 사명 같은 것이 되었다. 새로운 사전을 펼칠 때마다 '소시오패스'를 찾았지만, 그때마다 실망했다. 아예 실려 있지 않거나, 있더라도 의미 있는 통찰을 주지 못했다. 실제로 존재하지 않는 개념이라는 생각까지 들었다. 하지만 소시오패스는 분명히 존재하는 개념이었고, 그날 그 사실을 확인할 수 있었다.

언제나 내가 정말 혼자가 아니라는 증거를 갈망해 왔다. 가끔 내가 혼자라고 생각했지만, 이제는 분명해졌다. 세상에는 소시오패스가 심리학의 한 분야를 구성할 정도로 나와 같은 사람이 얼마든지 있었고, 우리는 천성이 '나쁘거나' 혹은 '사악하거나' 아니면 '제정신이 아닌 게' 아니라 그저 감정 때문에 남들보다 더 힘든 시간을 보낸다. 우리는 공허감을 채우기 위해 일견 이상하게 보일 수도 있는 행동을 한다.

갑자기 모든 게 너무 간단해졌다. 지금까지 겪어왔던 긴장감은 감정과 관련된 무의식적 충동에서 비롯되었을 가능성이 컸다. 나쁜 행동들은 감정이 부족한 상태에 대응하기 위해 내 두뇌가 동원한 일종의 심리적 보호 장치였다. 다시 말해 나의 나쁜 행동들로 나의 무감각이나 무관심을 중화시켜 스스로를 보호한 것이다. 할로윈이 그린 캡틴 애퍼시처럼 내 내면의 감정 세계는 어두움에 휩싸여 있었다. 도덕적으로 용납될 수 없는 짓은 그곳에 화려한 조명을 비추는 방법이었다. 나는 그런 빛을 갈망했기에 그날 밤에도 차를 훔쳐서 로스앤젤레스 거리를 질주했다.

차의 주인은 과자 재벌 가문의 상속자이자 주정뱅이 학생 마이크였다. 물론 내가 그 애의 차만 훔쳐 탄 건 아니었다. 대학에 들어간 후 나는 이런저런 파티에 참석했고 그때마다 주차된 자동차를 잠시 '빌려서' 내 감정을 되살리려 했다. 이 일은 우연히 시작되었다.

크리스마스 연휴가 되기 몇 주 전 토요일 밤, 학생 회관에서 열린 어느 파티에 참석했다. 당시 나는 매우 지치고 따분한 상태였고, 치솟아 오르는 압박감을 그대로 계속 내버려 둘 경우 어떤 일이 벌어질지 걱정했다. 그렇게 오랫동안 아무 조치도 취하지 않고 지낸 나 자신에게도 짜증이 났다. 그래서 파티가 열린다는 소식을 듣자마자 참석을 결심했다. 다른 파티도 대부분 참석했다. 물론 즐거움을 위한 건 아니었다. 대학에서 열리는 파티에는 다양한 유형의 사람들이 참석했다. 내겐 사회적 상호작용을 배울, 상상할 수 있는 모든 유형의 행동을 관찰할 수 있는 최고의 교실이었다. 파티에서는 그들의 감정이 천천히 몸 안으로 스며드는 것 같은 다소 놀라운 기분을 느낄 수 있었다.

모임의 규모가 크면 클수록 끼어들기도 수월해졌다. 일단 도착하면 낯선 사람의 홍수 속에 파묻혀 눈에 띄지 않는 기분을 만끽했다. 때로는 한쪽 구석에 있는 빈자리를 찾아 그냥 앉아 있기도 했다. 그냥 여기저기 돌아다닐 때도 있었다. 활기 넘치고 감정적으로 풍부한 학생들의 모습이 나와는 전혀 달랐지만, 그들을 지켜보는 건 굉장히 흥미로운 일이었다. 실전에 사용할 수 있는 적당한 표정 짓기, 적절하게 반응하기 등 최소한의 개인적 상호작용을 보고 배우는 데 도움이 됐다. 감정을 연구하는 인류학자가 된 기분이었다.

몇 주에 걸쳐 이런저런 파티에 참석하고 나서 중요한 사실 한 가지를 발견했다. 겉으로 어떤 반응을 보이기 위해 감정을 꼭 느낄 필요는 없다는 점이었다. 지금까지 나는 사람들과 상호작용을 하기 위해 어떤 감정이든 끌어내려 했었다. 그렇지만 주어진 상황과 신체적 반응을 적절하게 일치시킬 수 있다면 나도 평범하게 행동할 수 있었다. 정확하게 말하면 올바른 행동을 흉내 낼 수 있었다. 물론 전부터 이런 사실을 알고 있기는 했다. 종종 동생에게서 감정과 관련된 표현의 실마리를 찾아 따라 했고 '착한 아이' 흉내를 내며 내 진짜 모습을 숨겼다. 다만 그런 모습이 자연스러워 보인 적은 없었던 것 같다.

어마어마한 감정적 깊이, 무한에 가까운 공감 능력을 지닌 할로 위는 나와는 전혀 달랐다. 할로위의 성품을 받아들이고 흉내 내는 건 몸에 맞지 않는 옷을 억지로 입는 것과 비슷했다. 잠깐은 버틸 수 있을지 몰라도 오래가지는 못했다. 나에게 필요한 건 이리저리 기워 맞춰 나에게 꼭 맞춘 심리적 변장 도구, 그러니까 몸에 맞는 옷을 만들어 낼 다양성과 개성이었다. 마침내 나는 필요한 재료들을 찾아냈다.

대학 파티는 필요한 재료가 가득 찬 창고와 비슷했다. 나는 가능한 한 많은 감정을 시험해 보고 가장 적당한 것을 골라 나에게 맞게 고쳐 보았다. 그리고 기숙사로 돌아와 평범한 표현을 혼자 연습했다. 연습이 끝난 후에는 실전에 적용했다. 그 결과는 놀라웠다.

대화 중에 상대방의 팔을 만지면 상대가 금방 친근감을 느낀다는 사실을 배웠다. 또한 처음 본 사람이라도 칭찬이나 예상치 못한 질문으로 대화를 시작하면 정말 쉽게 감정적인 무장을 해제할 수 있었다. 일상생활에서 이런 방법들이 즉시 효과가 있다는 사실에 깜짝 놀랐다. 사람들이 나에게 진심으로 따뜻한 모습을 보이는 것 같았다. 진정성은 전혀 중요하지 않았다. 같은 학년 학생들이 갑자기 나만 보면 대화를 나누고 싶어 했다. 기숙사에서는 내 방을 찾아오는 사람들이 늘었다. 세상과 하나가 되는 길로 인도하는 이정표를 얻은 것 같았다.

솔직하게 말하면, 나는 사람들의 인정이나 수용을 갈망하지 않았다. 그저 사람들 사이에 녹아들고 싶었다. 눈에 띄는 존재가 되고 싶지 않았고 평생 투명인간으로 살고 싶었다. 그런데 대학에 와 보니 그동안 뭔가를 크게 잘못해 왔다는 사실을 깨달았다. 눈에 띄고 싶지 않다면 숨지 말고 오히려 그 안에 침투해 동화되어야 했다. 타인의 개성을 하나하나 훔치기 시작한 뒤로 나를 이상하게 보는 사람은 없어졌다. 또 한 번 정직하지 못한 행동이 오히려 안전한 선택이라는 사실이 입증되었다. 내가 만들어 낸 성격의 가면을 쓰면 의도와 목적을 포함한 모든 면을 철저하게 숨길 수 있었다.

그야말로 엄청난 돌파구가 만들어졌다. 나는 남들이 나를 다르게 여기는 게 항상 싫었다. 그러면 그럴수록 나는 더 이상해지고 눈에 띄는 애가 됐다. 하지만 이제는 타인을 불편하게 만드는 내 본성이 무엇이든 문제가 되지 않았다. 남들과 똑같이 행동함으로써 주의를 분산시킬 수 있었다. 마치 마법처럼 말이다. 새로운 사람을 만나는 순간 그의 태도를 흉내 냈다. 습관이나 말투까지 순식간에 베꼈다. 상대방이 좋아하는 것과 싫어하는 걸 알아낸 다음 다 내 것으로 만들었다. 나는 거대한 거울을 들고 서 있었다. 상대방이 남자건 여자건, 나이가 많건 적건 상관없었다. 사람들은 내게 호감을 느낀 게 아니라 내가 그대로 비춰 보여주는 자기 모습에 호감을 느꼈다.

물론 가끔은 접근 방식을 조정할 필요도 있었다. 어떤 파티에서는 한쪽 구석에 앉아 사람들을 쳐다보며 공책에 관찰한 내용을 끼적이는 내 모습이 특히나 수상해 보였다. 그래서 훤히 보이는 곳

대신 창문이나 문 옆, 빈 방 같은 곳을 찾아 그들을 훔쳐봤다. 결국 나는 장소에 따라 파티의 등급을 매기기 시작했다. 편리하게 이용할 수 있는 공간의 유무를 고려했다. 예를 들어 더 오래되고 크고 도로에서 멀리 떨어진 장소는 상대적으로 크기가 작고 밖으로 몰래 빠져나갈 창문이 없는 다른 모임 장소보다 몸을 숨길 곳이 훨씬 많았다. 나는 UCLA의 거의 모든 모임 장소의 좋은 위치들을 순위별로 정리했다.

내가 제일 좋아했던 장소는 학생 회관의 식당이었다. 모여 앉은 사람들의 모습을 훤히 들여다볼 수 있는 미닫이 쪽문과 뒤뜰로 이어지는 커다란 유리문이 있었다. 문 뒤에서 가만히 몇 시간이고 사람들을 관찰했다. 문제의 토요일 밤 파티에 참석하게 된 것도 장소가 학생 회관이었기 때문이었다. 사람들을 관찰하며 즐거운 저녁 시간을 보낼 좋은 기회였다. 도착하자마자 바로 식당으로 달려갔다. 그런데 가는 길에서 술에 취한 남학생과 부딪히고 말았다.

"아, 이런!" 그는 말을 더듬으며 자세를 바로잡더니 어색하게 나를 도와주려 했다. "미안해! 괜찮아?"

"응. 괜찮아." 나는 떨어트린 지갑을 집어 들었다.

"나는 스티브라고 해." 그가 게슴츠레해진 눈을 껌뻑이며 말했다. 나는 취한 사람들과 대화하는 게 싫지 않았다. 다음 날 아침이면 지난 밤의 기억이 잘 떠오르지 않겠지. 그러면 나는 유령과 비슷한 존재가 될 수 있었다.

스티브는 웃으며 손을 떨면서 내 가슴 쪽을 가리켰다. "어이, 우리 아는 사이였나?"

"아니." 나는 웃으며 대답했다.

하지만 그는 내 대답을 듣지 못한 것처럼 계속해서 말했다. "맞아, 네 이름이 새라였지……."

나는 아무런 말도 하지 않았다. 그러다가 그가 나를 복도 벽 쪽으로 밀어붙이며 가까이 다가와 순간 깜짝 놀라고 말았다. 스티브의 입술이 내 귀를 스쳤다. "내가 뭘 하려는가 하면……" 그가 속삭였다. "담배가 다 떨어졌어. 좀 사와 주라. 그러면 아마 영원히 은혜를 잊지 않을게."

그는 비틀거리며 뒤로 물러서더니 열쇠 뭉치를 내 손에 꼭 쥐여주었다. 나는 뭘 어떻게 해야 할지 몰라 그대로 서 있었다. 그런 내 모습을 보고 주저한다고 착각한 스티브는 고개를 끄덕이더니 다 알겠다는 듯 손가락을 까딱거렸다. 물론 나는 그게 무슨 뜻인지 이해하지 못했다.

"좋아." 그는 주머니에 손을 넣어 두툼한 지갑을 꺼내 주며 혀 꼬부라진 소리로 웅얼거렸다. "이걸 달라는 거지? 가서 마음대로 다 사 와." 스티브는 빙그레 웃더니 비틀거리며 복도를 따라 응접실로 향했다. 하지만 반쯤 정신을 읽고 바로 카우치 위에 쓰러졌다.

나는 내 손에 들린 열쇠와 지갑을 바라보았다. 불과 몇 분 전까지 어두운 방에 혼자 앉아 사람들이 어울리는 모습을 지켜보며 저녁 시간을 보낼 계획이었다. 하지만 이쪽이 훨씬 재미있을 것 같았다!

차는 쉽게 찾을 수 있었다. 열쇠에 달린 도난 경보 장치를 누르며 주차장을 돌아다녔고 마침내 장치가 해제되어 불이 깜빡였다. 나는 차 문을 열고 들어가 내 지갑과 스티브의 지갑을 조수석 위로 던졌다. 그리고 운전석에 편히 앉아 시동을 걸었다. 행운의 순간을 만끽하며 차를 움직였다.

바닷가 쪽 퍼시픽 코스트 하이웨이를 따라 북쪽으로 방향을 틀었다. 해안을 따라 몇 킬로미터 정도를 달렸다. 말리부 해안을 에워싸고 있는 산맥에 다다랐을 때쯤 우회전했고 칼라바사스를 지나 샌퍼낸도 밸리 외곽으로 들어섰다. 거기서 벤투라 블러바드를 따라 거의 한 시간가량 달린 다음 할리우드 힐스를 가로질러 베벌리 힐스의 고급 주택 단지를 거쳐 다시 학교 쪽으로 방향을 틀었다.

마침내 어떤 상점에 도착한 시간은 거의 새벽 2시였다. 담배 부탁을 받았으니 상점에 들르는 게 현명했다. 나는 사탕 한 봉지를 골라 계산대로 향했다. 담배는 계산대에서만 살 수 있었다. 나는 차 바닥에 구겨진 채 버려진 담뱃갑과 똑같은 담배를 부탁하며 스티브의 신용카드를 건네주었다. 아직 법적으로 담배를 살 수 없는 내게 신분증을 보여 달라고 할 것 같지는 않았지만 그래도 혹시 몰라서 약간의 매력을 발산하며 점원의 주의를 분산시켰다. 나는 앞으로 몸을 기울이고 천연덕스럽게 손등으로 점원의 손목을 두드리며 눈을 똑바로 바라보았다.

"이렇게 늦은 시간까지 일하면서 벌어진 제일 정신 나간 일은 뭐였나요?" 나는 정말 궁금했다.

점원은 긴장을 풀었다. "가장 정신 나간 일이요?" 점원은 계산을 끝내고 뭔가를 골똘히 생각하며 내게 다시 카드를 돌려주었다. 그리고 얼굴을 밝히며 이렇게 말했다. "한 번은 어떤 여자가 쫓아오는 남자가 있으니 숨겨 달라고 부탁해서 도와준 적이 있지요."

"미친!" 나는 정말 놀랐다. "잘하셨네요!" 그리고 담배를 받아 들었다. "그럼 안녕히 계세요." 나는 상점을 나오며 어깨 너머로 외쳤다.

조심스럽게 차를 원래 있던 자리에 갖다 놨다. 모험은 끝났지만, 차에서 나가고 싶지 않았다. 이 감압실 같은 차에서 마음을 진정해야 할 필요가 있었다. 남의 차를 몰고 밤거리를 돌아다니는 건 정말 흥분되는 일이었다. 갈망했던 화려한 감정의 조명이 쏟아졌다. 하지만 어둠 속에서 그 모든 감정이 점차 사라졌다. 졸음이 쏟아질 정도로 편안해졌다. 편하게 자세를 고쳐 잡았다. CD 플레이어를 켜니 U2의 'The Joshua Tree' 음반에 수록된 노래가 흘러나왔다. 눈을 감고 늘 그렇듯 조용히 가사를 바꿔 부르기 시작했다.

"그녀는 짜릿한 전율을 느끼겠지 / 그녀는 멈춰 서기 위해 달려가네."

내 기분이 딱 그랬다. 어두운 마음에 환한 빛을 비추려는 열망은 감정에 대한 욕구가 아니었다. 오히려 감정과 관련된 지난 경험을 다 증발시키고 싶었다. 그러면 만성적 긴장 상태 없이 내 모습 그대로 무감각한 성향을 유지할 수 있을 것이다.

"지금은 감정이 하나도 느껴지지 않는 이 상태가 너무 편안한

데……" 나는 중얼거렸다. "왜 어떤 경우에는 불편할까?" 왜 만성적인 긴장 상태가 항상 압박감과 함께 따라오며, 폐소공포증적 불안 증상과 그렇게 비슷한지 궁금했다. 좌절감에 고개를 저었다. "도대체 어떤 사람이 불안한 동시에 무감각한 상태일 수 있단 말이야?"

하지만 그런 고민에 빠지기에는 너무 좋은 밤이었다. 나는 의문들을 떨쳐 버린 채 반쯤 졸면서 창밖을 바라보았다. 얼마간 차 안에서 더 쉬다가 시동을 끄고 열쇠를 뽑았다. 차 열쇠를 담배와 지갑과 함께 조수석에 던져 놓고 기숙사로 돌아갔다. 이미 쾌감을 다시 느낄 방법을 궁리하고 있었다. 필요한 계획을 세우는 데는 그리 오래 걸리지 않았다.

즉흥적이고 짜릿한 자동차 여행이 시작되었다. 나는 몇 개월에 걸쳐 수십 번도 넘게 밤 여행에 나섰다. 신중함을 기하는 일도 절대 잊지 않았다. 남의 차를 타고 도로를 질주한다고 생각하면 그날 하루는 활력이 돌았다. 기대가 압박감을 해소해 주었다.

한편 강의를 통해 압박감의 원인을 이해하게 되자 그런 상황들을 덜 염려하게 됐다. 이제 압박감과 충동이 비정상적이라고 생각하지 않았다. 슬랙 교수님은 칠판에 "정상화"라는 말을 적고 "정상화란 이전까지는 비정상적이거나 변칙적으로 생각되었던 정신 상태나 신념 체계가 '정상'으로 재정의되는 치료 과정"이라고 설명했다. "정신적 장애의 다양한 증상들과 관련된 잘못된 편견에 대응하고, 정확한 지식을 알려 대중이 자연스럽게 증상의 당사자들을 받아들이도록 하기 위해서는 정상화가 반드시 필요하다."는 내용이었다.

나는 파괴적인 충동이 일반적 관점에서 정상이 아닐지라도 나와 같은 사람들에게는 흔한 증상이라는 걸 알게 되었다.

'그러니까 나는 미치지 않았어.'

안도감의 힘은 강력했다. 내 행동과 반응을 관리하기가 훨씬 쉬워졌다. 그 시기에 내가 한 일은 파티들이 열리는 주말까지 꾹 참는 것이었다.

금요일, 토요일 밤에는 UCLA 안의 거의 모든 동아리나 조직에서 파티를 개최했다. 나는 가장 시끄럽고 제멋대로인 사람들이 모인 곳을 찾기 위해 캠퍼스를 돌아다녔다. 그러다 슬쩍 파티에 참석해 술에 제일 많이 취한 사람을 찾아 차 열쇠를 몰래 빼낼 방법을 궁리했다. 때로는 빠르게, 또 때로는 천천히 운전했고, 어떤 밤에는 먼 곳까지 갔지만 또 어떤 밤에는 근처만 돌아다녔다. 비록 일시적이기는 해도 제대로 된 해결책을 찾았다는 사실이 위안이 되었다.

물론 이 모험이 큰일로 번질 가능성도 염두에 두고 있었다. 하지만 전혀 두렵지 않았다. 신형 BMW를 타고 햄버거 가게를 향해 달려가면서 그게 바로 나와 같은 부류의 문제점이라고 생각했다. 우리는 행동의 결과에 아무런 관심이 없었다. 나는 경찰에 붙잡히는 게 두렵지 않았다. 감옥에 갇히는 건 오히려 또 다른 보상에 가까웠다. 교도소에 있던 수감자들이 얼마나 안전하게 지내고 있었는가. 잠시 감옥에 갇히는 것도 흥미로운 경험이라는 생각이 들었다.

나를 자극할 거리도, 벗어날 방법도 전혀 없는 감옥에 갇혀도 나는 여전히 어두운 내면을 비춰 줄 화려한 조명을 갈망할까? 내면을 더 쉽게 관리할 수 있게 될까? 물론 답을 찾을 수 있을 리가 없었다. 차를 도난당했다고 신고하는 사람은 아무도 없었고, 대부분 한껏 취한 상태로 기꺼이 차 열쇠를 넘겨주었다. 차의 주인들은 자기가 차를 몰고 왔는지, 그 차가 어디에 있는지조차 제대로 기억하지 못했다. 설사 내가 자기 차를 몰고 가 버린 걸 알아차렸다고 해도 어떻게 변명해야 할지 이미 다 정해 두었다.

"핸썸가이 씨, 여기 부탁한 감자튀김 사 왔어." 나는 내 새로운 피해자에게 과자 봉지를 던졌다. 기숙사 응접실의 빈백 위에 널브러져 있던 그가 눈을 뜨더니 정신을 차리려는 듯 이마를 문질러 댔다.

"아, 귀요미." 그는 웃으며 말했다. "어디 갔다 왔어?"

"부탁한 감자튀김 사 왔다니까." 나는 상냥하게 대답하고는 몸을 숙여 뺨에 살짝 입을 맞췄다. "차 열쇠는 여기 있으니까, 나중에 또 봐." 그 무고한 피해자에게도 이성적 관심은 없었다. 한밤중의 즐거운 모험으로 피곤하면서도 나른할 뿐이었다. 빨리 기숙사로 돌아가 자고 싶었다. 그가 붙들기 전에 간신히 그곳을 빠져나왔다.

밤공기가 쌀쌀했다. 샌프란시스코에 살던 어린 시절, 친구 집에 갔다가 한밤중에 몰래 빠져나와 집으로 돌아온 일이 생각났다. 텅 비어 있는 거리, 고요한 집들, 온갖 가능성으로 가득 찬 그날 밤…… 기숙사에 도착했지만, 현관문을 그대로 지나쳤다. 통금 시간이 지난 자정 이후에는 모든 출입구를 잠그는 게 기숙사 규칙이었다. 안으로 들어갈 유일한 방법은 관리자에게 연락하는 것뿐이었다. 하지만 당연히 누구에게도 내 사정을 구구절절이 알릴 생각이 없었다. 기숙사를 나서기 전에 준비해 둔 것이 있었다.

건물 뒤편 관리실의 창문을 열어 두었다. 창문을 가볍게 밀어서 들어 올린 다음 그 안으로 넘어 들어갔다. 어두컴컴한 1층을 지나 2층으로 재빨리 올라갔다. 그리고 발끝으로 복도를 가로질러 내 방으로 향했다. 형광등에서 뿜어져 나오는 서늘한 불빛이 복도를 가득 채웠다. 나는 키미를 깨우지 않으려고 아주 조심스럽게 방문을 열었다.

키미는 내가 한밤중에 돌아다니는 걸 싫어했고 몇 번이고 통역기를 동원해 자기는 잠귀가 밝아 깊이 잠들지 못한다고 설명했다. 아주 작은 소리도 그녀를 깨울 수 있었다. 그런데 불행히도 그날 밤은 소리가 문제가 아니었다. 야간 경기가 열린 스포츠 스타디움처럼 복도의 형광등 불빛이 컴컴한 방을 훤하게 밝혔다.

키미는 마치 불에 데기라도 한 듯 눈을 가렸다. "아, 이런." 나는 대수롭지 않다는 듯 중얼거렸다. "뭔가 아주 극적인데."

문을 닫고 이층 침대 위로 올라가면서 몇 마디 사과의 말을 전했지만 제대로 전달될 리가 만무했다. 밑에서 키미가 몸을 뒤척이며 중국어로 거칠게 투덜거리는 소리가 들려왔다. 나는 빙그레 웃었다.

'이제 키미가 대화를 요청하겠네.' 당연한 수순이었다.

제8장
작은 지진들

"통금 시간을 어겨 나를 또 깨웠으니 이건 분명 배려심 없는 행동입니다." 통역기가 단조로운 소리로 말했다.

키미와 나는 책상에 마주 앉았다. 통역기는 중립적인 위치에 자리를 잡았다. 키미는 나와 같이 방을 쓰는 걸 좋아하지 않았고 나는 충분히 그 심정을 이해할 수 있었다. 우리는 극과 극이었다. 키미는 내가 어떤 윤리적 관습도 지키지 않고 기숙사의 규칙까지 반복해서 어기는 걸 무척 싫어했다. 사소한 위반조차 참고 넘어가지 못했다. 적어도 한 달에 한 번은 해야 한다고 일러둔 '룸메이트 대화' 중에 분노를 폭발시키곤 했다. 대화하고 싶을 때 쪽지에 적당한 날짜와 시간 여러 개와 함께 "대화 요청"이라고 적어 나에게 알렸다. 보통은 자고 일어났을 때 잘 보이는 곳에 붙여 두었다.

그러면 나는 뜻하지 않은 선물을 받은 것처럼 기분이 밝아지곤 했다. 내가 이 같은 대립을 즐기는 편이어서 그랬던 것만은 아니다. 통역기와 소통한다는 사실 자체가 좋았다. 키미는 영어를 못하고 나는 중국어를 못했기 때문에 통역기는 사실상 중재자 역할을 했다. 나는 마음속으로 통역기를 내 편으로 생각하고 있었다.

"알겠어, 무슨 말인지." 나는 자세를 살짝 바로잡으며 진지하게 대답했다. "하지만 어쩔 수 없었어. 훔친 차를 되돌려 줘야 했거든."

키미는 통역기에서 흘러나오는 내용을 이해하지 못하는 것 같았다. 그녀는 통역기를 보다가 나를 올려다보았고, 다시 통역기를 내려다보았다. 고개를 저으며 책상 위에 있는 기숙사 규칙 목록을 보고 다시 대화를 이어 가려고 애썼다. 사실상 그냥 중국어로 소리를 질러댔지만 말이다.

"한밤중." 통역기가 다시 단조로운 목소리로 말했다. "당신은 기숙사에 3시 51분에 도착했습니다. 나를 또 잠에서 깨웠고 나는 다시 자지 못했습니다. 당신은 그린피스를 도와야 합니다."

나는 눈을 흘겼다. 무슨 이유인지는 몰라도 키미는 자기가 자원봉사자로 일했던 이 환경 단체에 기부하라는 요구를 자주 했다. 내 무절제한 행동에 속죄하는 방법이라는 게 키미만의 주장이었다.

"그린피스 좆까라고 해." 내가 조용히 말했다. 통역기가 내 의견을 키미에게 알렸고, 그녀는 마치 뺨이라도 얻어맞은 것처럼 반응했다. "잠깐 기다려." 나는 기계를 노려보며 키미가 뭐라고 말을 하기 전에 먼저 끼어들었다. "미안해, 진심은 아니었어." 통역기가 내 사과를 전해 주기 시작했지만 키미는 듣지 못한 듯 손으로 얼굴을 가리고 고개를 흔들었다.

"왜 그렇게 사람이 무심해?" 그녀가 소리쳤다.

나는 깜짝 놀랐다. 키미는 중국어가 아닌 영어로 말했다. 통역기가 그 말을 중국어로 번역하는 동안 잠시 아무 말도 하지 못했다.

"통역기 님, 진정하세요." 내가 끼어들었다. "아무 일도 아니에요."

기계가 다시 웅웅거리기 시작했고 나는 터져 나오려는 웃음을 참았다. 이 기계를 사람처럼 대하는 게 좋았다.

다시 조용해지자 내가 말했다. "키미, 정말 미안해. 곤히 자는 걸 깨울 생각은 없었어. 앞으로 다시는 늦게 들어오지 않을게. 적어도 평일에는 그렇게 하겠어. 약속할게."

진지한 사과가 번역기의 부드러운 어조로 전달되어서 그런지 키미는 좀 진정된 것처럼 보였다. 그녀는 아주 크고 깊게 숨을 쉬었다.

"나를 믿지?" 내가 물었다.

키미는 번역을 듣고 고개를 끄덕였다. 이제 끝났다고 생각한 나는 자리에서 일어나 악수하려고 키미에게 손을 내밀었다. 하지만 그녀는 내 팔을 조용히 붙들었다. 그리고 눈을 크게 뜨더니 마치 애원이라도 하듯 나를 쳐다보았다.

"왜 그렇게 사람이 무신경해?"

그동안 스스로에게 수천 번도 더 했던 질문이었지만 면전에서 누군가에게 두 번이나 같은 질문을 받고 보니 이상한 기분이 들었다. 사방의 벽이 나를 향해 밀려드는 것 같았다. 나는 고개를 흔들었다. 사실 키미보다 답을 더 듣고 싶은 사람이 나였다.

"나도…… 나도 잘 모르겠어." 더듬거리며 말했다. 있는 그대로의 사실이었다.

키미는 전혀 예상치 못했던 연민 어린 표정으로 고개를 끄덕였다. 그리고 다정하게 내 팔을 꼭 쥐더니 자리에서 일어나 시계를 가리켰다. "저녁밥 먹을 시간." 번역기가 그녀의 말을 영어로 바꿔 들려주었다. "나랑 같이 가겠습니까?"

나는 주제가 전환되었음에 기뻐하며 고개를 끄덕였다. "그래. 옷 좀 갈아입고."

키미는 아래층을 가리키며 현관에서 만나자고 말했다. 그런 다음 통역기를 들고 방에서 나갔다.

사방이 고요해지자 키미와 문제를 잘 풀어서 만족스러워졌다. 열려 있는 발코니 문으로 햇빛이 들어와 방 안을 가득 채웠다. 빛이 먼지 사이를 통과하며 다이아몬드처럼 반짝거렸다. 아무것도 느껴지지 않는, 멍한 느낌이 들었다. 그대로 있었다. 최면에라도 걸린 것 같았다.

"왜지?" 큰소리로 중얼거렸다. "나는 왜 이렇게 무신경할까?"

이제 그 해답을 찾아 나설 시간이었다.

다음날 대학 도서관 심리학 서고를 찾아갔다. "소시오패스와 관련된 책이나 자료를 모두 보고 싶어요."

사서는 컴퓨터에 단어를 검색해 보고는 조금 실망한 것 같았다. 그녀의 머리는 놀랄 정도로 새빨간 색이었다. 길게 늘어진 귀걸이에 어울리는 길고 하늘거리는 치마를 입고 있었다. 이름표에는 셸리라고 쓰여 있었다.

"유감스럽지만 소시오패스에 대한 자료가 그다지 많지 않네요." 그리고 말했다. "애초에 좀 유행이 지난 주제이기도 하고……." 그녀가 자리에서 일어나 따라오라고 손짓했다. 저 멀리 있는 커다란 책더미 쪽으로 향했다. "사실 그런 용어가 DSM에 나와 있는지도 잘 모르겠군요."

"DSM이요?" 뒤를 따라가던 내가 물었다.

셸리는 잠시 걸음을 멈춰 묵직한 책 한 권을 집어 들고 이리 저리 훑어보았다. "DSM이란 《정신질환의 진단 및 통계 편람 The Diagnostic and Statistical Manual of Mental Disorders》의 줄임말이에요. 군이 설명하자면 심리학 분야에서 사용하는 가장 기본적인 안내서라고 할까요. 의사는 이걸 보고 환자를 진단하고 보험회사도 이걸 보고 보험금을 결정하지요. 우리가 생각할 수 있는 모든 정신장애에 대한 설명과 진단이 이 책에 담겨 있어요." 그녀는 책의 차례를 훑어보더니 얼굴을 찡그렸다. "그런데 소시오패스는 없어요."

나도 곁에서 작게 인쇄된 글자들을 살펴보았다. 어딘가에 분명히 그 단어가 있어야만 한다고 생각했지만 찾을 수 없었다. "사전하고 똑같네." 나는 중얼거렸다.

셸리가 나를 돌아보았다. "네?"

"소시오패스라는 말은…… 심지어 사전에도 안 나와요."

"아, 정말요?"

"정말이에요. 하지만 분명히 사용되는 용어잖아요. 얼마 전 심리학 강의 시간에 소시오패스에 관해 공부도 했다고요."

"그야 그렇지요." 셸리가 고개를 끄덕이며 말했다. 그녀는 다른 책을 여러 권 뒤적이다 또 다른 DSM을 꺼냈다. "좀 더 오래된 판본 인데, 여기라면 분명히 나올 거예요." 그녀는 목차를 살펴보았다. "여기 있다." 그리고 책을 펼쳐 내게 건네주었다.

상단에는 굵은 검정 글씨로 "소시오패스적 성격장애"라고 적 혀 있었다. 나는 뭔가 이해되지 않는 표정으로 셸리를 바라보았다. "예전에는 DSM에 포함되어 있었는데 지금은 아니다?" 나는 고개 를 흔들었다. "왜 삭제했을까요?"

"삭제된 건 아니고 '반사회적 인격장애'라는 말로 대체되었네 요. 그렇지만 진단 기준을 보면 똑같다고는 볼 수 없을 것 같아요." 셸리는 빈 탁자 하나를 가리켰다. "앉아 있어요. 나는 가서 다른 자 료가 있는지 찾아볼게요."

나는 자리를 잡고 앉아 앞에 책을 읽기 시작했다.

"이 용어는 일반적인 사회 규범을 무시하고 또 종종 그 규범과 충돌하는 개인에게 적용될 수 있다. 도덕적으로 비정상적인 환경 에서 평생을 살아온 이들에게 주로 발현된다. 이들은 어떤 특정 영 역에 강하게 집착한다. 일반적으로 자신이 속한 약탈 집단, 범죄 집 단, 그 외의 사회 집단의 가치나 규정을 추종하는 성격 반응 이외 에는 성격적 편차를 드러내지 않는다."

숨을 들이켰다. 마치 옆에 내 사진이라도 붙여 놓고 하는 말 같 았다. 내가 정말 소시오패스일까? 질릴 정도로 반복한 질문이었 다. 하지만 그렇더라도 이 소시오패스에 대한 정의를 가지고 뭘 해야 하는 걸까? 그때 셸리가 다른 책을 가지고 왔다. 새로운 책은 1941년 발표된《정상성의 가면 The Mask of Sanity》으로, 저자는 조지아 대학교의 정신과 교수 허비 클레클리 박사였다.

"일단 이 책부터 한번 보세요." 셸리가 책의 뒷부분을 펼쳤다. "정확하게 말하면 사이코패스에 관한 책이지만, 그 안에 있는 진단 확인 목록을 보면 소시오패스에게도 적용되는 부분이 많아요. 거의 구분하기 힘들 정도로 비슷한 점이 많네요."

"잠깐만요." 나는 고개를 저었다. "그렇다면 사이코패스, 소시오패스, 반사회적인 인간을 모두 하나의 범주로 묶는다는 말인가요?"

"거기까지는 확실히 모르겠네요. 그렇지만 진단 편람에 수록된 건 반사회적 인격장애가 유일해요. 최신판에는 그래요." 셸리가 가장 최근에 나온 DSM을 내 앞에 내놓았다. "이것도 한번 보세요."

나는 책의 두께를 가늠해 보았다. "분량이 엄청나네요."

"다루고 있는 정신장애 종류만 수백 가지가 넘으니까요. 게다가 용어집도 따로 붙어 있고요."

"그렇지만 역시 소시오패스에 대한 건 전혀 없네요."

그녀는 얼굴을 찡그렸다. "이상한 일이지만 역시 그렇네요." 그녀는《정상성의 가면》을 가리켰다. "우선 이 책부터 살펴보세요. 나는 가서 책을 좀 더 찾아볼게요."

셸리가 나와 책을 남겨 두고 사라졌다. 사이코패스 관련 부분을 펼쳐 보자 윗부분에 "임상적 특징 Clinical Profile"이라고 굵은 글씨로 적혀 있었다. 그 아래에는 사이코패스의 특징을 나타내는 목록이 나열되어 있었고 대강 훑어보니 익숙한 내용이 많아 혼란이 가중되었다.

1. 적어도 겉으로 보기에 뛰어난 지능과 좋은 인상
2. 망상을 비롯한 기타 비합리적 사고의 징후가 보이지 않음
3. 신경과민이나 정신신경증 증상이 발현되지 않음
4. 신뢰할 수 없음
5. 부정직하고 불성실함
6. 후회나 수치심의 부재
7. 부적절한 동기부여에 따른 반사회적 행동
8. 판단력이 부족하며 경험을 통해 학습하지 않음
9. 병적 자기중심성, 타인에 대한 애정 부재
10. 중요한 정서적 반응이 대체로 부족
11. 특정한 통찰력 부재
12. 일반적인 대인 관계에 대한 무감각
13. 술을 마셨을 때, 간혹 마시지 않았을 때도 발생하는 제정신이 아닌 듯한, 적절하지 못한 행동
14. 자살하는 경우가 거의 없음
15. 성생활이 거의 없으며 있더라도 제대로 된 교감이 없음
16. 특별하게 따르는 인생 계획이 없음

"대체 이게 뭐야?" 나는 큰 소리로 중얼거렸다. 나에 대한 설명이 자세하게 나열된 것 같았다. 내가 사이코패스라는 거야, 소시오패스라는 거야? 어느 쪽으로도 이해되지 않았다. 도대체 둘의 차이점은 무엇일까? 나는 다시 최신판 DSM을 펼쳐 들고 반사회적 인격장애 관련 항목을 찾았다. 얇은 종이를 넘길 때마다 경쾌하게 사각거리는 소리가 울려 퍼졌다.

"반사회적 인격장애 진단 기준"이라는 제목이 보였다. "15세 이후부터 타인의 권리를 무시하고 침해하는 광범위한 행동 유형을 나타내며 다음 중 세 가지 혹은 그 이상에 해당하는 경우"

1. 체포 사유에 해당하는 행위를 반복적으로 저지르는 등 적법한 행위에 대한 사회적 규범을 준수하지 않음
2. 개인적 이익이나 즐거움을 위해 거짓말을 반복하거나 가명을 사용하거나 혹은 타인을 기만하는 사기 행위를 저지름
3. 충동적 성향을 보이며 사전에 계획을 세우지 못함
4. 반복적인 신체적 충돌이나 공격을 통해 과민성과 공격성을 나타냄
5. 자신이나 타인의 안전에 대해 무모할 정도로 무시함
6. 일관된 업무 행위를 유지하지 못하거나 재정적 의무를 이행하지 못하는 상황이 반복되는 무책임한 성향
7. 타인에게 상처를 주거나 학대하는 일, 물건을 훔치는 일 등에 대해 무관심하거나 합리화하는 식으로 반성의 기미가 없음

셸리가 맞았다. 적어도 이 진단 기준에 따르면 반사회적 인격장애는 소시오패스와 차이가 있었다. 유사점도 있지만 각각의 기준에 차이점이 있었다. 소시오패스나 사이코패스를 설명하는 내용 대부분은 어렵지 않게 나와 연관 지을 수 있었다. 하지만 반사회적 인격장애의 특징은 절반 정도만 관련이 있었다.

그런데 왜? 나는 궁금했다. 발현 증상이 다른데 왜 반사회적 인격장애가 소시오패스를 대체하게 된 것일까? DSM에 왜 '소시오패스'는 수록되지 않았을까? 그리고 소시오패스와 사이코패스의 정확한 차이점은 무엇일까? 어떻게 해야 원하는 해답을 찾을 수 있을지 생각했고 그러다 갑자기 한 가지 방법이 떠올랐다.

슬랙 교수님을 찾아가자.

나는 책을 집어 들고 셸리를 찾았다. 그녀는 자기 자리에 앉아 바쁘게 일하고 있었다. 나는 들고 온 책을 옆에 내려놓았다. "도와주셔서 감사합니다. 또 올게요. 얼른 교수님께 가서 도움을 받아야겠네요."

그녀는 천천히 고개를 젓더니 뭔가 복잡한 표정을 지었다. "정말로 어이가 없네요." 그녀의 앞에는 오래된 사전이 몇 권 놓여 있었다. "진짜 그렇더라고요. 아무리 찾아도 소시오패스에 대한 정의가 나오지 않아요."

일주일쯤 뒤에 슬랙 교수님을 만날 수 있었다. 심리학과 건물 1층에 그녀의 작고 아늑한 연구실이 있었다.

"패트릭, 어서 와요." 그녀가 따뜻하게 인사를 건넸다. "자, 무슨 일인가요?"

나는 웃으며 대답했다. "무엇보다 소시오패스에 대한 강의가 좋았고요, 거기에 매료되어서 관련된 주제를 기말 과제로 선정했습니다."

속이 들여다보이는 입발림이었지만, 강의가 좋았다는 건 진심이었다. 나는 슬랙 교수님이 좋았고 저녁 파티에서 사람들의 모습을 엿볼 때와 같은 즐거움을 그녀에게 내 얘기를 할 때 느꼈다. "다만 조사 범위를 좁히는 데 어려움이 있어서요. 소시오패스에 관한 연구 자료는 거의 찾아볼 수 없어요. 도서관에 갔더니 DSM에도 실려 있지 않다고 하더군요."

"그렇지요." 그녀는 고개를 끄덕였다. "소시오패스 대신 반사회적 인격장애라는 용어가 올라갔지요."

"왜 그랬을까요? 진단 기준 자체가 서로 크게 다르던데요."

그녀는 공감한다는 듯 다시 고개를 끄덕이더니 등을 의자에 기댔다. "좋은 질문입니다." 조금 놀란 듯한 목소리였다. "학생 생각을 한번 들어 볼까요?"

나는 가방에서 도서관에서 가져온 DSM을 꺼냈다. "여기 말인데요." 내가 책을 펼쳤다. "이건 분명 반사회적 인격장애를 진단하는 기준이에요, 그런데 여기를 보면……" 그녀가 내가 펼친 부분을 훑어보았다. "성격이나 성향과 관련된 내용은 잘못을 저질렀을 때 반성의 기미가 없다는 것뿐이고요, 나머지는 사회적 규범을 준수하지 않는다, 사기 행위를 저지른다 등등 모두 다 행동과 관련된 것들이에요."

"그래서요?"

나는 당연한 걸 물어본다는 듯 몸을 앞으로 숙였다. "그래서 이 자료들을 신뢰하기 힘들다는 거죠. 예를 들어, 모든 소시오패스가 이런 식으로 행동한다는 걸 어떻게 알 수 있나요?"

"글쎄요." 잠시 뭔가를 신중하게 생각하는 듯한 침묵이 이어졌다. "반사회적인 성향이 있다는 진단이 그대로 소시오패스 성향과 이어지는 건 아닙니다. 자료는 단순한 지표에 더 가깝지요. 대부분 심리학자는 반사회적 성향이 있다는 평가가 누군가를 소시오패스로 진단하는 첫 번째 단계에 불과하다고 생각합니다."

"그렇지만 그건 더 말이 안 됩니다." 나는 고개를 흔들며 말했다.

"왜 그런가요?"

"왜냐하면 반사회적 성향이 있다는 진단을 받으려면 아주 어릴 때부터 범죄자가 되어야 하거든요. 한 번이 아니라 여러 번 경찰에 구금되거나 적어도 학교에서 퇴학당한 경험이 있어야 해요. 바로 여기에 그렇게 적혀 있어요." 나는 책을 가리켰다. "행동장애의 증거가 있어야 하는데, 행동장애와 관련된 증거란 결국 실제로 나쁜 행동을 해서 적발된 기록이에요."

"그렇지요."

나는 어깨를 으쓱했다. "그렇다면 적발된 적이 없는 사람은 어떤가요? 자신을 좀 더 엄격하게 통제할 수 있는 소시오패스가 있다면요?" 그녀는 아무런 말이 없었고 나는 말을 이어갔다. "교수님께서는 소시오패스라고 진단받을 유일한 방법은 우선 행동장애가 있다는 진단을 받는 거라고 말씀하시는 것 같은데요." 나는 얼굴을 찡그렸다. "그건 뭔가 앞뒤가 맞지 않는 것 같습니다. 그 말은 모든 소시오패스가 범죄 기록이나 전과가 있어야 한다는 의미로 들리는데, 그럴 수는 없지요."

그녀는 잠시 생각에 잠긴 후 동의한다는 듯 고개를 끄덕였다. "대단히 흥미로운 의견입니다."

나는 가방에서 공책을 꺼냈다. "강의하실 때 많은 정신장애를 스펙트럼으로 진단할 수 있다고 하셨어요. 예컨대 자폐증 스펙트럼처럼요. 그러면 같은 정신장애라도 누군가는 그 정도가 더 극단적일 수 있겠죠?"

"맞아요."

"그러면 소시오패스도 그럴 수 있을까요? 단지 극소수의 소시오패스만 경찰에 체포당할 만한 행동을 하는 극단적인 성향이라면 어떨까요."

"소시오패스로 진단할 수 있는 영역을 좀 더 넓게 보자?"

"네."

"아주 독특한 이론인데요." 그녀가 빙그레 웃었다. "적어도 이제 기말 과제의 조사 범위가 좁혀진 것 같네요."

나는 할 말이 더 남아 있었다. "그리고 이 책 말인데요." 가방에서 《정상성의 가면》을 꺼내 도서관에서 읽었던 임상적 특징 목록을 펼쳤다. "이 책은 사이코패스에 대한 책이에요." 해당 부분을 손으로 가리켰다. "그런데 도서관 사서 말로는 여기 나오는 사이코패스의 특징이 그대로 소시오패스를 진단하는 데 사용된다고 하더군요."

"맞습니다. 사서가 제대로 설명해 주었군요."

"그래서 더 이해가 안 되는데, 둘 사이의 차이점이 뭘까요?"

"생물학적 관점에서의 차이예요. 많은 연구자가 그렇게 생각하고 있어요. 사이코패스는 뇌에 어떤 문제가 있는 사람이라고요. 같은 실수를 반복해서 저지르는 이유도 그 때문이라는 것이지요. 생물학적 관점에서 볼 때 사이코패스는 처벌을 통해 뭔가를 배울 수 없고 반성의 개념을 이해할 수 없으며 불안감도 경험하지 못해요. 하지만 소시오패스는 좀 다르다고 생각됩니다. 소시오패스도 사이코패스 못지않게 행동하는 경우가 많지만, 나아질 가능성이 있다는 거지요. 소시오패스는 천성을 넘어 환경에 영향을 크게 받는 것 같아요." 그녀는 어깨를 으쓱했다. "최소한 그런 이론이 있기는 하지만 실제로는 다양한 갑론을박이 오가고 있기는 합니다."

"그러면 혹시 소시오패스가 어떤 압박감을 느낀다는 내용에 대해서는 읽어 보신 적이 있나요? 소시오패스가 압박감으로 인한 긴장을 겪는 경우가 많다는 내용을 본 적이 있어서요." 나는 슬쩍 거짓말을 했다. "그래서 이를 해소하는 유일한 방법이 나쁜 행동이라고 합니다."

슬랙 교수님이 펜을 집어 들었다. "그건 정말 흥미로운데요. 어디서 그런 내용을 읽었나요?"

"기억이 잘 안 납니다만, 말이 된다고는 생각했어요. 어쩌면 그 압박감이라는 게 강의 시간에 들었던 감정에 대한 잠재 욕구와 같지 않은가 싶어요. 만일 그렇다면 소시오패스가 파괴적인 행동을 하는 건 강박장애 환자가 같은 행동을 반복하는 것과 그 원인이 비슷하다고 생각하는 게 합리적입니다. 교수님은 어떻게 생각하세요?"

"얘기를 들어 보니까 '불안도 증가와 소시오패스에 대한 연구'에서 비슷한 내용을 읽어 본 것 같네요. 흥미로운 연구로 이어질 수 있는 주제라고 생각합니다. 파괴적 행위에 어떤 상관관계들이 있는지 알아보면 좋겠어요."

'만성적 긴장 상태도 파괴적 행위의 원인일 수 있어요.' 나는 속으로 생각했다.

"그러나 또 한 번 말하지만, 불안은 사이코패스가 아닌 소시오패스들 사이에서만 존재할 가능성이 높습니다. 우리는 사이코패스는 정신신경증과 관련된 증상을 보일 수 없다고 생각해요. 적어도 나타낼 수 없다고 생각합니다. 하비 클레클리 박사에 따르면 그래요."

"그렇다면 소시오패스인지 사이코패스인지는 어떻게 구분할 수 있을까요?" 나는 잠시 망설이다 물었다. "확인할 방법이 따로 있을까요?"

그녀가 고개를 끄덕였다. "네, 있어요. 정신과에서는 환자가 사이코패스라고 생각될 때 PCL이라는 걸 사용해요."

"PCL이요?"

"'사이코패스 진단 확인 목록'이에요. 가끔 '사이코패스 검사'라고도 부르고요." 슬랙 교수님이 《정상성의 가면》을 가리켰다. "그 검사는 사실 이 책을 바탕으로 하고 있어요. 특히 후회나 반성을 느끼지 못한다는 사실이 확실한 지표가 되지요. 물론 사회적 정서도 중요한 지표입니다."

나는 잘 이해되지 않아 얼굴을 찡그렸다. "그건 무슨 뜻인가요?"

그녀는 자리에서 일어나 책상을 둘러싸고 있는 여러 책장 중 하나 쪽으로 다가갔다. "혹시 강의 시간에 언급했던 로버트 플루치크 교수를 기억하나요? 기본 정서에 대해 가르쳤는데."

물론 기억하고 있었다. 플루치크 교수는 분노, 공포, 기대, 놀람, 기쁨, 슬픔, 신뢰, 혐오라는 여덟 가지 주요 감정을 인간의 '기본 정서'라고 명명했던 저명한 심리학자다. 나는 관련된 내용을 배웠던 날 종이를 한 장 꺼내 기본 정서를 적었고 개인적 경험을 각 감정과 상응시켜 봤다. 마침내 내가 기본 정서를 어느 정도 다 느낄 수 있다고 확신한 후에는 안도의 한숨을 내쉴 수 있었다.

"네, 기억해요. 모든 사람은 다 공통적인 기본적 감정을 가지고 태어난다는 주장이지요."

"맞아요. 심지어 사이코패스도 마찬가지에요. 태어날 때부터 그런 감정이 있다는 말인데……" 그녀는 서류철 하나를 찾아 제자리로 돌아왔다. "그런데 타고나지 않는 감정들도 있거든요." 그리고 서류철을 펼쳐 내게 보여주었다. "공감, 죄책감, 부끄러움, 후회, 질투, 심지어 사랑까지도 우리는 사회적 정서로 여겨요. 이것들은 타고나는 것이 아니라 배워 나가는 것입니다."

"그런가요……."

"소시오패스와 사이코패스는 모두 사회 정서를 배우기 위해 애쓰니다만, 일부 연구자들은 그들에게 정서를 학습할 능력이 없다고 주장합니다."

"능력이 없다는 건가요, 한계가 있다는 건가요?" 나는 제대로 묻기 위해 자세를 바로잡았다. "아까 교수님은 소시오패스와 사이코패스는 생물학적 한계가 다르다고 하셨는데요. 그렇다면 소시오패스는 그럴 능력이 없는 게 아니라 조금 어려움을 겪는 게 아닐까요? 일종의 정서적 학습장애 같은?"

"정서적 학습장애?" 슬랙 교수님이 의아한 눈길로 나를 바라보았다. "어디서 그런 말을 들었나요?"

"어디서 들은 건 아니고요. 저는 그냥…… 소시오패스에게 생물학적으로 잘못된 부분이 어디에도 없다면 소시오패스에게 있는 문제점들은 아마도 학습과 관련이 있지 않을까 생각해 봤어요. 난독증과 비슷한데, 감정에 대한 난독이라고 할까요."

"확실히 독특한 견해이긴 하네요. 그렇지만 그게 환자의 치료에 중요한 문제인지는 잘 모르겠군요."

"네? 어째서 그런가요?"

슬랙 교수님이 조금 앞으로 몸을 기울였다. "인간은 감정에 접근하지 못하면 살아가는 데 어려움을 겪는 동물입니다. 감정이 없는 상태, 혹은 무감각은 인간의 정신에 크게 영향을 미쳐요. 사람들은 딱히 이 문제에 관심이 없어 보이지만요." 그녀가 고개를 갸웃거렸다. "한번 생각해 봅시다. 수백만 년에 걸쳐 감정을 인식하고 느끼는 능력을 기반으로 진화해 온 인간의 두뇌가 감정에 접근하거나 이를 해석할 수 없다면 어떻게 될까요? 마치 환상통을 겪는 것처럼 굉장히 답답하고 절망스러울 겁니다."

"무슨 말인지 잘 이해가 안 가네요."

"환상통이란 신체의 일부, 특히 팔이나 다리 절단 수술을 받은 환자에게 자주 발생하는 증상인데, 더는 존재하지 않는 신체 부위에서 느껴지는 감각입니다. 물론 소시오패스의 경우 팔다리가 아니라 더 복잡한 감정을 처리하는 일종의 신경연결 통로가 어떤 식으로든 잘못 구성되어 있다고 우리는 생각하는 거고요. 감정은 존재하는데 그게 조금 어긋나 있다고나 할까요." 그녀는 눈을 크게 떴다. "그건 절단되어 이제는 없는 다리가 간지럽다거나 하는 것만큼 아주 난감한 일이 아닐까요?"

나는 그동안 겪어 왔던 압박감을 떠올리며 천천히 고개를 끄덕였다. "미칠 것처럼 난감하겠지요."

"말하자면 사이코패스와 소시오패스는 같은 배에 타고 있어요. 둘 다 끊임없이 이런 통로를 제대로 찾아갈 방법을 찾고 있으니까. 감정을 제대로 느낄 방법 말이에요. 파괴적이고 위험한 행동이 발현하는 것도 바로 그런 이유 때문이고. 결국 무감각은 그냥 짊어지기에는 너무 큰 부담입니다."

"그러면 어떻게 되는 건가요?"

슬랙 교수님이 얼굴을 찡그렸다. "결국 무게를 이기지 못하고 폭발하겠지요."

그날 밤 책상 앞에서 꼼짝도 하지 않고 늦게까지 혼자 앉아 있었다. 태양도 서쪽 언덕 너머로 사라진 지 오래였다. 발코니 유리 창을 멍하니 바라보는 동안 거리의 가로등 불빛이 방 안을 채웠다. 나는 절망감을 느꼈다.

자리에서 일어나 발코니 문을 잡아당겨 열었다. 발코니는 그냥 장식처럼 붙어 있는 공간으로 바닥의 너비는 겨우 삼십 센티미터 정도였다. 나는 그 좁은 공간 안으로 들어가 난간에 몸을 걸쳤다. 시원한 바람에 머리카락이 흩날렸다. 절망감이 좀 더 익숙한 무엇인가로 바뀌고 있다는 사실을 알아차렸다.

"굴복이라……." 나는 속삭였다.

그동안 어두운 면에 적극적으로 굴복하기도 했지만 저항할 때도 있었다. 무심함과 관심도 항상 공존했다. 초등학교 화장실에 여자아이들을 가두었을 때도 그런 이중적인 감정을 느꼈다. 그날 이후 늘 궁금했었다. 이토록 매사에 무감각한 나는 어떤 일까지 저지를 수 있을까? 이미 알고 있었다. 나는 폭발할 것이다.

나는 언제든 폭력적으로 변할 수 있었다. 그런 행동은 보상심리를 충족해 주었다. 연필로 시드를 찔렀을 때도 그랬다. 만족감이 온

몸을 감싸는 기분. 누군가에게 상처를 주거나 해치고 싶은 유혹을 항상 느꼈다. 마치 뭔가 빨리 입력해 주기를 기다리는 컴퓨터 모니터의 깜빡이는 커서 같았다. 그렇지만 버지니아에서 고양이와 마주쳤을 때처럼 항상 결정적인 순간에 뒤로 물러섰다. 늘 희망을 품고 있었기에 저항할 수 있었다. 그런데 슬랙 교수님에 따르면 희망 같은 건 없는 게 아닌가.

그녀의 말이 사실이라면 어떻게 되는 거지?

무감각과 무관심이라는 압도적인 적에 맞서며 감정에 가까이 다가가려는 이 끝없는 여정은 나를 지치게 했다. 토리 에이모스가 부른 'Little Earthquakes'라는 노래가 생각났다. 치밀어 오르는 압력을 조금씩 분출하고 "더 큰 지진(The Big One)"을 막으려고 일부러 만들어 내는 작은 지진들. 그게 바로 내가 하는 행동들이었다. 증상을 관리하고자 끊임없이 절제를 통해 빛과 어둠 사이에서 균형을 잡았다. 그런데 내가 상황을 개선할 수 있다는 희망이 없다면 그 작업을 앞으로 얼마나 더 오래 할 수 있을지 알 수 없었다.

모두에게 희망이 있다. 정신분열, 알코올중독, 양극성우울증 등을 앓는 환자에게는 제대로 된 치료의 기회가 주어졌다. DSM에는 여러 정신장애와 성격 유형에 대한 진단이 가득 차 있었고, 어떤 심각한 경우라도 구체적인 정보와 진단을 위한 통찰이 제공되었다. 심지어 옷이나 종이를 마구 삼키는 섭식장애를 가리키는 용어도 있었다. 강의 시간에도 등장한 그 용어는 이식증異食症이었고 1-800이라는 고유 식별 번호까지 붙어 있었다. 하지만 소시오패스는 어떤가?

"아무것도 없지." 나는 혼자 중얼거렸다.

나는 소망을 이루었다. 나는 적어도 의학적으로는 투명인간이 었다. 나는 이질적인 존재였다. 나는 기숙사 친구들이 강의를 듣는 동안 방에 침입해 소지품들을 뒤졌다. 친구들이 어떤 비밀을 간직하고 있는지 알고 싶었다. 여학생들은 남자를 만나러 나갔지만 나는 그동안 차를 훔쳤다. '나는 이렇게밖에 살 수 없는 걸까?'

나는 왜 겉으로는 아무런 문제가 없으면서 거짓말에 능숙한가? 나는 왜 끊임없이 나쁜 짓을 저지르고 싶은 압박감을 느끼면서도 그런 압박감에 그토록 부담을 느끼는가? 사회적으로 용납될 수 없는 행동을 하고 나면 왜 마음이 편해지는가? 그리고 나는 왜 그렇게 주변에 무심한가?

연구자나 심리학자들은 지금까지 내 증상을 설명할 정리된 이론을 제시하지 않았다. 단순히 밝혀지지 않아서일까? 의욕 있는 연구자라도 있었나? DSM에서 소시오패스 항목이 삭제되었다는 사실이 내 삶이 가망 없다는 의미일까? 생각만 해도 구역질 났다.

시선을 저 밑에 땅바닥에 고정한 다음 난간 밖으로 넘어갔다. 그리고 팔을 뒤로 뻗어 난간을 잡고 몸을 앞으로 기울였다. 내 무감각의 원인은 알 수 있을지 모르지만, 이것이 언제 끝날지는 도무지 알 수 없었다. 만약 내가 더 폭력적인 충동에 굴복한다면 어떤 일이 벌어질까. 분명 지금까지 경험한 작은 지진과는 다를 것이다. 모든 일이 다 끝나고 나면, 뜨거운 기분이 가라앉고 치솟았던 충동이 사라지면 감옥이나 저세상에서 정신을 차릴지 몰랐다. 그때가 돼서야 이 긴 싸움도 멈추겠지.

"좆같네."

나는 난간을 잡고 있던 손을 놓았고 잠시 무중력 상태를 경험했다. 의식 속에서 영원히 이어질 것 같은 고요함이 번뜩였다. 나는 밑으로 떨어지기 시작했다. 저 밑에 닿을 때까지 평생이 걸릴 것 같았다. 땅바닥이 나를 향해 달려왔다. 두 눈을 감았다.

'어쩔 수 없지.' 나는 커다란 소리를 내며 땅바닥에 떨어졌다.

차고와 아스팔트 도로 사이의 경계선 역할을 하는 작은 잔디밭이었다. 풀과 흙이 떨어질 때의 충격을 대부분 흡수했다. 가슴이 짓눌리며 폐에서 공기가 빠져나갔다. 다시 숨을 쉬기 위해 몸을 굴렸다. 그리고 등을 땅바닥에 대고 하늘의 별을 바라보았다. 나는 이 극적인 시도가 그저 바보짓에 불과했다는 사실에 고개를 저었다. 손톱 하나 부러진 곳도 없었다.

"하, 맙소사." 몸을 일으키려 애쓰다가 《정상성의 가면》에 나온 사이코패스의 임상적 특징 목록이 떠올랐다.

"14번. 자살하는 경우가 거의 없음"

나는 심호흡을 하고 몇 분 동안 가만히 누워서 영 만족스럽지 않은 결과를 받아들였다. 차가 빠르게 지나가는 소리를 듣고 정신을 차렸다. 몸을 일으켜 기숙사 건물 뒤쪽으로 걸어가면서 내 어처구니없었던 행동에 고개를 저었다. 그리고 관리실 창문을 열었다. 안으로 들어가는 순간 너무나도 익숙한 고민들이 다시 돌아왔다.

이번에는 아무런 저항도 하지 않았다. '나는 아마도 소시오패스겠지.' 창문을 닫았다. '아니, 어쩌면 사이코패스가 아닐까. 남은 인생을 작은 지진들 속에서 소진해야겠지.'

나는 불이 꺼진 복도를 성큼성큼 걸어갔다. '어쩌면 나는 평범하게 살기 위해서 남들보다 조금 더 노력해야 하는 걸지 모르겠다.' 계단을 올라 내 방으로 향했다. '어쩌면 나는 평범한 집에서 평범하게 일하면서 평범한 사람들과 평범한 생활을 누리며 살지 못할 수도 있겠구나. 어쩌면 정말로 의미 있는 관계는 영원히 맺지 못할 수도 있겠어……'

문틀 위에 숨겨 두었던 예비 열쇠를 꺼내 문을 열었다. '어쩌면 내가 원했던 대학 생활을 누리지 못할 수도 있겠구나.'

방 안에서는 마음을 가라앉히는 향이라도 피운 것처럼 편안한 고요함이 느껴졌다. 열려 있는 발코니 창문을 가만히 바라보았다. 몇 분 전보다는 덜 절망스러웠다. '어쩌면 내가 원하는 방식으로는 어떤 것도 경험할 수 없을지도 모르지.' 나는 다시 창문 밖으로 나갔다. 그리고 몸을 돌려 창문에 비친 내 모습을 바라보았다. 여자애가 서 있었다. "그래서 뭐?" 나는 그녀에게 물었다.

'그 누구도 소시오패스가 어떤 존재인지 밝혀내지 못했다면, 내가 나를 위해 밝혀 보겠어.' "그 진실이 희망을 앗아가고 낙담시키고 나를 외로운 소시오패스로 만들더라도……" 나는 하늘을 바라보고 빙그레 웃었다.

"어쩔 수 없지."

제9장
허방전

UCLA에서의 1년이 마무리되었다.

"어서 집으로 돌아오렴." 엄마가 전화로 재촉했고 나도 그러고 싶었다. 여름방학에 기숙사가 문을 닫으면 갈 곳도 없었다. 하지만 내 행동의 심각성을 염두에 둔다면, 집에 돌아가는 건 그리 좋은 생각이 아니었다.

'내 행동을 효과적으로 통제하려면 좀 더 공부해야 할 것 같아.'

여름방학을 콜드워터 캐넌에 있는 아빠의 집에서 보내기로 한 건 탁월한 선택이었다. 높다란 흰색 대문에 아름다운 수영장까지 있어 나만의 비밀 요새 같은 그 집에서 안전하고 평화로운 여름방학을 보냈다. 적어도 처음에는 그랬다. 그런데 대학에 막 입학했을 때처럼 금방 다시 불안감이 엄습해 왔다.

어느 날 오후, 뭔가 할 일을 찾아야겠다고 생각했다. 이웃이 차 옆에 둔 열쇠뭉치가 보였다. 범죄를 저지르고 경찰에 체포되지 않으려면 뭐라도 해야만 했다. 6월부터 9월에 이르는 여름방학 동안 그런 생각을 여러 차례 했다. 한가한 시간이 그렇게나 길게 이어지는데 내 안의 악마가 나를 가만히 둘 리 없었다. 내게 딱히 책임지고 할 일이 없다는 건 언제든 어떤 재난이 일어날 수 있다는 뜻이었다. 그래서 나는 내가 탈선하지 않도록 가드레일을 설치할 필요를 느꼈다.

슬랙 교수님과 실망스러운 만남에도 불구하고 예상치 못한 결심을 하게 되었다. 기숙사 방 아래로 추락한 다음 날 다시 도서관을 찾았다. 그리고 몇 시간에 걸쳐 소시오패스와 관련해서 찾을 수 있는 모든 심리학 서적과 연구서를 꼼꼼히 살펴보았다.

며칠 동안 강의가 끝나면 도서관을 들락거리면서 자료가 너무 부족하다는 사실에 또 한 번 놀랐다. 그나마 찾아 놓은 자료들도 실망스러운 수준이었다. 소시오패스에 대한 설명은 아무리 좋게 보려고 해도 모호한 부분투성이였고, 왜곡된 것들도 많았다. 대중매체는 거의 예외 없이 소시오패스를 자기들 멋대로 역겨운 악당 취급했다. 어떤 자료는 소시오패스가 격리되어야 한다고 역설했는데, 나는 이런 주장이 특히나 위험한 주장이라고 생각했다. 한 잡지에는 "이런 사람들은 무슨 수를 써서라도 피해야 한다."라고 쓰여있었다.

문학작품에 소시오패스는 추방당해 마땅한 괴물로 묘사되어 있었다. 선정적 내용과 뜬소문을 바탕으로 하는 대중문화는 소시오패스를 "사악하고", "끔찍한" 존재로 반복해서 소개했다. 소시오패스에게는 양심도, 영혼도 없다! 또 어떤 책에는 소시오패스를 두고 치료가 불가능하며 통제할 수도 없다고 적혀 있었다. 예측 불가능하며 감정이 없는, 사회의 위험 요소들. 소시오패스에게는 자기 인식이 부족하고 정서를 개발할 능력이 전무하다는 게 일반적인 견해였다.

'그렇다면 소시오패스가 도움을 받으려면 어디로 가야 하지?' 나는 알고 싶었다. 결국 소시오패스도 인간이 아닌가. 그것도 치료가 절실히 필요한 인간들.

그런데 실제로 수집된 자료를 보면 말이 달랐다. 오래된 연구서를 뒤적여 보니 모든 소시오패스가 파괴에 몰두하는 괴물은 아니었다. 기본적인 성향 때문에 공감이나 후회 같은 후천적으로 학습해야 하는 사회적 정서를 내면화하기가 어렵긴 하지만, 불가능하지는 않다는 것이었다. 개인적인 경험을 떠올려도 이해가 가는 주장이었다.

자료를 읽어 볼수록 내가 소시오패스라는 건 확실했다. 공감 능력이 부족했고 속임수에 능숙했다. 거리낌 없이 폭력을 행사했고 거짓말도 잘했다. 겉보기에는 아무런 문제가 없었다. 하지만 나는 범죄 행위까지도 서슴지 않았을뿐더러, 타인과 정서적으로 유대감을 쌓는 데 어려움을 겪었다. 한 번도 죄책감을 느껴본 적이 없었다.

그럼에도 나는 매체에서 묘사하는 무시무시한 괴물이 아니었다. 나의 성향은 클레클리 박사의 '사이코패스 임상적 특징 목록'의 내용과도 정확히 일치하지 않았다. 목록 4번 "신뢰할 수 없음", 그리고 16번 "특별하게 따르는 인생 계획이 없음"은 나와는 관련이 없었다. 나는 필요하다면 대단히 신뢰도 높은 사람이 될 수 있었다. 성실한 학생으로서 입시계획을 따라 명문대에 입학했다. 물론 5번 "부정직하고 불성실함"이라는 잣대를 들이대면 종종 그랬노라 고백하지 않을 수 없었다. 공감 능력이 부족하다는 사실도, 어떤 감정은 아예 느낄 수 없다는 사실도 틀리지 않았다. 하지만 중요한 점은 바로 거기에 있었다. 나는 그런 나의 성향을 잘 파악하고 있었다. 11번 "특정한 통찰력 부재"가 내게 해당하지 않는 것이다. 다시 말해 나는 자기 인식에 능할뿐더러 나 스스로를 개선하는 능력도 있었다. 그런데 내가 찾아본 자료에는 소시오패스가 그런 발달 지표들을 따라갈 수 없다고 적혀 있었다.

뭔가 잘못된 것이 분명했다. 만일 모든 사람이 소시오패스 진단을 위해 클레클리 박사의 사이코패스 임상적 특징 목록에 의지하고 있다면 그들은 많은 요소를 놓치고 있을 것이다. 나는 이 문제를 탐구하는 데 개인적인 시간을 쏟아부어 소시오패스, 즉 나에 대한 인식을 '정상화'하기로 했다. 이 작업은 다른 사람의 연구가 아닌 실제 내 사례를 바탕으로 내가 잘못되었거나 나쁜 게 아니라 그저 다르다는 사실을 깨닫게 되면서 구체적으로 전개되었다. '내가 느끼는 사랑'에 대한 이해는 이 과정에서 가장 중요했다.

클레클리 박사의 임상적 특징 목록 9번에 따르면 사이코패스는 "타인에 대한 애정"이 없다고 하는데, 이건 정말 받아들이기 어려운 부분이었다. 내게는 데이비드가 있었다.

이 사실을 깨닫고 안도의 한숨을 내쉬었던 밤을 지금도 기억하고 있다. 봄방학을 몇 주 앞둔 어느 날, 기숙사 방에 앉아 사이코패스에 관한 책을 읽고 있는데 갑자기 머리가 번쩍했다.

"데이비드!" 내가 소리쳤다.

방금 욕실에서 나온 키미는 깜짝 놀라 손바닥으로 책상을 내리치는 나를 바라봤다.

"데이비드!" 나는 다시 소리쳤다. 그리고 자리에서 벌떡 일어나 키미에게 달려가 여전히 축축하게 젖어 있는 그녀의 어깨에 손을 얹었다. "데이비드는 내 남자친구였어! 그리고 우리는 사랑에 빠졌었지! 정말이야! 진짜 사랑이었다고!"

나는 약간 흥분한 상태였고, 평소보다 좀 더 과장되게 기분을 폭발시켰다. 나는 키미가 놀라게 하는 걸 좋아했다. 합리적인 이유 없이 그냥 즐거웠다.

"좋았겠네." 그녀가 말했다.

키미도 대학 생활 몇 개월 만에 영어가 익숙해졌다. 나로서는 실망스러운 일이었지만 그녀는 통역기를 치워버리고 기숙사에 있을 때는 '영어로만' 대화하겠다고 선언했다. 물론 여전히 유창하진 않았고, 그 때문에 내게도 완전히 적응하지 못했다. 키미는 내 머리를 후려칠 걸 찾기라도 하는 것처럼 눈을 이리저리 굴렸다. 나는 그런 그녀의 얼굴을 두 손으로 감싸 쥐었다.

"무슨 뜻인지 모르겠어?" 내가 속삭였다. "사이코패스는 사랑할 수 없다고들 하는데, 나는 사랑에 빠졌었다니까. 그러니까 나는 확실히 사이코패스는 아니라는 뜻이지." 나는 극적 효과를 위해 잠시 말을 멈췄다. "이건 정말 큰 발견이야."

키미는 침을 삼키며 고개를 끄덕였다. "좋겠네." 그런 다음 어쩔 줄 모르겠을 때 앉아 있곤 하는 벽장 옆으로 갔다.

"데이비드……." 벽장 옆에 걸린 겨울 외투 몇 벌 사이로 숨어 버린 키미를 보면서 나는 다시 중얼거렸다. "데이비드야말로 내가 찾던 증거야."

나는 다시 희망을 얻었다. 그는 내가 사회적 정서를 학습할 수 있다는 증거였다. 비록 관계를 오래 유지하지는 못했지만 분명 실제로 일어난 일이고 그때 느꼈던 감정도 진짜였다. 그리고 비록 시간이 많이 흘렀고 자주 볼 수는 없게 되었지만 데이비드에 대한 감정은 전혀 사그라들지 않았다. 나는 그를 생각하는 게 좋았다. 그와 대화하는 게 좋았다. 그러고 있으면 내가 정상적이고 평범한 사람이 된 것 같았다. 그래서 데이비드와의 연락을 끊지 않았다.

처음에는 충동적으로 연락했다. 여름 캠프가 끝나고 데이비드가 어떻게 살고 있는지 궁금했고, 앞뒤 생각 없이 전화부터 걸었다. 몇 분 정도면 통화가 끝나겠지 생각했지만, 실제로는 그렇지 않았다. 첫 통화는 몇 시간 동안이나 이어졌고 그 후에도 자주 통화했다. 그는 내가 솔직하고 편안하게 대할 수 있는 유일한 사람이었다. 정말 간절히 바라던 상황이 아닐 수 없었다. 샌프란시스코에서 식탁 밑에 앉아 엄마와 뭐든 즐겁게 얘기하던 어린 시절이 떠오를 정도였다. 그런 편안함을 오랫동안 누리지 못했다. 어쩔 수 없이 속임수를 쓰며 스스로를 보호해 왔다. 안전해졌으나 관계와 우정을 잃고 고립되었다. 하지만 여전히 정직한 관계를 통해 편안함을 누리고 싶었다. 그래서 데이비드와 대화하는 게 좋았다. 나는 한 번도 그에게 거짓말한 적이 없었다.

"내 말을 한번 들어 봐." 늦은 밤이었다. "나는 사이코패스가 아니야!"

데이비드는 웃음을 터트렸다. "확실한 거야? 키미한테 한번 물어봐도 돼?"

"장난치는 거 아니야. 아주 중요한 이야기라고." 나는 데이비드에게 가장 최근에 깨달은 사실을 설명했다.

"이해가 안 되는데. 소시오패스와 사이코패스가 그렇게나 차이 나는데 왜 항상 하나로 묶어 설명되는 걸까?"

도서관을 드나들면서 나름대로 정리해 본 결과 그건 역시 연구서들을 비롯한 문헌 때문이었다. 소시오패스와 사이코패스에 관한 일반 서적들은 의견이 제각각이었다. 어떤 책은 그 둘이 같은 증상이라고 주장하는가 하면 어떤 책은 완전히 다르다고 주장하는 등 일관성이 없었다. 심리학 분야에서는 정신질환과 관련된 용어들이 비하적 용어로 사용되기 시작하면 다른 말로 바꾸는 관례가 있다. 예를 들어 '정신지체'나 '다중인격장애'는 부정적인 인상을 최소화하기 위해 '지적장애'와 '해리성정체성장애'로 대체되었다. 그런데 좋은 의도로 용어가 바뀌어 오면서 관련 주제에 관한 연구 과정이 심각할 정도로 복잡해졌다.

'소시오패스'라는 말은 1930년 심리학자 G. E. 패트리지에 의해 처음으로 대중들에게 널리 알려졌다. 패트리지는 소시오패스를 그 행동이 친사회적 기준을 따르지 못하는 증상으로 정의했다. 즉, 사회에 이로운 방식으로 행동하지 않고 오히려 의도적으로 불화를 일으키는 사람이 소시오패스였다. 그런데 1976년 클레클리 박사의 《정상성의 가면》 제5판이 출판되어 큰 인기를 끌면서 사이코패스와 소시오패스 개념이 뒤섞이기 시작했다. 연구자나 의사들은 계속해서 사이코패스와 소시오패스를 유사한 의미로 사용했고 진단 기준과 일반적인 이해 사이에도 불협화음이 발생하게 되었다.

그 여름에 나는 아빠 집의 책상에 앉아 도서관에서 참고한 통계 자료에 대해 곰곰이 생각했다. 연구자들은 명칭과 관련된 혼란에도 불구하고 유병률에 대해서는 동의했다. 여러 연구에 따르면 소시오패스는 전체 인구의 거의 5퍼센트를 차지하며, 공황장애를 겪는 비율과 거의 같았다. 수백만 명에게 영향을 미치는 증상이 심리학자들에게 더 큰 관심을 받지 못한다는 게 비정상적으로 보였다. 소시오패스의 주요 특징이 무감각이며 그 결과가 파괴적 행동이라는 걸 생각하면 더욱 그랬다. '이 많은 소시오패스들이 자신을 지키기 위해 어떤 행동을 하고 있을까?'

의문은 나 자신을 향하는 것이기도 했다. 나는 학기가 끝나고 점점 커지는 불안감을 해결할 새로운 방법을 찾기 위해 애쓰고 있었다. 도서관에서 시간을 보내는 것 말고는 할 수 있는 게 없었다. 파티나 훔칠 만한 차도 더는 없었다. 하지만 다행히 천사들의 도시라고 불리는 로스앤젤레스는 다양한 가능성으로 가득 차 있었다.

가택 침입은 자전거 타기와 비슷했다. 고등학교를 졸업하고는 그만두었지만, 여전히 그 감각을 몸이 기억하고 있었다. 생전 처음 보는 빈집에 들어가면 불안감이 해소되고 마음이 편해졌다. 그렇지만 예전과 달리 엄마의 열쇠 꾸러미를 사용할 수 없으니 일이 더 어렵게 되었다. 나는 이웃집이 비는 시간을 정확히 파악하기 위해 많은 시간을 들여 사람들을 미행했다. 그리고 은밀하게 이웃집에 침입하기 위해서 엄청난 노력을 기울였다. 그러다 보니 나는 잠긴 문을 따는 전문가가 되었고 심지어 이를 위한 장비들까지 갖추게 되었다.

어느 날 오후에 낡은 자물쇠 여러 개와 여러 가지 굵기와 길이의 쇠꼬챙이를 가지고 거실 카우치에 자리를 잡았다. 자물쇠 여는 연습을 하는 동안에는 막힌 속이 뚫리는 것만 같았다. 자물쇠를 풀어 나가는 일은 압박감을 줄여 나갈 방법을 찾는 일과 비슷한 점이 많았다. 나는 주어진 문제를 해결하는 과정이 좋았다.

'압박감이 치밀어 오를 때는 이를 해결할 올바른 행동과 비행 사이에서 균형을 잡아야 해.' 나는 낡은 자물쇠를 열려고 애쓰면서 생각했다. '너는 할 수 있어.'

나는 자물쇠 안쪽을 더듬으며 눈을 감았다. 열쇠가 들어가는 구멍에 쇠꼬챙이 하나를 집어넣어 홈에 걸린 고리 기둥을 밀어 올렸다. 제대로 하면 손가락에 약간 밀리는 느낌이 든다. "거의 다 왔어." 나는 속삭였다. 몇 차례 같은 작업을 반복하면 마침내 마지막 고리 기둥이 올라가며 철컥, 하는 만족스러운 소리와 함께 자물쇠가 열렸다. "해냈다!" 나는 빙그레 웃었다. '열쇠 수리공으로 밥 빌어먹고 살까?' 갑자기 더 좋은 방법이 머릿속에 떠올랐다.

'그것보다 보모가 되는 게 어떨까?'

자신이 소시오패스라는 깨달은 사람이 아이를 돌보는 일을 하고 싶어 한다는 게 이상해 보일 수 있다. 그런데 아이들은 내가 평범하지 않다는 사실을 쉽게 알아차리지 못했다. 사회적 규칙을 따르지 않는다고 해서 아이들이 나를 거부할까? 내가 재미있고 기발한 모습을 보여 준다면 아이들은 어떤 규칙을 위반해도 넘어가 줄 것이다. 나는 보모야말로 내가 나로서 몰두할 수 있는 일이라고 생각했다.

물론 나는 누가 보아도 '그런 일'에 어울릴 만한 사람은 아니었다. 명랑하거나 표현력이 풍부하지도 않았으며, 그렇다고 아이들에 애정이 크지도 않았다. 일반적인 보모와는 상반된 성향이었다. 그런데…… 정말 놀랍게도 나는 로스앤젤레스의 브렌트우드라는 부촌에 사는 어느 유명 배우에게 바로 고용되었다. 그리고 더 놀랍게도 나는 보모 일이 아주 마음에 들었다. 내가 돌봤던 세 아이는 그 기상천외하고 매력적인 모습 덕분에 재미있는 수수께끼 책 같았다. 아이들 각자의 성격을 파악해 가는 일이 대단히 즐거웠다. 또나는 나름대로 아이들을 사랑했다. 어떤 대가를 치르더라도 애들을 보호하겠다는 강렬한 본능을 느끼면서 또다시 희망을 품을 수 있었다. 어쩌면 나는 구제불능이 아닐지도 몰랐다.

몇 개월 동안 보모 일에 별다른 문제 없이 적응해 가면서 나는 내면의 어두운 충동을 더 쉽게 관리할 수 있게 되었다. 일단 자유 시간이 제한되면서 문제 자체를 일으킬 기회가 줄어들었다. 주의를 단순히 다른 곳으로 돌리는 게 파괴적인 충동을 막는 근본적인 안전장치가 아니라는 건 알고 있었지만, 당시에는 그마저도 감지덕지한 일이었다.

나는 풍선과 비슷했다. 학교생활이나 보모 일처럼 나를 바쁘게 만드는 일은 가벼운 기체처럼 풍선을 부풀렸고, 나를 무감각의 세계 위로 들어 올렸다. 그런데 그 부력이 영원히 지속되지는 않았다. 주어진 일에 제대로 집중하지 못해서 못된 짓을 하고 싶은 충동과 싸울 때면 풍선은 부력을 잃고 밑으로 떨어졌고 나는 무기력해졌다. 그러면 곧 다시 좋지 않은 방식으로 스스로를 자극해 무언가를 느끼도록 몰아붙이게 됐다.

'내 문제들을 기록해 봐야겠다.' 나는 문득 이렇게 생각했다.

대학 2학년이 되었고 강의가 없는 시간이면 늘 도서관을 찾아 관련 연구 자료를 살펴보았다. 〈이상 및 사회 심리학 학회지 The Journal of Abnormal and Social Psychology〉에 실린 '소시오패스가 느끼는 불안감에 관한 연구'라는 논문을 찾았다. 논문의 저자는 심리학자 데이비드 리켄 박사로 소시오패스와 불안감 사이의 연관성을 발견했다고 주장했다. 그는 많은 소시오패스 피험자들을 만나 불안감의 수준을 확인한 후 소시오패스의 하위 범주가 있다는 결론을 내렸다. 리켄 박사는 이를 이차적 소시오패스 혹은 신경증으로 분류했다. 이러한 유형의 소시오패스는 유전이 아닌 정서적 좌절과 내적 갈등으로 인한 긴장 상태가 발현의 원인이었다.

'만성적 긴장 상태'

초등학생 때부터의 경험을 떠올렸다. 이 들쭉날쭉한 폐소공포 증과 같은 불안감의 실체를 어렴풋이나마 짐작하게 되었다!

'만약 이 압박감이 무감각한 상태를 벗어나고 싶은 뇌의 무의식적 욕구 때문에 발생한다면⋯⋯ 내가 겪었던 만성적인 긴장 상태는 틀림없이 그런 무감각에 대한 불안 반응이야.' 내 삶은 대부분 '정상적인' 사람들에게 둘러싸여 있었고, 나는 나를 그들과 다르게 만드는 성향을 항상 숨기려고 노력했다. 그게 나를 안전하게 지킬 수 있는 유일한 방법이었다. 그래서 압박감 느껴지거나 무감각이 커지는 기분이 들면 즉각 불안해졌다. 압박감의 고통을 이겨내는 유일한 방법이 나쁜 짓이었다. 그때마다 나는 벗어날 수 없는 함정에 빠진 듯한 무력감을 느꼈다.

'혼자일 때만 빼면.'

사실 무감각이 항상 불편하지만은 않았다. 때때로 즐겁기도 했다. 친구 집에서 밤새워 놀기로 했다가 집으로 돌아와 버리거나 남의 차에 몰래 올라탔을 때, 할머니 집 근처 빈집에 들어갔을 때, 여름 캠프에서 비밀 통로는 찾는 모험을 시작했을 때, 한밤중에 술취한 남학생의 차를 몰고 밤거리를 돌아다녔을 때 등등. 그때마다 아무런 감정이 느껴지지 않아서 자유로웠다.

'나를 지켜보는 사람이 아무도 없었기 때문이야.' 이게 나의 결론이었다. 타인의 시선을 의식하며 감정의 부재를 억지로 정당화할 필요가 없었기에 주어진 상황을 즐길 수 있었다.

이건 하나의 계시였다. 그리고 그날 도서관을 나서면서 또 다른 깨달음을 얻었다.

'이제 만성적 긴장 상태의 원인을 알았어. 그렇다면 이 불편함을 더 적극적으로 중화할 수 없을까?' 때때로 파괴적인 행동을 자아내는 이 불안감이 무감각에 대한 불편함에서 비롯된다면, 그 무감각을 있는 그대로 받아들여 불안을 최소화하는 방법을 찾아내면 되는 것이었다.

가설은 일리가 있었다. 나는 여전히 긴장감을 제거하는 방법은 몰랐다. 어떤 상황에서 무감각에 대한 우려가 커지는지도 모호했다. 무감각은 어떨 땐 불편하고 어떨 땐 그렇지 않았다.

요점은 다음과 같았다. 나는 내 불안 반응을 개조해야 한다. 그래야만 이 사회의 주체적 구성원으로서 관계로부터 창출되는 모든 특혜와 기쁨을 누릴 수 있다. 내면이 텅 빈, 무심한 천성을 두려워하기보다는 받아들여야 한다. 이를 그대로 내버려둔다면 나는 더 불안해져서 스스로를 더욱 통제하지 못하게 될 수도 있다. '그러면, 그냥 내버려 두지 말자. 어차피 결국엔 폭발해서 수습하기 힘든 나쁜 짓을 저질러야 한다면, 미리 소소한 나쁜 짓을 자주 저질러 그를 방지하는 게 합리적이지 않은가.'

그날 밤 아빠 집으로 돌아온 나는 책상 앞에 앉아 지금까지 내가 저질렀던 나쁜 짓들을 모두 기록하기 시작했다. 비행으로 판단한 건 그게 무엇이든 적었다. 대강 작업을 끝내고 결과물을 훑어

봤다.

　'이것들은 내 무감각을 최소화해 준 것들이고, 이것들은 내가 정말 끔찍한 일을 저지르지 않게 조치한 행동이네.' 리켄 박사 같은 연구자 입장에서 효율성을 기준으로 행동들의 순위를 정했다.

　우선 '물리적 폭력'이라는 단어에 선을 좍 그었다. 효과적인 방법이라고 해도 폭력에는 절대 의지하고 싶지 않았기 때문에 순위에서 바로 삭제했다.

　'이 작업의 목적은 극단적이지 않은 방법을 찾는 거니까.'

　'자동차 탈취'도 재미는 있었지만 역시 극단적이었다. 그리고 누군가를 끌어들여야만 한다는 점, 파티와 같은 특정 상황에만 가능하다는 점에서 제외했다. 내가 원하는 건 융통성이 있는 방법이었다. 이론적으로 어떤 시간, 어떤 상황에서든 필요할 때 활용할 수 있는 방법이어야 했다.

　다음은 '무단 침입, 미행, 감시'였는데, 잠시 생각에 잠겼다가 이윽고 고개를 끄덕였다. '이거라면 괜찮지 않을까.'

　다음 날 아침, 평소보다 일찍 일어났다. 커피를 한 잔 따르고 거실 창가 의자에 앉아 건너편 집을 바라보았다. 그곳에 사는 사람들은 로스앤젤레스 북쪽의 타자나에서 왔다고 하는 젊은 부부로 둘 다 영화사 임원이었다. 결혼한 지는 1년이 되었으며 신혼여행지는 멕시코였다고 했다. 이런 정보들은 우연히 내 귀에 들어온 게 아니었다. 그해 여름 동네에서 열린 독립기념일 행사에서 두 사람과 이런저런 대화를 나누었다. 그들 집에는 최첨단 경보 장치가 설치되어 있지만, '장기간 집을 비울 때만' 작동하고, 대신 '겉모습만 사나운' 샘슨이라는 개가 집을 지킨다는 사실도 알아냈다. 무엇보다 가장 중요한 건 그들의 퇴근 시간이 언제나 저녁 8시 15분이라는 사실이었다.

나는 편안한 자세로 앉아 부부가 집을 나와 주차된 SUV로 걸어가는 걸 지켜보았다. 그리고 10분 후 그 집 뒷문 앞에 도착했다. 오래되어 보이는 문의 잠금장치는 잘 아는 회사 제품이었다. 나는 도구로 신속하게 문을 따고 집 안으로 들어갔다. 그리고 순식간에 주방의 고요한 분위기에 완전히 빠져들었다.

막 몰래 침입한 구조물의 고요함은 특별했다. 마치 방금 일어난 일을 믿을 수 없다는 듯, 집은 생물처럼 놀라서 숨을 가득 들이마셨다. 그런 공간에는 상상할 수 없는 평온함이 있었다. 그 고요한 순간과 하나가 되어 완전하고 영원한 평화로움을 누릴 수 있을 것 같았다.

하지만 복도를 따라 빠르게 달려오는 개의 발소리에 평화는 끝났다. "안녕, 친구야." 나는 간식을 한 움큼 손에 쥐고 샘슨 앞에 무릎을 꿇었다. "집 안에 잠시 있어도 되겠지?" 물론 샘슨은 개의치 않았고 갑자기 찾아온 손님을 반기는 것 같기도 했다. 나는 샘슨과 함께 집 안을 돌아다니면서 탁자 위에 있는 장식품과 벽에 걸린 액자들을 둘러보았다. 선반에 있는 책들의 제목을 확인하고 옷장의 옷들을 자세히 살펴보았다. 아무것도 손대거나 슬쩍하지 않았다. 내가 있어서는 안 되는 세상에 잠시 왔다 갈 뿐이었다.

집을 떠나려 하자 샘슨이 칭얼거리며 코로 내 다리를 밀었다. 마지막으로 샘슨을 힘껏 안아 주고는 조용히 문을 닫은 뒤에 뒤뜰로 나왔다. 고작해야 30분 정도였지만, 나를 둘러싼 모든 것이 확연하게 달라진 느낌이었다. 공기는 달콤했고 세상이 조금 더 한가로워 보였다. 안도의 한숨을 내쉬며 집으로 돌아왔다.

그날에 더는 만성적인 긴장감 같은 건 없었다. '좌절감 혹은 내적 갈등'도 없었다. 내가 이전과는 완전히 다른, 흠 없이 온전한 사람이 된 것 같았다. 참전한 병사처럼 늘 내면과 갈등하고 고통받지 않았다.

그 후로 견딜 수 없을 정도로 압박감이 커지기 전에 선제적으로 대응하기로 했다. 이전까지는 치솟는 압박감을 억누르기 위해 한밤중에 낯선 사람을 미행하거나 파티에서 술 취한 사람의 차를 몰래 훔쳐 탔다. 나는 적어도 중학교 시절부터 계획적으로 파괴적 행동을 일삼았다. 하지만 이제 분별력 있게 행동할 수 있게 되었고, 내 삶이 바뀌기 시작했다.

나는 나름대로 나쁜 행동들을 엄격하게 관리했다. 업무라도 처리하듯 책임감 있게 규칙적으로 하루하루를 보냈다. 월요일, 수요일, 금요일 아침에는 반드시 긴장감을 억제하는 행동을 한 다음 학교에 갔다.

강의가 끝나면 도서관에서 심리학이나 소시오패스에 관한 책과 연구서를 최대한 많이 읽으려 애썼다. 보모 일도 계속했다. 정해진 시간이 되면 아이들을 학교에서 집으로 데려왔고 숙제를 도와주고 저녁을 먹인 후 잠자리를 봐주었다. 그리고 집으로 돌아와서는 요기를 하고 자기 전까지 공부에 몰두했다. 다음 날이 되면 또 다른 하루를 시작했다.

무감각은 늘 허기진 야수와 같아서 무시하고 넘어가려 해도 계속 나를 먹어 치우려 했다. 그래서 때때로 먹잇감을 던져 주어야 했다. 나는 필요한 일을 정확히 수행했다. 한계가 올 때까지 방치하지 않았다. 물론 야수를 한계까지 밀어붙이고 싶은 유혹도 느꼈다. 하지만 의사에게 처방전을 받듯이 나쁜 짓들을 계획해 꿋꿋하게 처방했다. 그리고 충실하게 따랐다.

제10장
고백

몇 년에 걸쳐 규칙적인 생활을 유지했다. 이는 놀라울 정도로 효과적이었다. 나는 마침내 이론이 옳았다고 확신하게 되었다. 충동적이면서도 극단적인 행동보다 습관적이면서도 사소한 나쁜 짓이 더 안전한 선택이었다. 계획된 범법 행위는 의도치 않게 내가 세상에 노출될 가능성을 줄여 주었다. 누구에게도 해를 입혀서는 안 된다는 원칙과도 일치했다. 나는 생각과 행동이 모두 안정된 정밀한 기계 같았다. 물론 낯선 사람들을 미행했다. 불법 침입 역시 애용하는 치료법이었다. 둘 다 어두운 내면에서 고조되는 통제할 수 없는 충동을 억누르는 데 큰 도움이 되었다. 이를 바탕으로 나는 더 발전할 수 있었다.

어느덧 졸업이 가까워졌다. 개인적인 소시오패스 연구는 많은 진전이 있었고 보모로서의 평가도 좋았다. 하겠다고 계획한 일은 늘 정확하게 해냈다. 어느 정도 '정상적인 삶'의 모습을 갖춘 것처럼 보였다. 누가 봐도 책임감 있고 적응력이 뛰어나며 사회적으로 아무런 문제가 없는 젊은 여성이었다. 하지만 오래된 문제로 인해 여전히 어려움에 빠져 있었다. 나는 외로웠다.

소시오패스는 종신형을 받고 무감각의 독방에 갇힌 수감자와 비슷했다. 타인과 교류할 수도, 시간을 보낼 수도 없었다. 그게 내 본모습이었다. 나는 완전히 혼자였다. 그리고 그런 외로움이 꽤 위험할 수 있다는 사실을 깨달았다.

아빠는 베벌리 힐스로 이사했다. 지내던 집에는 나 혼자 남았다. 태어나서 처음으로 완전히 혼자가 되었다. 처음에는 정말 기뻤다. 의무와 책임이 완전히 사라진 공간은 따뜻한 욕조 같았다. 그런데 몇 개월쯤 지나자 파괴적인 충동이 점점 커졌다. 처음에는 기분이 미묘했다. 아무 이유 없이 야만적인 환상이 떠올랐다. 시간이 지나며 정도가 심해지자 걱정되기 시작했다. 충동이 더 강렬해졌을 뿐 아니라 그 내용이 구체적으로 변했다. 오랜만에 완전히 낯선 타인에게 물리적 폭력을 행사하고 싶었다. 상황을 이해하려는 간절한 마음으로 충동이 일어나는 날짜와 시간을 기록하기 시작했다. 이윽고 혼자 있는 시간이 길어질 때 증상이 발현한다는 사실을 알아차렸다. 며칠 동안 아무도 만나지 않을 때나 주말에 빈도는 잦아졌다.

잘 이해가 되지 않았다. '혼자 있으면 내 모습 그대로 자유롭게 있을 수 있어서 편안하지 않은가?' 하지만 아무런 교류 없이 멍하니 보내는 주말이 몇 차례 이어지고 폭력적인 환상을 키운 끝에 그런 의심도 사라졌다.

'혼자 있는 걸 좋아하는 것과 외로움은 아예 다르구나.' 어느 날 긴 하루를 보내고 자정이 지나서야 집으로 차를 몰고 돌아오며 생각했다. '나는 어쩌면 나쁜 짓을 저질러서 붙잡히고 싶은 건 아닐까?' 고속도로로 들어설 때쯤엔 이런 생각으로 확장됐다. '사람들이 주목해 주길 원하는 게 아닐까?'

소시오패스만이 겪는 특별한 어려움이 뭔지 생각해 보았다. 나와 비슷한 수백만 명의 소시오패스들도 실제로 은둔하고 싶은 욕망과 싸우고 있을까? 그들에게 어떤 희망을 줄 수 있을까? 그 희망의 열쇠를 내가 쥐고 싶었다. 나는 세상 모든 사람에게 소리칠 수 있는 확성기를 갈망했다. "모든 소시오패스와 반사회적 성향의 이단자들은 주목하라! 당황하지 말아라! 아무도 해치지 말아라! 당신은 혼자가 아니다! 당신은 미친 게 아니다!"

나 자신을 벗어나 다른 소시오패스에 대한 해결책을 갈망한 건 처음이었다. 뭔가 초현실적인 경험이었다. 아무런 노력 없이 새로운 감정을 배운 느낌이었다. 나와 비슷한 이들을 돕겠다는 발상은 흥미로웠고 심지어 재미있기까지 했다. 고속도로를 벗어났다. '누가 소시오패스더러 공감 능력이 전무하다는 거야?'

집에 도착하면 바로 컴퓨터를 켜고 관련 내용을 조사할 계획이었다. 그런데 집에 아빠의 차가 주차되어 있었다. 거실에 불이 밝혀진 걸 보고 뜻밖의 방문에 기쁨을 느꼈다. 서둘러 안으로 들어갔다. "아빠? 이제 아빠가 이 집 주인이 아니라는 거 기억하죠?"

아빠가 빙그레 웃으며 나를 맞아 주었다. "글쎄다? 여전히 내 집처럼 느껴지는데?" 그리고 내게 포옹했다.

"퇴근하고 바로 오신 거예요?"

나는 아빠의 품을 벗어나 먹을 만한 것을 찾으러 주방으로 향했다. 배가 무척 고팠다. "아니, 영화 시사회에 다녀오는 길이다." 그가 나를 따라왔고 나는 찬장을 뒤지기 시작했다.

"학교생활은 괜찮니?" 그가 식탁 앞에 앉으며 물었다. 질문에 뭔가 다른 뜻이 있는 것 같아 잠시 긴장했다.

"그렇지요, 뭐." 나는 천천히 대답했다.

"그래." 아빠는 나를 잠시 응시하더니 내가 짐작했던 대로 진짜 주제를 꺼냈다. "너도 알겠지만 나는 네가 이렇게 대학 생활을 하는 동시에 늦은 시간까지 일하는 게 정말 마음에 들지 않는다."

나는 찬장 안에 가지런히 정리해 둔 먹을거리들을 쳐다보았다. "뭐, 평소에는 이렇지 않아요."

"오늘 밤에 늦게 들어온 것만 말하는 게 아니다." 아빠는 걱정스러운 표정으로 말을 계속했다. "해가 뜨기도 전에 일어나서 오후 늦게까지, 때로는 밤늦게까지 일한다니…… 공부는 제대로 하고 있는 거냐? 잠은 자는 거니?"

전에도 이런 대화를 나눈 적이 있었다. 아빠는 내가 대학을 다니면서 일하는 걸 좋아하지 않았다. 그의 생각에 대학은 치열한 삶은 뒤로하고 편하게 다니는 곳이었다. 나는 분위기를 풀기 위해 찬장에서 꺼낸 초콜릿을 들고 가볍게 웃으며 아빠에게 다가갔다. "에이, 사람이 잠도 안 자고 어떻게 살아요?"

그의 표정은 누그러지지 않았다. "패트릭, 아빠는 진지하게 말하는 거다. 나도 열심히 사는 걸 누구보다도 중요하게 생각하는 사람인 거, 너도 알지? 네가 보모 일을 하는 걸 존중하고, 전 강의에서 수석을 놓치지 않는 것도 자랑스럽다."

"그렇게 말해 줘서 고마워요."

"그렇지만 네 몸을 갈아 가며 살 필요는 없잖니. 좀 쉬엄쉬엄해라. 대학 시절로는 두 번 다시 돌아갈 수 없어."

나는 입술을 깨물었다. 슬슬 짜증이 나기 시작했다. "아빠는 이해하지 못해요."

그는 손을 뻗어 내 손을 붙잡았다. "그러면 아빠가 이해할 수 있도록 도와주렴." 그가 손에 힘을 주었다. "4년이나 여기 살았고, 대학도 이제 졸업반이잖니. 취미는 있니? 친구는? 패트릭, 뭘 하며 어떻게 사는 거니?"

흐릿한 주방 불빛 속에서 아빠는 대단히 차분하고 합리적인 사람처럼 보였다. '그냥 있는 그대로 사실을 다 얘기할까?' 아, 이런. 내가 평생 겪어 왔던 익숙한 유혹이었다. 나는 거짓이라는 안전함과 진실이라는 자유 사이에서 방황하고 있었다. "진리가 너희를 자유롭게 하리라!" 이 성경 구절을 귀에 못이 박히도록 들을 때마다 그것이 진실이기를 간절히 바랐다. 하지만 다른 모든 격언과 마찬가지로, 그 역시 나에게는 유효한 말이 아니었다.

진리, 진실이 곧 자유는 아니었다. 아니, 오히려 그 정반대일 때가 많았다. 나는 있는 그대로 사실을 전달할 때마다 어려움에 빠졌다. 나를 자유롭게 만들어 준 건 거짓말이나 속임수였다. 하지만 그 보호 효과와는 별개로 거짓말도 지치는 일이었다. 꾸며낸 겉모습과 조작된 이야기를 대충 뒤섞어 만들어 낸 결과물로 외줄을 타듯 지내는 생활에 진이 빠졌다. 내가 고립된 생활을 택한 것도 바로 그런 이유 때문이었다. 끊임없이 연기하기보다는 그냥 혼자 지내는 게 더 쉬웠다.

'어쩌면 나를 철저히 감추려고 애쓰는 대신 가면을 벗었을 때 무슨 일이 벌어지는지 한번 보는 게 괜찮을 수도 있겠어.' 예컨대 나는 데이비드에게 언제나 솔직하게 모든 걸 다 말했고 단 한 번도 그것을 후회한 적이 없었다. 그와 있으면 마음이 편했다.

아빠를 바라보았다. 자상한 파란색 눈을 보면 태평양이 떠올랐다. "그러면 다 말씀드릴게요." 내가 갑자기 이렇게 말해서 아빠도 놀랐지만 나도 놀랐다. "하지만 별로 마음에 들지는 않으실 거예요."

아빠가 내 손을 꼭 잡았다. "괜찮아. 오늘은 솔직하게 다 말해 봐."

나는 고개를 끄덕이고 한 번 심호흡을 크게 한 후 이야기를 시작했다. 무감각과 파괴적인 충동에 대해, 지금까지 내가 했던 일들과 치밀어 오르는 충동을 관리하려고 시도한 방법들을 털어놨다. 대학에 와서 겪었던 어려움과 슬랙 교수님과 나눴던 대화에 대해, 내가 하는 조사들에 대해, 그리고 바쁘게 지내는 이유에 대해 설명했다.

"그래서 학교에 다니면서 일도 같이 하는 거예요. 한가한 시간이 너무 많아지면 곤란해요. 나는 지루한 걸 견디지 못해요. 설명하기는 복잡한데, 어쨌든 시간이 남으면 내가 감정이 없다는 사실을 자꾸 떠올리게 되거든요. 그러면 견디기가 힘들어요. 뭔가 나쁜 일을 저질러야 한다고요." 그러면서 살짝 어깨를 으쓱했다. "물론 가끔 그렇다는 말이에요."

아빠는 식탁을 바라보며 조용히 듣고만 있다가 문득 천장을 올려다보았다. "맙소사, 패트릭……" 그가 속삭였다. "그러니까 내 말은……" 뭔가 불편한 표정으로 잠시 말을 멈췄다. "나도 항상 궁금했다. 네가 어렸을 때, 네 엄마와 항상 생각했었지……."

"커서 연쇄 살인마가 되는 게 아닌가 하고요?"

아빠는 서글프면서도 당황한 표정이었다. "말도 안 되는 소리 하지 마라."

나는 그를 안심시키려는 듯 빙그레 웃었다. "농담이에요, 아빠. 어쨌든 지금은 다 괜찮으니까."

"내 딸이 지금 소시오패스라고 말하고 있는데 괜찮다니? 그게 어떻게 괜찮을 수 있겠니?"

나는 고개를 흔들며 남은 초콜릿을 다 먹어 치웠다. "소시오패스는 아빠가 생각하는 것과는 다르니까요. 세간에서 생각하는 그런 모습과도 완전히 달라요." 나는 몸을 일으켰다.

"저를 한번 보세요. 제발 제가 하는 일들을 한번 생각해 보시라고요. 대학에서는 성실한 학생이고 아이들을 돌보는 보모 일도 문제없이 잘 해내고 있어요."

"그런 사람이 차를 훔치고 남의 집에 무단 침입을 해!"

"그러니까요. 저한테 시간이 남아돌면 안 된다는 거, 이제 이해가 가세요?" 나는 다시 찬장 쪽으로 향했다.

"패트릭, 이런 식으로는 안 돼. 상담이나 치료를 받아 보는 건 어떻겠니?"

"제가 말했잖아요. 어떤 상담이나 치료도 도움이 되지 못한다는 거. 심지어 '소시오패스'는 상담사나 치료사가 공식적으로 사용하는 용어도 아닌걸요."

"그래도 네 기분이나 감정에 관해 털어놓으면 도움이 되지 않겠니."

"어떤 감정이요?"

"패트릭, 농담이 아니다. 너한테 감정이 없을 리가 없잖니."

나는 다시 초콜릿 하나를 찾아서 들고 아빠 곁으로 왔다. "아빠 말이 맞아요. 감정이야 있지요. 하지만 그게 보통 사람들의 감정과는 같지 않다는 사실을 이해해 주셔야 해요."

"그러면 아빠에게 설명해다오. 네가 느끼는 감정은 뭐가 어떻다는 거냐?"

나는 잠시 생각에 잠긴 채 적절한 비유를 찾으려고 애썼다. "그게 어떤 거냐면요. 시력이 안 좋은 거랑 비슷해요. 대부분 다 볼 수 있는데, 어떤 거는 눈에 힘주고 가늘게 떠야 보이거든요. 제가 느끼는 감정도 비슷해요. 행복이나 분노 같은 감정은 자연스럽게 느껴져요. 애매한 부분도 없고요. 그런데 안 그런 감정들이 있어요. 공감이나 후회 같은 감정들은 정말 노력하면 느껴지기는 하는데, 자연스럽게는 안 돼요. 어떨 땐 전혀 떠오르지 않을 때도 있어요." 나는 얼굴을 찡그렸다. "정말 눈에 힘주고 가늘게 떠야만 해요."

아빠는 심각한 표정으로 고개를 끄덕였다. "그래서 어쩔 수 없이 뭔가를 저지른다는 거냐. 그러면 그런 일은 언제…… 일어나는 거냐?"

"아무 감정도 느끼지 못하는 상태가 너무 오래 지속되면요. 그때 제가 하는 일은 치료랑 비슷해요. 남의 집에 몰래 드나들거나 차를 훔치면 압박감이…… 사라져요." 나는 손을 나비처럼 흔들었다. "말하자면 행동치료 같은 거예요."

"그러면…… 누구를 다치게 하거나 뭐 그런 적은 없니?" 그가 조용히 물었다.

"중학교 이후로는 없어요."

"그래도 그렇게 '하고 싶었다'는 거지."

나는 한숨을 쉬었다. "굳이 말하자면요, 내가 하고 싶은 게 아니라 어쩔 수 없이 꼭 그렇게 해야 한다고 느끼는 것 같아요." 나는 어깨를 으쓱했다. "하지만 아까 말씀드린 것처럼 그런 충동은 드물게 일어나요. 지나칠 정도로 너무 오랫동안 아무것도 느끼지 못했을 때만 나타나니까. 아니면 혼자서 너무 많은 시간을 보냈을 때나."

"혼자서 너무 많은 시간을 보내? 그러니까 주말 같은 때 말이냐? 그러면 뭘 어떻게 해야 하는 거냐?"

나는 바로 대답하지 않고 식탁 위의 접시를 손으로 문지르기 시작했다. "계속 바쁘게 지내야죠."

최근 몇 개월 동안 나는 주말에 빈 시간을 채우고 고립을 피하는, 바쁘게 지내는 것보다 효과적이면서 남에게 해를 끼치지 않는 방법을 생각해 냈다. 이 방법은 실제로 큰 도움이 되었다. 하지만 아빠는 분명 탐탁지 않을 게 분명했다.

"패트릭?" 그가 대답을 재촉했다. "주말에 혼자서 뭘 하지?"

"교회에 가요."

정직하게 모든 걸 말하지는 않았지만 그를 어느 정도까지 정직하게 대해야 할지 알 수 없었다.

"나는 네가 교회에 다니는 줄은 몰랐구나." 그가 내 말을 듣고 적잖이 흥분했다는 사실을 알 수 있었다. 아빠는 미시시피의 침례교 가정에서 자랐고 남들 눈에 성실하거나 경건해 보이는 걸 대단히 중요하게 생각했다. "어느 교회를 나가니? 괜찮다면 나도 같이 다니고 싶구나."

나는 고개를 흔들었다. "저야 괜찮죠. 하지만 아빠가 안 괜찮을 거예요." 그리고 잠시 망설였다. "그냥 교회가 아니거든요."

"그게 무슨 말이지?"

"전 장례식에 가요."

몇 개월 전의 일이다. 아빠는 친구의 장례 예배가 있으니 포레스트 론 공원묘지에 함께 가자고 했다. 그때까진 별생각이 없었다. 친구 분은 생전에 몇 번 보았을 뿐이고 장례식이라고 해 봐야 지루하고 엄숙하기만 할 거라고만 생각했다. 그런데 예상은 완전히 빗나갔다. 예배당 안에 들어서자마자 어떤 여자의 우는 소리에 충격을 받았다. 그냥 우는 게 아니라 거의 미친 듯 울부짖던 그녀는 고인의 아내였다. 자리를 잡고 앉으니 그녀가 몸을 구부리고 부들부들 떨고 있는 모습이 보였다. 그렇게 생생하게 누군가 감정을 표출하는 걸 본 적이 없었고 바로 매료되었다. 다른 사람들의 반응은 어떨지 궁금해서 주위를 둘러보았다. 그들도 감정적으로 크게 동요하고 있다는 사실을 알게 되었다.

물론 사람들은 어디서든 감정을 표현했지만, 장례식은 분명 달랐다. 나는 분위기에 압도당했다. 눈길이 닿는 모든 이들이 감정에 휩싸여 있었다. 적나라하게 반응을 드러내는 사람도, 조용히 삭히는 사람도 있었다. 분명한 건 그들이 분명 무언가를 느끼고 있다는 사실이다. 마치 눈에 보이지 않는 감정의 끈이 모두를 이어 놓은 것 같았다. 그리고 정말 이상한 일이 일어났다. 무감각이 점점 사라지기 시작한 것이다.

도저히 믿을 수가 없었다. 빈집에 침입하거나 차를 훔칠 때나 느낄 수 있는 걸 아무것도 하지 않는 상태에서 느끼다니! 날카로운 인식과 더할 나위 없는 안도감이 뒤섞인 놀라움이었다. 직접 느끼는 건 없지만 뭔가를 느끼는 것 같은 기분…… 마치 둥둥 떠다니며 사람들의 기운을 빨아들이고 있는 것 같았다.

장례식이 끝나고 멍한 상태로 아빠와 묘소까지 걸어갔다. 사람들의 감정을 빨아들여 내 안의 감정을 일깨우다니! 계속 목이 말랐다. 감정을 빨고 또 빠는 흡혈귀가 되고 싶었다. '장례식은 다 이런 분위기인가?' 알고 싶었다. 아니, 알아내야만 했다. 아빠가 먼저 떠나고 뒤이어 시작된 또 다른 장례식에도 참석했다.

나는 장례식에 푹 빠졌다. 거의 매주 주말마다 장례식을 찾아다니기 시작했다. 처음에는 집에서 가까운 곳에 가다가 결국 로스앤젤레스 전역을 돌았다. 특히 밤에 치러지는 장례식이 좋았다. 드물기는 해도, 참석할 수만 있다면 강렬한 감정들을 목격할 수 있었다. 내 기분이 얼마나 환기되었는지는 말할 것도 없었다. 신문의 부고란과 교회와 장례 업체 사이트를 훑어본 다음 주말 내내, 특히 저녁에 치러지는 장례식을 중심으로 방문 계획을 세웠다.

나는 아빠에게 내 열심을 설명하기 위해 최선을 다했다. "설명을 드리자면 야간 장례식은 또 완전히 신세계더라고요. 누가 그런 장례식을 계획했는지 만나 보고 싶을 정도예요. 그게 돌아가신 본인이었다면 죽기 전에 만나 봤어야 했는데! 보통 사람이 아닐 거예요. 그냥 하는 말이 아니라 아빠도 나랑 같이 한번 참석해 보면……."

그는 겁에 질린 듯한 표정이었다. "패트릭, 그건 옳지 않은 일이야."

"장례식에 가는 거요?" 나는 별것 아니라는 듯 웃었다. "제 말 좀 들어 보세요."

아빠가 내 말을 가로막았다. "패트릭, 내 말을 들어. 네가 비록 거기서 물질적인 걸 훔치지 않는다고는 하지만, 착각하지 마라. 너는 실제로 도둑질하고 있어. 자기 유익을 위해 남의 슬픔을 이용하는 거라고. 그건 잘못된 일이야."

"범죄가 아니잖아요. 도둑질은 더더군다나 아니고요. 그냥 장례식에 참석하는 것뿐인데, 그걸 누가 불미스러운 일이라고 생각해요?"

"패트릭, 아니야." 화난 목소리가 이어졌다. "범죄만 잘못된 행동인 건 아니야. 잘못된 건 잘못된 거지. 네가 그걸 모를 리가 없어."

"아, 그럼요, 알죠. 하지만 저는 전혀 그렇게 느끼지 않아요." 나는 어떻게 설명할 수 있을지 고민했다. "아빠가 '잘못되었다'고 말하는 건 아빠에게 잘못되었다고 느껴지기 때문이에요."

"그래, 맞다. 잘못됐지 왜냐하면 너는 남의 고통을 이용하고 있으니까."

"아빠 말은 틀리지 않아요. 하지만 제 생각에 아빠 말의 본질은, 그 일이 아빠에게 불러일으키는 감정이 마음에 들지 않는다는 거예요."

내 말을 들은 그는 잠시 생각에 잠겼다가 마지못해 고개를 끄덕였다. "그래, 그럴지도 모르겠다."

"그렇지요? 제가 아빠에게 전하고 싶은 게 바로 그거에요. 제게는 그런 느낌이 없거든요. 어떤 짓을 하면 부끄럽다거나 그런 거. 말 그대로 아무런 느낌이 없어요. 그래서 내적으로든 외적으로든 '장례식에 가는 일' 같은 걸 막을 수 있는 장치가 내게는 전혀 없는 거예요. 아무것도 느끼지 못한다고요. 가끔 느낄 수 있는 감정들은 내가 무감각해도 괜찮다는 느낌이 들게 해 주는 것들이에요. 그런 나를 그냥 받아들일 수 있게 도움을 주는 것들. 그리고 결국 제 '소시오패스적 불안'을 해결한다고 생각해요." 나는 아빠가 내 논리에 깊은 인상을 받았으리라 기대하며 빙그레 웃었다. "제가 무례를 저질러서 장례식을 망치려는 건 아니잖아요?"

아빠는 한숨을 내쉬며 목소리를 가다듬었다. "음, 아무 상관 없는 사람인 네가 그 자리에 있다는 것만으로도 무례한 행동일 수도 있잖니."

"그렇지만요, 제가 평범한 사람들처럼 뭔가를 느끼지 못하는 건 어쩔 수 없는 일이에요. 그나마 차악을 선택할 수밖에 없죠. 장례식에 가는 게 제가 저지를 수 있는 덜 나쁜 짓이에요. 주변인들에게 이런 얘기를 들려주면 슬퍼할 것 같아요. 이해할 수 있어요. 하지만 이런 행동을 해야 제가 도움받을 수 있어요. 그래서 장례식에서도 최대한의 조의를 표해요. 어떻게 설명해야 할지 잘 모르겠는데, 제게도 방식이 있어요. 꽃을 들고 가는 이유이기도 하고요."

아빠가 눈을 깜빡였다. "뭐라고?"

"만약 조의금을 요구한다면 꽃 대신 조의금을 내긴 하지만요."

그는 내가 무슨 말을 하는지 이해하지 못하겠다는 듯 고개를 흔들었다. "조의금을…… 네가 멋대로 이용하려고 멋대로 가는 장례식에 조의금을…… 낸다고?"

"네, 일종의 기부 같은 거긴 한데, 뭐, 다 그게 그거지만요." 나는 물을 한 모금 마시고 아빠를 바라보았다. "남의 차를 훔쳐 탈 때도 마찬가지예요. 필요하다면 기름도 가득 채워 놓고요. 남의 집에 침입할 때도…… 언젠가 한 번은 빈집 주방에서 뭐가 끓고 있길래 불을 꺼 준 적도 있어요. 그게 네게 주어진 업業을 받아들이고 참회하는 저만의 방식이에요."

아빠는 두 손에 얼굴을 파묻었다. "패트릭, 그건 또 무슨 소리냐?" 들릴 듯 말 듯한 목소리였다. "소시오패스도 모자라 이제 소시오패스 수도승이 되려는 거냐?"

갑자기 눈이 번쩍 뜨였다. 수도승이라! 그럴듯한 말이었다. "그것도 좋네요!"

그가 감정을 추스르려 애를 쓰는 것 같았다. "그게 진심일 리가 있겠니."

"오."

그가 고개를 숙인 채 계속 말했다. "이건 정말 정신 나간 짓이야. 누가 와서 네가 누구냐고 물어보기라도 하면 어쩌려고? 그런 생각은 안 해봤니? 저기 뒷자리에 혼자 앉아 있는 키 큰 금발 여자가 도대체 누군지 사람들이 궁금해하지 않겠어?"

"아빠, 아무 염려 마세요. 신경 쓰는 사람은 아무도 없으니까. 장례식장이 누구랑 새삼스럽게 인사하고 안부를 묻는 곳이라면 처음부터 가지 않았을 거예요."

아빠는 또 고개를 흔들었다. "아니, 그러면 도대체 장례식장은 왜 드나드는 거냐? 사람들이 싫고 혼자 있는 게 편하다면서?"

나는 눈을 감고 관자놀이를 문질렀다. "설명하기가 너무 힘들어요. 제게 인간관계란 아빠가 생각하는 것과는 달라요. 저는 남들이

신경 쓰는 그런 일에는 눈길조차 가지 않아요. 그러다 보니 사람들과 어쩔 수 없이 멀어져요. 나를 원하지 않는 사람들과 억지로 이어지는 건 저도 싫지만, 그러고 싶어도 그렇게 되지 않아요." 숨을 몰아쉬었다. "그렇지만 사람들과 이어질 수 없다고 해서 그렇게 하고 싶지 않다는 건 또 아니에요." 서글픈 마음에 고개를 흔들었다. "내가 원해서 이렇게 된 게 아니에요." 나는 무기력한 목소리로 말했다. "내가 일부러 남들과 똑같은 감정을 느끼지 못하는 사람이 되기로 결심한 것도 아니고요. 점차 현실을 그대로 받아들이게 되기는 했지만, 여전히 힘들어요. 완전히 고립된 느낌이에요. 사회적으로, 정서적으로, 육체적으로, 전부 다요." 나는 급기야 화가 나기 시작했다. "나라는 존재 자체가 그냥 좆같은 엉터리 아닌가요."

아빠의 표정도 슬퍼 보였다. "패트릭……."

나는 고개를 푹 숙였다. 생각이 주방 바닥의 타일 위에서 길을 잃었다. "최악인 점이 뭔지 아세요? 소시오패스여서 가장 안 좋은 게? 외로움이에요. 아빠는 그렇게 생각 안 하겠지만, 사실이 그래요. 저도 친구가 있었으면 좋겠어. 사람들과 이어지고 싶어. 하지만 그렇게 못해요. 허기지고 목도 마른데, 뭐라도 삼키면 다 토하게 되니까."

아빠는 아무 말도 하지 않았다. 뭔가 생각해 내려 애쓰는 것 같았다. 한참 그렇게 있다가 마침내 말을 꺼냈다. "데이비드는 어떠냐? 여전히 연락하고 지내니?"

데이비드라는 이름만 들었는데도 빙그레 웃음이 나왔다. "네,

연락하고 있어요."

데이비드는 분명 내 친구였고 가장 가까운 존재였다. 불과 한 달 전에도 통화했었다. 가끔이지만, 연휴나 명절에, 혹은 엄마와 동생을 보러 집에 돌아가면 만나기도 했다. 우리에게는 어떤 유대감이 존재했지만, 너무 멀리 떨어져 있다 보니 우리 관계에 어떤 실체가 없다고 느끼고는 했다. 우리는 더는 어린아이가 아니었다.

"데이비드에게는 뭔가 느끼잖아."

나는 고개를 끄덕였다. "감정이 있어요. 하지만 아빠, 데이비드는 여기 살지 않아요. 수천 킬로미터 떨어진 곳에서 자기 인생을 살고 있어요. 정상적이고 평범하게요. 나도 데이비드처럼 평범하게 살고 싶어요. 물론 제 평범함은 좀 다르긴 하지만요."

아빠는 식탁에 기대며 호기심 어린 표정으로 권유했다. "얘기해 봐."

"네? 뭘요?"

"너도 졸업이 얼마 안 남았는데, 졸업하면 뭘 하고 싶은지 말이야."

나는 한숨을 내쉬었다. 너무 부담스러운 질문에 갑자기 진이 빠졌다. "아, 아빠, 지금은 아무 생각이 없어요."

"그럼 아빠가 뭐 하나 제안해도 될까?"

"아빠가 그만 말하게 할 수도 있나요?"

"와서 아빠 일 좀 도와라."

아빠는 음반 업계에서도 제일 규모가 큰 회사와 협업했다. 최근에는 직접 사업에 뛰어들겠다고 결심하고 몇 번인가 내게 함께 일하자고 제안했었다. 하지만 나는 한 번도 그 제안을 진지하게 들은 적 없었다.

나는 미친 사람이라는 듯 아빠를 보았다. "제가 무슨 일을 도우라는 거예요?"

"너도 음반 제작 일을 할 수 있어."

"아, 제가요?" 나는 고개를 흔들며 웃음을 터트렸다. "어느 정신 나간 사람이 음반 만드는 데 나를 데려다가 쓰겠어요?"

"아빠가 하겠다니까."

나는 웃으며 고개를 저었다. "아빠, 저는 아빠를 사랑하지만 그건 미친 짓이에요. 지금까지 무슨 말을 들으신 거예요? 저는 소시오패스라고요. 그러니까 제발!"

"그래, 다 알아들었다. 그러니까 치료사든 상담사든 찾아가 보라는 거다. 아빠가 이렇게 부탁할게."

"알겠어요." 나는 한 발 뒤로 물러섰다. "그렇지만 굳이 제게 일자리를 마련해 주려고 무리할 필요는 없잖아요."

"무리하는 거 아냐. 이미 몇 개월 동안 생각해 오던 문제야. 패트릭, 너는 예전부터 음악에 놀라운 재능이 있었어. 게다가……" 아빠가 주위를 둘러보았다. "졸업 후에는 뭘 하고 싶은 건데? 그렇게 평생 아이들이나 돌보면서 지낼 건 아니겠지."

식탁 위의 접시를 바라보았다. 접시 위에는 사과들이 완벽하게 균형을 이룬 탑 모양으로 쌓여 있었다. 주말에 농산물 직거래 장터에서 산 사과를 정확히 내가 원하는 방식으로 쌓아 올리는 데 한 시간이 넘게 걸렸다. 테트리스 같았다. 명상처럼 집중도 높은 시간이었다. 결과물을 보는 것만으로도 만족감과 편안함을 느꼈다.

"자, 졸업 후에는 뭘 할 거냐?"

나는 자리에서 일어났다. "오늘은 지쳤어요. 여전히 강의 준비도 바쁘고 아직 학생일 때 도서관에서 가능한 한 시간을 더 보내고 싶기도 하고요." 어깨를 으쓱했다. "그러니까 생각할 시간이 좀 필요해요."

아빠가 사과를 하나 집어 들자 접시가 움직이며 균형이 흐트러졌다. 완벽하게 세워졌던 과일 구조물이 다시 손대야 할 만큼 엉망이 되었다. 그는 웃으며 초록색 사과를 한입 깨물었고, 아삭거리는 소리가 내 뼛속을 울렸다.

"2주 정도 시간을 주마." 아빠는 내 뺨에 입을 맞춘 후 집에서 나갔다.

제11장

경계선

멀홀랜드 드라이브 바로 옆, 베벌리 힐스에 있는 아빠의 집으로 가는 길에 집 한 채가 있었다. 근처에 있는 유명한 거리의 대저택들과는 달리 그 집은 작고 오래되어 보였다. 아빠 집으로 갈 때마다 일부러 속도를 늦추고 집 앞에 나와 있는 할머니를 바라보곤 했다. 장미 화단을 손질하고 있던 그녀의 옆에는 보통 할아버지가 함께 있었다. 그는 의자에 앉아 책을 읽으며 할머니가 일하는 모습을 지켜보았다. 쌓아 올린 책더미 위에 커피잔이 아슬아슬하게 균형을 잡고 있었다.

"언젠가는 저 집을 사겠어." 나는 중얼거렸다.

몇 개월이 지난 후 나는 샌 빈센트 블러바드에 있는 어느 정신 치료 상담실에 앉아 있었다. 태양이 수평선 아래로 지기 시작했다. 고개를 오른쪽으로 기울이자 창문 너머로 둥글게 둘린 해안선이 보였다.

"패트릭, 대화가 또 옆길로 새고 있네요." 칼린 박사가 말했다.

아빠의 강권에 따라 상담 전문가를 만나기 시작했다. 그녀는 이름이 꽤 널리 알려진 심리학자였다. 그녀는 내 과거와 무감각한 성향, 그리고 파괴적 행동들에 대해 들은 후 내가 소시오패스 장애를 앓고 있는 것 같다는 의견을 내비쳤다. 그래서 PCL 검사를 먼저 해보자고 했다.

나는 눈을 가늘게 뜨고 창밖을 바라보았다. "그건 선생님이 너무 짜증 나기 때문이에요."

"전 나쁘지 않은 것 같은데요." 칼린 박사가 부드럽게 재촉했다.

그 할머니와 할아버지가 사는 오래된 집을 떠올렸다. 우리는 그렇게 얼마간 말없이 있었고 나는 다시 칼린 박사를 바라보았다. "그냥 이해가 잘 안 가는데요." 내가 고개를 흔들었다. "저는 사이코패스가 아닌데 왜 PCL 진단을 받아야 하나요?"

"많은 연구자가 사이코패스 성향을 확인하기 위해 만든 이 PCL을 소시오패스 진단에도 활용하고 있어요. 굳이 말하자면 다용도 진단 확인 목록이라고 할까요. 어쨌든 소시오패스에 대한 공식적인 진단 기준은 아직 없으니까요."

"알겠습니다. 그럼 그걸로 뭘 확인할 수 있나요?"

"글쎄요, 본질적으로 소시오패스는 정신질환에 속하지만, 저를 포함해서 많은 임상 의학자들은 소시오패스가 비교적 더 가벼운 증상이라고 생각해요. PCL에서 최고 점수는 40점인데, 30점 이상이면 사이코패스로 진단합니다. 하지만 소시오패스는 보통 22점 이상을 기준으로 하지요."

"보통 그렇게 한다는 건가요?"

"다시 말하지만, PCL은 사이코패스를 진단하기 위해 만들어졌어요. 여기서 점수가 아주 낮게 나오거나 사이코패스 기준선 바로 아래 지점에 해당하는 사람들을 진단하는 방법에 대해서는 여전히 많은 의견 차이가 있습니다."

"그러면 정상적인 사람들은 점수가 어떻게 나오나요?"

"역시 다양해요. 하지만 보통은 4점 정도로 보고 있습니다."

깜짝 놀랐다. "4점이요?" 나는 등을 의자에 기댔다. "그러니까 선생님 말씀은, PCL 기준에 따르면 사이코패스는 30점 이상이 나오는데 '정상인'이라면 4점이 나온다고요?" 칼린 박사가 눈썹을 살짝 들어 올렸고 나는 웃음을 터트렸다.

"제가 실례했네요." 나는 계속 말했다. "그렇지만 좀 이상하지 않나요? 그러면 4점에서 30점 사이에 있는 사람들의 진단명은 없다는 말인가요? 예컨대 15점을 받은 사람은요? 21점은요? PCL 기준으로 그런 사람들은 뭐가 되는 건가요?"

"글쎄요, 아까 설명했지만 우리는 PCL 점수가 22점에서 29점 사이일 때만 소시오패스라는 진단을 내립니다. 그리고 솔직하게 말하면, '정상인'이라면 PCL을 할 필요가 없지요. 이건 범죄자들을 대상으로 하는 거니까요. 사전에 범죄 기록 확인이 필수입니다."

"그러면 범죄 기록이 없는 저는 왜 이걸 해야 하나요?"

"우리가 해 보려는 건 정확히 말하면 PCL:SV ^The Psychopathy Checklist: Screening Version^ 예요. PCL과 비슷하지만, 일반 임상 환경에서 사용할 수 있도록 만든 진단 확인 목록이지요."

"아, 같은 내용인데 두 가지 종류가 있다고요? 범죄자용이랑 일반인용?"

칼린 박사가 고개를 끄덕였다. "둘 다 확인하는 기준은 비슷해요. 대인관계 유형, 정서적 경험 부족 유무, 충동적 행동, 그리고 반사회적 행위라는 네 가지 범주를 중심으로 증상을 진단합니다. 차이점이 있다면 PCL:SV에는 범죄 기록 확인이 필요 없다는 거죠. 그래서 누구에게나 적용할 수 있는 거고요."

"아이고 맙소사. 뭐가 이렇게 복잡한가요?" 나는 고개를 흔들었다. "게다가 말이에요, 소시오패스를 공식적인 진단명으로 삼을 수 없다면 이런 식의 검사며 진단 과정이 왜 필요한지 모르겠어요."

"무슨 말씀이신가요?"

"소시오패스를 치료할 방법이 없잖아요. 안 그런가요?"

"지금 당장은 그렇지요."

나는 두 손을 치켜들었다. "그렇다면 소시오패스라는 진단이 나온들 뭘 할 수 있겠어요? 진단서로 불이라도 지펴야 하나?"

칼린 박사는 다소 염려스러운 표정을 지었다. "사이코패스와 소시오패스 진단은 주로 임상 의학자들이 범죄 성향을 확인하기 위해 사용해요."

나는 웃음을 터트렸다. "다시 말해서 PCL이란 누군가가 앞으로 범죄를 저지를 가능성이 얼마나 되는지 확인하는 데 사용하는 진단 확인 목록이라 이거군요."

"뭐, 말하자면 그렇지요."

"정말 그렇다면 우리 둘 다 이렇게 시간을 낭비할 필요는 없어요. 내 '범죄 성향'으로 말하자면 감히 단언컨대, 100퍼센트라고 볼 수 있으니까요."

칼린 박사는 그저 한마디만 할 뿐이었다. "한번 알아보자구요."

PCL:SV 진단을 위한 면담 과정은 정말 힘들었다. 몇 시간 동안 칼린 박사와 마주 앉아 범법 행위와 관련된 충동에서 잠버릇에 이르기까지 온갖 얘기를 다 했다. 결과를 확인하기 위해서는 다시 일주일을 꼬박 기다려야 했다.

"결과가 나왔나요?" 나는 조급해하며 물었다.

그녀가 문을 닫고 조용히 자리에 앉았다. "글쎄요, 아마도 먼저 진단 자체에 관한 대화부터 시작해야 할 것 같은데요. 그날 무척 힘들어 보이던데. 해 보니까 어떻던가요?"

"아니, 그런 거 말고요. 어서 결과를 알려 주세요."

"결과가 그렇게 중요한가요?"

나는 그녀를 향해 몸을 숙이며 믿을 수 없다는 말투로 물었다. "내가 진짜 소시오패스인지 아닌지 확인하는 검사를 했는데 그 검사 결과를 왜 그렇게 중요하게 여기는지 묻는 건가요?"

"네."

나는 한숨을 내쉬었다. "그러고 보니 잘 모르겠네요." 나도 처음으로 왜 그런지 생각해 보았다. "그래도 딱 정리해서 대답하자면, 그러면 최소한 사람들에게 내가 소시오패스라는 사실을 설명하기가 더 쉬워질 것 같아요. 분명 저도 덜 혼란스러울 테고요."

칼린 박사는 흥미를 느낀 것 같았다. "그러면 진단 결과를 사람들에게 얘기할 생각인가요? 왜 사람들에게 알려야 하죠?"

나는 어깨를 으쓱했다. "그러면 앞으로 더는 '정상인'인 척할 필요가 없잖아요. 사람들은 제가 어렸을 때부터 뭔가 눈치챈 듯 뒤에서 수군거렸는데, 아예 제대로 밝히고 나면 귀찮은 질문을 멈추겠죠. 제 인생도 더 편해지고요."

"제 생각엔 말이 안 되는데요. 그건 마치 다른 사람들이 당신에 대해 뭘, 어떻게 생각하는지 관심이 있다는 말처럼 들리는데요."

"문제가 바로 그건데요, 나는 사람들이 뭘 생각하는지 관심이 없어요. 태어나서 한 번도 없었어요. 하지만 일종의 생존 본능이랄까, 사람들이 제 본모습을 알아차리지 못하도록 저를 감출 필요가 있었어요. 그래서 연기를 해 온 거지요. 그렇지만 이제는 그런 것조차 상관하지 않으려고요. 그냥 있는 그대로의 제 모습을 받아들이려고요." 나는 잠시 말을 멈췄다가 덧붙였다. "이전에 그런 노력을 안 해 본 건 아니지만요."

그녀는 놀란 듯했지만, 표정은 밝았다. "흠."

나는 점점 초조해지기 시작했다. "이제 됐나요? 궁금증이 다 풀리셨으면 결과를 알려 주셨으면 좋겠어요."

그녀는 마지못해 고개를 끄덕였다. "알겠습니다." 그리고 공책을 펼쳐 들었다. "지난번에도 말했지만 네 가지 범주에서 증상을 확인해 봤고요, 모두 다 사이코패스 수치가 평균 이상으로 나왔습니다." 그녀는 얼굴을 찌푸렸다. "그런데 흥미로운 부분이 있어요. 대인관계 유형이 다른 세 가지 범주의 결과와 일관되게 이어지지 않거든요."

내 어리둥절한 표정을 본 칼린 박사가 설명을 이어 갔다. "PCL 에 따르면 사이코패스와 소시오패스는 모두 특정한 유형의 사회적 공격성을 보여 줍니다. 저는 그걸 보통 '강매하는 영업자 증상' 이라고 표현해요. 이 유형은 노골적인 오만함이나 적대감을 드러내는데 그게 바로 소시오패스가 사회적 지배력을 확보하는 주요한 방법이지요. 주변을 통제하려는 거예요."

"그러면 제가 그런 사람은 아니라는 건가요?"

"아니요, 당신도 지배력을 원해요. 다만 방법이 좀 달라요. 속임수나 매력을 이용하지요. 아마 여성이어서 그럴 수도 있겠어요. 여성 소시오패스는 대인관계에서 남성과 같은 기술을 사용하지 않을 수 있거든요. 실제로 그 문제가 PCL과 관련해서 제가 어려움을 겪고 있는 여러 문제 중 하나에요. 같은 소시오패스라도 성별에 따라 전략이 다르더군요."

"그게 무슨 말씀이죠?"

"당신의 소시오패스 지수가 가장 낮은 지점이 대인관계 유형이에요. 하지만 이건 상대적인 기준이고, 일반적인 기준에서 보면 여전히 높지요. 실제로는 모든 점수가 기준을 넘기고 있는데, 다만 예상했던 것처럼 극단적인 사이코패스 범주에 속할 정도는 아니에요. 대신 분명히 소시오패스 성격장애를 나타내고는 있어요."

나는 아무 말도 하지 않고 창밖으로 시선을 돌렸다. 건너편 공원이 눈에 들어왔다. 한 무리의 사람들이 공원 정문으로 들어와 잔디밭을 가로지르며 여유롭게 돌아다니기 시작했다. 현장 학습 시간 같았다. 수십 명 넘는 사람들이 있었다. "25명 중 한 명." 내가 중얼거렸다.

칼린 박사가 나를 불렀다. "패트릭, 저를 보고 말해요."

"그거 아세요? 세상 사람 25명 중에서 대략 한 명 정도가 소시오패스라고 해요. 적어도 연구 결과는 그렇습니다." 다시 공원을 오가는 사람들을 바라보았다. "그렇다면 저 공원에도 소시오패스가 있을까요? 여기 있는 사람 중에 나만 소시오패스일까요?" 그녀가 나를 응시했다. "지금 진지하게 묻는 거예요."

칼린 박사는 잠시 생각에 잠겼다가 대답했다. "제가 보기에는 지금 자신이 혼자인지 알고 싶으신 것 같은데…… 혼자라는 건 어떤 느낌인가요?"

나는 고개를 숙이고 무슨 말을 해야 할지 생각하면서 천천히 고개를 흔들었다. 그리고 마침내 이렇게 말했다. "감정을 이해할 수 있어요. 하지만 느낄 수는 없어요."

"항상 그런가요? 누군가와의 관계에 대해 생각할 때도 그런가요?"

나는 어깨를 으쓱했다. "네."

그녀는 공책을 훑어보면서 눈썹을 찌푸렸다. "그 플로리다에 있는 남자는 어때요? 그 사람에겐 감정이 일어났다고 말했잖아요."

"데이비드 말인가요?" 내가 놀라서 되물었다. "아, 나는 데이비드를 사랑해요. 아니, 사랑했었어요." 입술을 깨물었다. "사실은 잘 모르겠어요."

"자세히 얘기해 줄 수 있을까요?"

나는 잠시 생각에 잠겼다. "그게, 지금 생각해 보면 좀 실없는 일이었나 싶기도 하지만…… 그때 저는 열네 살이었거든요. 그 이후로 누구에게도 같은 감정을 느낀 적이 없는 것 같아요. 그런 일이 있었다는 게 믿기지 않기도 하고…… 모든 게 그냥 내가 지어낸 일이라는 생각이 들기 시작하는 거예요." 나는 슬픈 표정으로 고개를 저었다. "나도 사랑을 느낀 줄 알았는데 실제로는 또 그러지 못했다는 거?"

칼린 박사가 천천히 고개를 끄덕였다. "그런 생각을 하면 어떤 기분이 들지요?"

"너무 싫어요." 나는 그동안 잠깐씩 만났던 남자친구들을 떠올리며 말했다.

그리고 클레클리 박사의 사이코패스 임상적 특징 목록 15번이 갑자기 생각났다. "성생활이 거의 없으며 있더라도 제대로 된 교감이 없음"

"알 것 같으시죠? 저는 타인이나 제 내면과 관계를 잘 이어 가지 못해요. 저는 소시오패스니까요." 잠시 입을 다물고 내 입 밖으로 떠나는 말소리에 귀를 기울였다.

"맞는 말이에요." 칼린 박사가 내 눈을 똑바로 바라봤다. "하지만 제가 정말 흥미롭게 생각하는 게 뭔지 아세요?" 나는 고개를 저었다. 그녀는 공책을 옆으로 치우고 몸을 앞으로 기울였다. "관계에 어려움을 겪으면서도 당신은 창밖을 바라보며 당신과 똑같은 사람을 찾고 싶은 충동을 느꼈어요." 그녀는 내가 자기 말을 이해할 때까지 잠시 기다렸다. "자, 그건 왜 그런 것 같나요?"

다시 창밖을 바라보았다. 사람들이 공원을 가로지르더니 천천히 시야에서 사라졌다. 그들을 더는 볼 수 없다는 사실이 실망스러웠다. "잘 모르겠어요." 나는 천천히 말했다. "그냥 나와 똑같은 사람을 만나면 좋을 것 같아요. 내가 뭘 느낄 수 있고 또 뭘 느낄 수 없는지, 그게 왜 그런 건지 구구절절 설명할 필요가 없으니까. 그리고 끊임없이 내 행동을 정당화하거나 내가 스스로 이해하지도 못하는 감정을 표현하려고 노력할 필요가 없으니까. 사람들과 함께 있을 때 저도 그들과 같은 평범한 사람이라는 느낌을 받을 수 있으면 좋을 것 같아요. 설명하기 힘든데, 저와 비슷한 사람을 만나면 기분이, 어떤 기분이 들 것 같냐면…… 잘 모르겠어요."

"멈추지 마세요." 칼린 박사가 부드럽게 재촉했다. "끝까지 해봅시다. 그래서…… 어떤 기분이 들 것 같나요?"

"희망이요." 나는 격앙된 어조로 말했다. "터무니없이 들리긴 하겠지만요."

그녀가 몸을 뒤로 젖혔다. "중요한 의미가 있는 설명이라고 생각해요. 당신은 자신과 이어질 수 있는 사람을 찾고 있다는 뜻입니다. 좋은 일이지요. 다른 소시오패스에 대한 호기심, 그리고 경험을 나누고 싶다는 의지 가운데서 희망을 찾을 수 있다고 말하고 싶군요."

그 말을 듣자 코웃음이 나왔다. 입가에 비웃음을 머금고 칼린 박사를 바라보았다. "어떤 희망이요? 소시오패스 동료를 만날 수 있다는 희망?" 나는 눈을 부릅떴다. "그거참 고맙네요."

"당신은 친구를 찾고 있는 게 아닌 것 같네요."

"그럼 제가 찾는 게 뭔데요?"

그녀는 입가에 눈에 보일 듯 말 듯 자신감 넘치는 웃음을 머금고 고개를 주억거렸다. "공감이요."

내가 공감을 추구하는 소시오패스라는 칼린 박사의 결론은 통찰력이 있었다. 여러 가지 면에서 나는 《우리 엄마는 어디 있나요? Are You My Mother?》라는 동화책에 나오는 길 잃은 어린 오리와 비슷했다. 다만 나는 진짜 엄마를 찾아 나선 마음 따뜻하고 용감한 작은 새가 아니라, 감정을 거의 느끼지 못하고 진짜 친구를 찾지만, 그 과정에서 거짓말을 일삼는 반사회적 외톨이였다. 그리고 여전히 내가 왜 이렇게 살고 있는지를 밝히는 데는 진전이 없었다.

나는 졸업 후 잠시 쉬었다가 아빠가 세운 회사에 입사했다. 처음 몇 개월 동안은 직원들을 따라다니며 어깨 너머로 음반 제작과 관련된 업무 전반을 익히는 데 전력을 다했다. 그러다가 나는 놀라운 사실을 깨달았다. 음반 산업은 온갖 잔기술과 순발력이 필요한 거대한 우주였으며 나야말로 거기에 딱 맞는 인재였다. 사람들은 음악 자체가 주는 매력과 음악가들이 전력을 기울여 만들어 낸 신비

함에만 빠져 있었다. 무대 뒤에 숨은 그림자 같은 존재들에게 관심을 기울이는 이들은 거의 없었다. 하지만 무대 뒤편이야말로 진짜 마법이 난무하는 곳이었다. 그것도 흑마법이.

데뷔를 위한 뒷돈이 오가고, 계약서 작성에서 경영에 이르기까지 뒷거래가 성행하는, 뭔가 수상쩍은 냄새를 풍기는 이 산업은 "잔인하고 천박한 전쟁터요, 강도와 포주들이 마음대로 날뛰는 모래성"이나 다름없었다.

본격적으로 매니저 업무를 시작하면서 내 심리학적 이해의 지평도 넓어지기 시작했다. 내가 이 세상에 유일한 소시오패스일지 모른다는 느낌도 들지 않았다. 내가 만난 사람들 대부분이 내 모습을 있는 그대로 받아들이고 친밀하게 느끼는 것 같았다. 더불어 내 사정을 듣고 자신도 비슷하다는 사실을 고백하는 사람들이 많다는 사실에 충격을 받았다.

네이선이라는 프로듀서는 나와 만난 지 얼마 지나지 않아 이렇게 말했다. "아, 나는 완전 소시오패스야. 나는 정말 신경 쓰이는 게 아무것도 없거든!"

물론 그의 작업을 보면 그건 그리 정확한 진술이 아니라는 사실을 금방 알 수 있었다. 그는 저작권에 대해 특히 신경을 많이 쓰는 것 같았다. 네이선과 계약하는 아티스트는 자신의 저작권을 대부분 그의 회사에 넘겨야 했다.

"아마도 그래서 내가 이렇게 성공 가도를 달리는 게 아닐까? 나는 못된 짓을 좋아하거든." 그는 교활하게 웃었다. "나는 내가 소시오패스라서 좋다니까.”

이전에는 나를 기꺼이 받아 주는 이를 찾기가 무척 어려웠지만, 이제는 아예 그런 사람들에게 온통 둘러싸인 것 같았다! 마치 최면에 걸린 것처럼 처음에는 뭐가 뭔지 파악조차 되지 않았다. 같은 성향의 동료를 만날 수 있다는 사실에 지나치게 매료된 나머지, 자신이 소시오패스라고 얘기하는 사람들의 자기진단을 얼마나 신뢰할 수 있는지 전혀 생각하지 못한 것이다. 나는 탈수증에 걸린 방랑자처럼 그들과의 관계를 마지막 한 방울까지 정신없이 빨아들였다. 그러다가 제니퍼를 만났다.

제니퍼는 아빠의 가장 큰 고객이 기획한 두 번째 음반의 판매를 맡은 회사 임원이었다. 아빠는 새로운 음반의 성공 여부를 가늠하기 위해 나와 그녀의 만남을 주선했다.

어느 날 밤 제니퍼는 내게 “록 업계는 일반적인 팝 쪽과 전혀 다르다.”라고 설명했다. 아빠 일을 돕기 시작한 지 1년쯤 지났을 무렵이었다. 우리는 내가 가장 좋아하는 멕시코 식당인 카사 베가에서 술을 마셨다. “살아남으려면 강해져야 해. 특히 여자라면 더욱 그렇지.” 제니퍼가 덧붙였다.

나는 웃었고 그녀가 자신도 모르게 열어 놓은 문으로 재빨리 들어갔다. “글쎄요, 그렇다면 제게는 완벽한 곳이네요. 저는 소시오패스거든요.”

그녀는 농담하는 줄 알고 웃었지만, 내가 나에 대해 간단히 설명하자 곧 주의 깊게 귀를 기울였다.

"와. 그것참 놀라운데." 그러더니 무슨 음모라도 꾸미듯 목소리를 낮추고 몸을 기울였다. "솔직히 말하면 나도 내가 소시오패스인지 늘 궁금했거든."

"아." 그즈음 그런 소리를 너무 많이 들었다.

"아, 가 아니라 너라면 나를 이해할 것 같은데? 다른 사람들은 눈물을 흘릴 때 나만 전혀 감흥이 없다고. 진짜 무슨 범죄자 같지 않아? 이것 때문에 난 아주 미치겠어!" 그녀는 갑자기 주변을 두리번거렸다. "늘 누군가를 살해하는 생각도 하고 말이야."

나는 고개를 저었다. "그런데요…… 누군가를 죽이고 싶다고 해서 자동으로 소시오패스가 되는 건 아니거든요. 그건 오해예요. 소시오패스에 대한 전형적인 몰이해죠."

"아니, 그치만 지금 내가 무슨 말 하는지 알잖아? 나는 말이야, 흡혈귀 같아. 어둡고 음습한 게 좋거든." 그녀는 음흉하게 웃었다. "그래서 내가 록 음악 마케팅을 하는지도 몰라!"

나는 내 성향을 남들에게 공개하는 걸 다시 한번 생각해 봐야 하는지 고민하기 시작했다. 그런데 깊게 생각하기도 전에 그녀가 내 팔목에 손을 얹고 고개를 끄덕였다. "난 널 이해해."

제니퍼의 새끼손가락에 수술용 붕대가 감겨 있는 게 눈에 들어왔다. "그런데 손은 왜 그래요?" 주제를 바꿀 수 있어서 다행이라고 생각했다.

그녀가 손을 치웠다. "아, 이거? 집에 있는 반려견 때문에 말이야. 핏불이 한 마리 있는데, 이름은 레이디야. 아주 귀엽기는 한데 지난달에 내가 키우는 다른 개랑 싸움이 붙었어. 둘을 떼어 놓으려고 했더니 손가락을 물어뜯어 절단됐어.”

적나라한 고백에 마시고 있던 술이 목에 걸릴 만큼 깜짝 놀랐고 기침을 하며 급히 술을 넘겼다. “미안해요. 그런데 그 핏불 때문에 손가락이 잘렸다고요?”

제니퍼는 고개를 끄덕였다. “어. 그래서 이웃 사람이 나를 응급실까지 데려갔지. 다행히 의사들이 다시 이렇게 붙여 줬지 뭐야.” 그녀가 빙그레 웃었다. “그런데 혹시 반려동물 키워?”

나는 순간 말문이 막혔다. “음, 아니요, 그러니까 그게, 잠깐만요.” 대화의 방향을 잡기 위해 애썼다. “그러면 다른 개는, 다른 개는 어떻게 됐나요?”

그녀는 얼굴을 찡그렸다. “그래, 그게 문제기는 하지. 우리 집 개들은 서로만 보면 그렇게 가만있지 못해서 항상 따로 떼어 놓아야 하거든.” 그리고 제니퍼가 종업원에게 술을 한 잔 더 가져다 달라고 손짓했다. “아무튼 개가 최고야. 특히 이혼녀에겐 말이야. 그나저나 내가 이혼한 건 알고 있어?”

나는 고개를 흔들었지만, 그녀는 보지 못한 것 같았다.

“결혼 생활을 10년이나 했는데 남은 거라고는 개똥 같은 작은 집 한 채뿐이라니. 다음에는 나를 좀 잘 돌봐 줄 수 있는 남자를 만났으면 좋겠어. 뭐, 백만장자라든가.” 그녀가 술잔에 남은 술을 들이켰다. “사실은 지금 내가 만나고 있는 게 바로 그런 부자거든. 이

름은 조엘이고 정말 부자야." 그녀가 눈을 부라렸다. "그 사람 친구
들도 다 부자니까, 내가 다리를 놓으면 함께 부자를 만날 수 있어!"

나는 고개를 흔들었다. "저는 사실 그런 쪽은……"

"조엘은 베벌리 힐스의 고급 주택가에 살고 있어." 제니퍼는 아
쉽다는 듯 덧붙였다. "그런 집이 내가 있어야 할 곳인데, 그렇지?"
그리고 허공을 바라보며 표정이 어두워졌다. "나는 그럴 자격이 있
는 사람이야."

나는 조금 혼란스러웠고, 뭘 어떻게 해야 할지 몰라 그냥 그녀의
행동을 그대로 따라 하기 시작했다. 최대한 공감하는 것 같은 표정
을 짓고 그녀의 팔목에 손을 얹었다 떼었다 하면서 손가락을 건드
리지 않도록 조심했다. "그래요, 이해해요."

사실은 전혀 이해하지 못했다. 우리 사이가 가까워질수록 혼란
은 가중되었다. 이쪽 업계 종사자들에게 들었던 수많은 '고백'들과
같이, 제니퍼의 주장도 전혀 근거가 없는 말은 아니었다. 그녀는 자
신이 느끼는 '공허함'에 대해 주기적으로 불평했다. 충동적이고 파
괴적인 행동도 보여주었다. 또 대단히 무감각한 면이 있어서 타인
과의 경계선을 멋대로 무시하기도 했다. 그런데 나는 바로 이 지점
에서 우리 둘의 차이점이 생긴다는 사실을 깨달았다.

나는 감정의 부재로 인한 어려움을 겪었지만 제니퍼는 오히려
감정이 과한 것 같았다. 뚜렷한 이유도 없이 아주 기분이 좋았다가
불안정한 모습으로 바뀌는가 하면, 성질이 대단히 고약하고 자제
력이 부족하여 원하는 것을 얻어 내지 못할 때는 회의실에서 뛰쳐

나가거나 직원들에게 소리를 지르고는 했다. 나와 가장 다른 점은 변덕스러움에 있었다. 특히 연애에 있어서 그랬는데, 아주 작은 거절이라도 제대로 받아들이지 못하고 마구 폭발하곤 했다.

"그렇다면 경계성 인격장애가 있는 것 같군요. 경계성 인격장애도 종종 소시오패스와 구분이 어렵지요. 왜냐하면 행동에 따른 진단 내용이 대체로 유사하거든요. 또 불안정한 관계나 충동적 성향, 자기 파괴 성향, 습관적으로 느끼는 공허감, 분노, 적대감 같은 소시오패스의 특성이라고 할 만한 많은 부분이 경계성 인격장애에서도 똑같이 발견됩니다. 자기애나 자아도취 성향도 거의 비슷하고요."

"그러면 우리 둘의 결정적 차이는 뭔가요?"

"행동의 근본적인 원인에서 차이가 나는데요. 경계성 인격장애는 주로 감정의 과잉으로 인해 발생하지요. 소시오패스는 그 반대고요. 어쨌든 모든 건 애착과 관련이 있어요. 경계성 인격장애를 앓는 사람들은 절실하게 애정을 갈구합니다. 그래서 감정이 과잉되는 경향이 있는데, 가끔 타인의 영역을 침범하고 파괴적인 행동을 하더라도 그건 다 애정을 잃지 않으려는 최선을 다한 노력의 일환이에요. 타인이 어떤 감정을 느끼는지, 또 뭘 필요로 하는지는 전혀 관심이 없어요. 가장 중요한 건 자신의 필요와 감정이니까. 경계성 인격장애를 앓는 사람들은 다른 사람을 '자기 대상'으로 인식합니다. 타인을 별개의 존재로 보지 않고 자신의 연장선으로 본다는 말입니다. 따라서 세상에 대한 이들의 인식은 순전히 자기중심적이고 일차원적으로 될 수밖에 없어요. 하지만 소시오패스는 애착과 관련해서 어떤 동기부여도 없습니다. 소시오패스가 바라보는 세상은 애착의 부재에 기반해 형성됩니다. 하지만 이들의 인식도 자기중심적이고 일차원적이지요. 그래서 소시오패스와 경계성 인격장애가 혼동되는 겁니다."

들으면 들을수록 수긍되는 부분이 늘어났다. 겉으로 보기에 제니퍼는 나와 비슷한 점이 많았다. 감정 영역이 굉장히 제한적이었다. 물론 그 감정 영역이 나와 달리 과잉되어 있었지만 말이다. 제니퍼는 타인에게 공감하지 못하고 수치심도 느끼지 않는 것처럼 보였다. 정직하지 못한 행동을 할 때가 많았다. 그녀의 행동은 선과 악의 양극단을 오갔다. 타인에게 보여 주는 애착은 이타심이 아닌 사리사욕을 기반으로 하고 있었다.

그런데 왜 나는 제니퍼가 반갑지 않았을까? 내 심리적 고립을 생각해 보면 진단 결과가 세부적으로는 조금 다르더라도 적당히 비슷한 사람을 만난 건 기쁜 일이었다. 실제로 그녀는 나를 만나서 정말 기쁜 것 같았다. '이렇게 만나게 되어서 정말 기뻐. 마치 내 영혼의 쌍둥이를 만난 것 같아!' 카사 베가에서 만난 뒤 그녀에게 받은 문자였다.

하지만 그건 일방적인 생각이었다. 나는 제니퍼가 혐오스러웠고 감정의 과잉은 나를 불편하게 만들었다. 그녀의 등장은 내가 가다듬어 온 내 어두운 부분에 대한 절제 원칙을 뒤흔들었다. 제니퍼의 거친 행동을 지배하고 있는 건 추악하고 이기적인 감정들이었다. '제니퍼를 보면 시드가 떠올라.' 나는 진저리치며 생각했다. '사람들은 이미 소시오패스를 괴물처럼 생각하는데, 제니퍼 같은 사람들은 우리 이미지를 아예 나락으로 떨어트릴 거야.'

제니퍼는 소시오패스보다 더 악질이었다. 늑대의 탈을 뒤집어 쓴 양, 엉터리 가짜. 나는 화가 치밀었다. 항상 그녀에 대해 생각했고, 막연한 생각을 넘어 구체적으로 폭력을 가하는 상상을 했다. 그런 상상이 좋았다. 주의를 집중할 고정된 목표가 있다는 사실이 위로처럼 느껴질 정도였다. 개인적인 '처방' 덕분에 심각할 정도의 압박감을 느끼지 못하게 된 지도 벌써 몇 년이 지났지만, 나는 언제든 다시 그렇게 될 수 있는 사람이었다.

직장에서 일하고, 좋은 사람이 되려고 노력하고, 상담사를 정기적으로 찾아가고, 친구를 만나 술잔을 기울이기도 한다. 겉으로 보기에 문제가 없었다. 심지어 건전하기까지 했다. 그렇지만 내 근본적 현실은 변함이 없었다. 밖에서 무슨 일이 일어나든, 내 안에는 언제든 무감각으로 돌아갈 위험이 있었다. 그런데 다행히 제니퍼를 만나고는 걱정할 필요가 없어졌다. 그녀에 대한 증오가 내 무감각을 자극해 주었다.

"패트릭!" 제니퍼가 소리쳤다. "지금 당장 할 말이 있어!"

어느 음반 발매일 아침이었다. 나는 밴드의 생방송이 예정된 라디오 방송국 앞에 막 도착했다. 차에서 내리자마자 주차장에서 나를 기다리고 있는 그녀의 모습을 보고 기운이 빠졌다. "이런 제기랄." 내가 중얼거렸다. 그녀는 뭔가 크게 동요한 듯 흐트러진 모습이었다.

"왜 내 전화 안 받아?" 제니퍼는 숨을 헐떡이며 주차장을 가로질러 왔고 마치 정신 나간 사람처럼 소리쳤다. "진짜 좋지 않은 일이 있었어. 그러니 대화를 좀 해야겠어."

나는 고개를 저었다. "절대 안 돼요. 10분 뒤면 방송 시작이야."

"지금 내 말 못 알아들었어? 중요한 문제라고!" 그녀는 내 팔을 붙잡고 부드럽게 끌어당겼다. "내 핏불 알지? 레이디 말이야."

나는 초조하게 한숨을 쉬며 라디오 방송국 입구로 들어서는 밴드를 바라보았다. "지금 장난해요? 개 이야기 같은 걸 들을 때가 아니라고."

"레이디가 이웃집 개를 죽였어!"

나는 깜짝 놀랐다. "뭐라고요?"

"레이디가 다른 개들에게 가까이 가지 못하도록 해야 한다는 거 알지? 그래서 뒤뜰에 묶어 두었는데 마침 이웃집 개도 밖에 나와 있었지 뭐야. 어쨌거나 그 집 개를 물어 죽인 건 사실이니까 분명 울타리 밑을 파고 들어갔거나 뭐 그랬겠지! 그리고 그걸 내가 다 봤다고!"

이제는 내가 제니퍼의 팔을 움켜쥐었다. 클라이언트들에게 보이지 않는 곳까지 그녀를 확 잡아끌고 가자 만족스러운 듯 보였다. "그러니까 그 집 개가 울타리 밑을 파고들어 가서 이웃집 개에게 달려들고, 결국 물어 죽이는 것까지 다 봤다는 말이에요?"

그녀는 고개를 끄덕였다.

"도대체 왜? 왜 막지 않았어요? 왜 아무런 조치도 취하지 않았어요?"

그러자 그녀는 머뭇거리며 수술해서 이어 붙였다는 손가락을 내밀었다.

"미친, 제정신이에요?" 나는 역겹다는 듯 코웃음을 쳤다. "이웃집에서는 뭐라고 해요?"

"그게 바로 문제야." 그녀가 겁에 질린 듯 목소리를 높였다. "레이디가 저지른 일을 보고 너무 당황했어. 죽은 개를 어떻게든 처리해야 할 것 같아서 길거리에 던져두었어. 그러면 자기들 실수로 개가 집 밖에 나갔다고 생각할 거 아냐, 안 그래? 차에 치였다고 생각하지 않을까?"

"뭐라고?!" 나는 소리를 질렀다. "아니 미친, 제정신이에요?"

"선택의 여지가 없었다니까!" 제니퍼가 비명을 지르며 울기 시작했다. "그 이웃은 나를 병원에 데려다준 사람이잖아. 레이디가 어떤 개인지 잘 알고 있다고! 이걸 알게 되면 아마 나를 가만두지 않을 거야!"

"세상에, 그러니까 지난번에 응급실에 데려다준 이웃이 바로 그 사람이라니? 도대체 무슨 정신으로 이런 일을 벌인 거예요?"

"내가 말했잖아!" 제니퍼도 소리를 질렀다. "나는 소시오패스라니까!"

"당신 소시오패스 아니에요." 나는 화가 나서 말했다. "그냥 천하의 바보천치지."

그녀가 흐느끼기 시작했고 지나가는 사람들도 무슨 일인지 궁금해하는 것 같았다. "들통나면 나는 어떡해! 정말 슬퍼어어." 그리고 눈물을 흘리며 중얼거렸다. 이제는 내 손을 움켜쥐고 애원하기 시작했다. "패트릭! 넌 나를 도와야 해! 어떻게 해야 할지 내게 알려 달라고!"

나는 몸부림을 치며 제니퍼를 뿌리쳤다. "내 조언이 필요해요?" 숨소리가 거칠어졌다. "집으로 가요. 가서 찬물 뒤집어쓰고 정신부터 차리라고. 빌어먹을 생방송은 내가 알아서 처리할 테니까!"

그러자 그녀도 어느 정도 진정하는 것 같았다. "알았어." 그녀가 코를 훌쩍였다. "그래, 맞는 말이야. 심호흡 한 번 하고 정신을 차려야지." 그녀는 과장되게 숨을 들이쉬고 내쉬는 척했다. "그래도 집으로는 안 돌아갈 거야."

"아니, 왜?"

"조엘 말이야. 내 남자친구. 그 사람 집으로 갈 거야. 이럴 땐 쇼핑으로 기분전환을 해야지. 힘든 일을 겪은 내겐 그런 게 필요해."

나는 차 열쇠로 제니퍼를 찌르고 싶은 충동을 간신히 참아 넘겼다. 주먹을 움켜쥐자 날카로운 손톱이 손바닥을 파고들었다. "좋아요. 내 알 바는 아니지. 그러면 가서 잘해 봐요."

나는 방송국 쪽으로 향했다. 하지만 그녀는 아직 할 말이 남아 있는 모양이었다. "패트릭? 뭐 좀 물어봐도 될까?"

내가 제니퍼를 돌아봤다. "네?"

"조엘이 자기 차를 한 대 줬거든. 엄청 좋아. 포르쉐니까. 그런데 신용카드나 뭐 다른 건 안 주더라고. 그게 좀 쎄해서 말이야. 뭔가 찜찜하지? 그렇지? 우린 꽤 오랫동안 만난 사이고 난 그 사람 집을 매일 드나드는데, 뭐 필요한 게 있으면 쓰라고 카드든 돈이든 줬어야 할 것 같은데."

나는 제니퍼가 혐오받아 마땅하다고 생각했다. "완전 쎄하네요." 나는 마침내 이렇게 말하고 다시 방송국으로 향했다.

간신히 생방송 시간에 맞춰 도착했다. 밴드가 녹음 부스 안에 자리 잡은 걸 보고 밖에서 지켜봤다. 다행히 아무도 없었다. 멍하니 빈 공간을 바라보고 있으니 무감각이 끓어오르기 시작했다. 뭔가 불편하고 어색한 느낌이 들었다. 손바닥을 펼쳐서 보니 피가 흐르고 있었다.

제12장
가짜 소시오패스

몇 주가 지난 후, 파티에 나갈 준비를 하며 화장을 마무리하고 있었다. 플레이보이 맨션에서 '한여름 밤의 꿈 파티'가 열리는 밤이었다. 매년 간절하게 기다리는 호화롭고도 방탕한 시간이었다. 그런데 화장대 거울에 비친 내 모습을 바라보면서 나는 그다지 흥분되지 않는다는 사실을 깨달았다. 폐소공포가 느껴졌다. 오전에 있던 상담 치료와 긴장감의 원인에 대해 생각하며 무심하게 화장을 계속했다.

나는 칼린 박사를 만나자마자 제니퍼의 개 이야기, 그리고 제니퍼가 소시오패스를 자기 행동의 변명으로 내세울 때 느꼈던 혐오감 등에 대해 몇 분 동안 말했다.

"정말 구역질이 났어요. 제니퍼는 전혀 소시오패스가 아니에요. 어디 가서 나가 죽어도 시원찮을 멍청한 싸구려 매춘부지." 나는 칼린 박사를 싸우자는 듯이 노려보았다. "어디 어두운 뒷골목에서라도 만나면 가만두지 않을 겁니다. 농담하는 거 아니에요."

그녀는 뭔가를 생각하는 듯 고개를 끄덕였다. "당신은 그 사람이 당신에게 그녀 자신에 대해 들려 준 것과는 전혀 다른 사람이라는 사실에 대단히 실망스러워하는 것 같아요."

나는 비웃듯 코웃음을 쳤다. "그때 주차장에서 열쇠로 찔러 버리지 않은 저 자신에게 실망했겠죠."

칼린 박사가 고개를 끄덕였다. "나도 그 여자가 비난받아 마땅하다는 데 동의해요. 생각에는 본인도 그 사실을 잘 알고 있을 것 같군요. 그래서 당신을 찾아왔겠지요. 분명 정신적으로 충격받았을 테니까."

"충격이라! 그 여자는 충격 같은 거 쥐뿔도 안 받아요. 그런 일을 벌이고도 주말 내내 그 돈 많은 물주의 호화로운 집에서 신나게 시간을 보냈으니까."

칼린 박사가 눈을 번뜩였다. "정말요? 그걸 어떻게 알았나요?"

"내가 다 봤으니까요."

핏불 사건이 있고 난 며칠 뒤 우리는 롤라라는 동네 술집에서 음반 발매 파티를 열었다. 출입구 근처 창문으로 조엘의 포르쉐를 탄 제니퍼가 나타난 걸 보고 코웃음을 쳤다. '미친년.'

술집으로 들어온 제니퍼가 인사했다.

나는 무의식적으로 그녀를 끌어안으며 인사했다. "일은 잘 해결됐어요?"

제니퍼는 뜻밖의 친절에 안심하는 듯 웃었다. "아마도 그럴걸."

그녀가 능글맞게 대꾸하자 나는 우리가 오래된 친구라도 되는 양 그녀와 함께 낄낄거렸다.

"보기에 좀…… 전보다 나아진 것 같은데요."

그녀는 혼란스러운 표정으로 나를 바라보았다. 그리고 잠시 뒤 뭔가 슬픈 척 얼굴을 찡그렸다. "그래, 하지만 아직도 그 개 때문에 너무 슬프다고!" 그녀는 억지로 쥐어짜듯 슬픈 목소리로 말했다. "안 그렇겠어?"

"알죠." 나는 그녀의 등을 팔로 감싸안으며 안쪽으로 함께 들어갔다. "그나저나 저 차 주인이 사는 집에 대해 좀 말해 줘요. 한번 들여다보고 싶어 죽을 지경이니까."

"맙소사, 패트릭. 왜 미리 말하지 않았어." 제니퍼의 얼굴에서는 슬픔의 흔적 같은 건 모두 사라졌다. 그녀가 주소를 알려 주었다. "베벌리 힐스 바로 근처야. 침실이 5개나 되고 스튜디오도 있어. 그리고 우리끼리 하는 말이지만……" 그녀는 주위를 두리번거리더니 목소리를 낮췄다. "나는 그 모든 곳에서 그이하고 자 볼 거야. 무슨 말인지 알겠지?"

"짓궂기도 하시네!" 나는 역겨움을 참으며 장난스럽게 고개를 흔들었다. 그리고 제니퍼를 가까이 끌어당겼다. "자, 그러면 조엘이 쓰는 방에 대해 좀 들어 볼까요?"

조엘의 방은 수영장 맞은편에 있었다. 나는 일찌감치 술집을 나와 집에서 천천히 저녁을 먹은 후 오랫동안 목욕했다. 자정 무렵이 되자 이제 길이 막히지 않으리라 생각하고 베벌리 힐스로 향했다.

거리는 텅 비어 있었고 어렵지 않게 차를 세울 만한 곳을 찾았다. 누군가의 집 울타리를 따라 살금살금 기어가다가 조엘의 집을 찾아 그리 높지 않은 울타리를 뛰어넘었다. 부잣집의 보안이 그 정도로 허술하다는 사실이 믿기지 않았다. 나는 집 뒤쪽으로 가서 조엘의 방 근처 벽에 몸을 붙였다. 그리고 보이지 않게 몸을 숙인 채 뒷문 쪽으로 조금씩 다가가 작은 유리창을 통해 방 안을 들여다보았다.

마침 커튼도 그대로 열려 있어 방 전체를 볼 수 있었다. 오른쪽에는 텔레비전과 책상이 벽 대부분을 차지하고 있었고 저쪽 끝에는 복도로 이어지는 이중문이 열려 있었다. 왼쪽에는 침대가 있었는데, 기둥 4개가 달린 거대한 흉물이었다. 흉측하게 생긴 마호가니 탁자도 옆에 있었다. 그때 뭔가가 내 눈을 사로잡았다. 제니퍼가 자다가 몸을 뒤척였다. 웃옷은 다 벗은 채였고 손으로 가슴을 가리고 있었다. 조엘도 옆에 엎드려 누워 있었는데 내가 볼 수 있는 건 등뿐이어서 조금 아쉬웠다. 조엘이 어떻게 생긴 사람인지 알고 싶었다.

까치발을 하고 서 있다가 넘어지지 않기 위해 문손잡이를 잡았다. 그런데 정말 예상치 못하게 손잡이가 돌아갔다. '열린다고?' 문을 밀었더니 그대로 열렸다. 길게 생각하지 않고 문을 더 밀었다. 그러자 경보 장치에서 빠르게 세 번 '삐삐' 하는 소리가 흘러나왔다. 나는 그 자리에서 얼어붙어 침대 쪽을 뚫어져라 바라보았다. 최소한 둘 중 하나는 그 소리를 듣고 일어날 게 확실했다. 하지만 소리는 거기에서 그쳤다. 경고음이 아니라 문이 열릴 때 나는 신호음이었다. 나는 정신을 집중하기 위해 잠시 그 자리에 서 있다가 마침내 안으로 들어갔다.

고요함 속에서 뜨겁게 솟아나는 기운을 느꼈다. 잠시 그 기운에 심취해 가만히 있다가 깊게 숨을 들이마셨다. 감정이 느껴지지 않는 편안함이었다. 침대 쪽으로 슬그머니 다가갔다. 그리고 제니퍼를 내려다보았다. '그래도 자는 모습은 훨씬 덜 역겹네. 하지만 내 세상에서 완전히 꺼져 준다면 좋겠어.'

너무 극단적인 생각이었지만 잠시 생각이 흘러가는 대로 두었다. 우연하게 벌어진 상황이긴 해도, 지금껏 사람이 버젓이 있는 집에 침입해 자는 모습까지 지켜보는 대담무쌍한 일을 저지른 적은 없었다. 그 자리에 서서 내가 할 수 있는 모든 일을 상상해 보았다. 그러다가 내가 고수해 온 원칙이 머리에서 서서히 떠올라 지금 정말 어리석은 짓을 하고 있다는 사실을 알렸다.

<패트릭 규칙>
1. 누구에게도 해를 끼치지 않는다.

달빛이 수영장에 반사되자 빛의 파문이 침대보를 꿈결처럼 가로질렀다. 나도 누워서 잠들고 싶었다. 그렇지만 거칠게 눈을 깜박이며 이 자리를 벗어나야 한다고 스스로를 다그쳤다. 나는 조심스럽게 방을 가로질러 문밖으로 조용히 빠져나왔다.

칼린 박사는 내가 그날 밤 일에 대해 마구잡이로 지껄이는 동안 조용히 있었다. 말을 마치자 씁쓸한 표정으로 나를 바라보았다. "패트릭, 제가 당신에게 어울리는 상담사인지 잘 모르겠어요."

나는 순간 몸이 휘청일 정도로 깜짝 놀랐다. "뭐라고요?! 그게 지금 무슨 말인가요?"

"정말 그런 행동을 했다면, 타라소프 규정을 생각해야 할 때가 아닌가 싶습니다만." 칼린 박사는 자격증이 있는 심리 상담사로서 타라소프 규정을 준수해야 했다. 나도 대학에서 배운 적이 있었다. 모든 상담사는 캘리포니아 대법원의 판결에 따라 자신이 상담한 사람이 특정한 개인에게 신체적 상해를 입힐 가능성이 크다고 판단될 경우, 해당 관공서에 보고해야 한다는 규정이었다.

나는 두 손을 치켜들었다. "타라소프 규정이라고요? 진심인가요? 제가 그 집에 간 건 의도적으로 누구를 해치려고 간 게 아니에요. 아니, 애초에 뭘 하려고 간 것도 아닌데! 문이 그냥 열려 있었다고요!"

"단지 타라소프 규정 때문만은 아니에요. 심리 상담사로서 저는 당신을 도울 윤리적인 책임이 있어요. 그런데 상담을 시작한 지 꽤 시간이 흘렀지만, 당신의 행동은 점점 더 상태가 안 좋아지는 것 같아요."

"아, 그러시겠지." 나는 비꼬는 듯한 목소리로 말했다. "그래서 나는 또 있는 그대로 사실을 말했는데 빌어먹을 상담사가 규정까지 들먹이며 나를 책망하는군요."

"패트릭, 지금 저는 당신을 책망하는 게 아니에요. 제가 더는 상대를 도울 수 없다는 판단이 들었는데도 상담을 계속하는 게 옳지 않은 일이라는 거지요. 이렇게 남의 집에 침입하는 일까지 제가 막지는 못해요."

"나는 남의 집에 침입하지 않았어요!" 거의 악을 쓰다시피 했다. "그냥 어떤 공간에, 그것도 우연히 들어가게 된 거예요!" 나는 코웃음을 쳤다. "나한테 무슨 문제가 있어요? 남의 집 개나 죽이는 멍청한 년이 문제지!"

"화난 것 같군요."

"그래요, 화가 나요!"

"왜 화난 건가요?"

"그 여자는 새빨간 거짓말쟁이니까요!" 나는 드디어 폭발하고 말았다. "제니퍼라는 그 여자, 소시오패스가 아니에요. 가짜에 불과하지. 그 여자는 자신에게 '어두운 면'이 있다고 말하지만 그건 자기 말에 귀 기울이는 멍청한 사람들의 관심을 끌기 위한 수작이에요. 실제로 그 어두운 면에 대해서는 아무것도 몰라. 아니, 제니퍼만 그런 게 아니지. 네이선도 그렇고 최근에 만난 다른 쓰레기들도 하나같이 뭘 자랑이라도 하듯 자기가 소시오패스라고 주장해요! 머리에 똥만 가득 찬 것들! 어설프게 내 흉내를 내면서 구역질나는 짓거리를 심각한 증상인 양 포장하고 있다니까!"

"잠깐만요." 칼린 박사가 끼어들었다. "당신 흉내를 낸다니 그건 무슨 말인가요? 혹시 자신만이 진짜라고 생각하는 거예요? 자신만이 유일한 진짜 소시오패스라고? 그래서 나쁜 짓도 정당화될 수 있다고?"

"제가 소시오패스인 건 맞겠지요. 그런데 제가 유일한 진짜 소시오패스라는 건 아니에요. 나는 절대 혼자가 아니야. 그게 바로 제가 정말 하고 싶은 말이라고요!" 나는 창문을 손가락으로 두드렸다. "제니퍼 같은 사람들, 그 가짜 소시오패스들 때문에 진짜 소시오패스가 도움을 받는 게 더 어려워지잖아요. 안 그래요? 저 흉내쟁이들은 진짜 소시오패스에 대해서 아무것도 몰라. 아무런 감정이 없는, 무자비하게 끝없이 이어지면서 온몸을 휘감는 빌어먹을 공허감을 상상조차 못 한다고요. 실제로는 온갖 것들에 신경 쓰면서 안 그렇다고 생각하지. 그 사람들은요, 단지 뭔가를 느끼고 싶어서 누군가에게 상처를 줄 수도, 심지어 누군가를 죽일 수도 있다는 걱정 같은 건 상상도 못 해요." 나는 말을 잠시 멈추고 숨을 깊게 들이쉬며 마음을 가라앉혔다. "어쩌면 그래요, 저는 저 혼자 잘난 척하고 남을 판단하려 하는지도 몰라요. 하지만 상관없어. 그 사람들은 새빨간 거짓말쟁이들이고 다 엉터리에요. 그리고 저는 그 빌어먹을 것들이 정말 혐오스럽다고요."

칼린 박사는 고개를 숙이고 머리를 흔들었다. "제가 걱정하는 게 바로 그거에요." 그녀가 부드럽게 말했다. "패트릭, 당신은 화가 났고, 또 갈등을 겪고 있어요. 자기 나름대로 항변하고 싶은 것도 있겠지요. 그런데 그거랑 그 제니퍼라는 여자가 남자친구랑 살고 있다는 집에 몰래 들어가는 거랑은 무슨 상관인가요? 그건 용납할 수 없는 일이에요.”

“다시는 그런 일은 없을 거예요.” 나는 조용히 말했다.

“제가 그 말을 어떻게 믿을 수 있을까요? 불과 5분 전에도 당신은 제니퍼를 열쇠로 찌르고 싶었다고 말했어요. 그리고 이제 저는 주말 동안 당신이 그 여자를 몰래 스토킹하고 급기야 남자친구 집까지 몰래 들어갔다가 나왔다는 사실을 알게 되었습니다.”

“제니퍼를 스토킹한 게 아니에요.” 나는 그녀가 뭐라고 하기 전에 손을 붙잡았다. “그런 건 보통 누군가에게 해를 끼칠 의도를 가지고 고의로, 악의적으로, 그리고 반복적으로 따라다니거나 괴롭히는 사람에게나 어울리는 말이에요.” 그녀는 아무런 말도 하지 않았지만 의심스러운 눈길을 거두지 않았다. “물론 따라가 보기는 했지만, 어떤 악의적인 의도도 없었어요. 심지어 완전히 제정신이었고요. 저는, 저는 그냥…… 따분했기 때문에…….”

“따분하거나 지루해서 저지른 일이 아니지요. 당신은 정신을 안정시키기 위한 한 방편으로 심리적인 돌파구를 찾고 있었던 겁니다. 무감각한 성향을 조금이라도 고치기 위해 위험한 행동도 서슴지 않는 거고요.”

나는 어깨를 으쓱하며 대꾸했다. “그게 그거지요, 뭐.”

“아니, 그렇지 않아요.” 그녀가 단호하게 말했다. “그게 그거가 아니에요. 따분함을 느끼는 사람들은 책을 펴거나 텔레비전을 켜겠지요. 당신이 한 일은 그게 아니잖아요. 당신은 일종의 사냥을 하고 있어요. 행동도 점점 더 과격해지고요. 패트릭, 그건 확실한 문제입니다. 부적절한 동기에 의한 반사회적 행동이라고요."

클레클리 박사의 사이코패스 임상적 특징 목록 7번 "부적절한 동기부여에 따른 반사회적 행동"

"그러니 한번 말해 봐요. 무감각에 언제까지 이런 식으로 대응할 생각인가요? 사냥감을 쫓아다니기만 하는 걸로 만족하지 못하면요?" 그녀는 잠시 말을 멈췄다. "결국 사냥감의 숨통을 끊을 건가요?"

"그딴 걸 내가 도대체 어떻게 알아?" 나는 다시 폭발했다. 그리고 불만이 있는 듯 팔짱을 끼었다. "알잖아요. 저도 최선을 다하고 있다고요." 나는 절망적으로 말했다. "우린 잘 알고 있잖아요. 이 병은 치료할 수 없어요. 실제로 치료할 방법이 없다고요. 그러면 도대체 이제 제가 뭘 어떻게 해야 하는 건가요?"

칼린 박사는 한숨을 쉬었다. "이러니까 제가 아무런 도움이 되지 않는 듯한 기분이 드는 거예요."

나는 아무런 대꾸도 하지 않았다. 해가 지기 시작했다. 우리는 말없이 그대로 앉아 있었다.

"그런데요, 린다 밀레이라는 심리학자가 있는데, 소시오패스에 관해 정말 흥미로운 연구를 했어요. 혹시 들어 본 적 있나요?"

칼린 박사는 고개를 저었다. "들어 본 적이 없군요."

"음, 밀레이는 게임 이론과 소시오패스에 관한 논문을 썼는데, 소시오패스는 경쟁에서 불리한 위치에 있는 개인이라고 하더군요. 그래서 결함 있는 심리적 기제라도 최대한 활용하려고 정직하지 못한 전략을 사용한다고요. 그 내용이 잊히지 않아요. 맞는 말이라고 생각했으니까. 그게 바로 나다, 그게 내가 하는 일이다⋯⋯." 나는 잠시 말을 멈췄다. "어렸을 때는 남의 물건에 자주 손댔어요. 대학에 들어와서는 나만의 '처방전'을 만들어서 따랐고⋯⋯ 제니퍼에 대한 집착도⋯⋯ 모두 다 내 정직하지 못한 전략이었어요. 그렇지만 저는 제 처지를 최대한 활용해 보려고 노력하고 있어요."

칼린 박사는 잠시 생각에 잠겼다. "하지만 문이 잠기지 않았다는 사실을 알고 결국 집 안에 들어가기로 한 당신의 선택은 단순히 어떤 전략의 일환이라고는 할 수 없어요. 그건 과격한 충동의 결과예요."

"그래서요?"

"그래서 그런 일이 다시는 없을 거라는 말을 어떻게 믿죠?"

나는 고개를 저었다. "다시는 없을 테니까요."

"그 정도로는 충분하지 않아요." 칼린 박사가 딱 잘라 말했다. "만일 지금보다 더 나은 상태가 되고 싶고 또 저와 계속 협력하고 싶다면 의견을 하나로 모을 필요가 있어요."

"의견을 하나로 모아요?"

"일종의 계약을 하는 거예요. 문서로 만들어야지요. 당신은 불법적인 행동을 완전히 중단하는 데 동의하며, 저 역시 상담 치료를 계속하는 데 동의한다, 뭐 이런 식으로요."

나는 미덥지 않다는 듯 눈을 찡그렸다. "제가 동의만 하고, 뒤에서는 하던 짓을 계속하면 어떻게 하려고요?"

"아무것도 못 하겠지요. 그렇지만 그런 식으로 행동해 봐야 누구에게도 도움이 될 것 같지는 않은데, 안 그런가요?"

그래서 우리는 계약서를 썼다. 나는 미행을 포함해 어떤 불법적인 행동도 하지 않겠다고 약속했다. 그 대신 칼린 박사는 나에 대한 상담 및 치료를 계속하겠다고 동의했다.

그렇게 나쁘지 않은 기분으로 그녀와 헤어졌지만, 방에 가만히 앉아 외출을 준비하다 보니 이제 확실히 상황이 변했다는 생각이 들었다. 그녀와의 약속이 벌써 나를 불안하게 만들었다. 그녀와의 관계는 이제 계약 이행에 달려 있었지만 내가 그 계약을 제대로 지킬 수 없다는 사실을 알고 있었다. 함정에 빠진 것 같았다. 불안함과 익숙함이 뒤섞인 격동이 느껴졌다.

아는 사람과 마주치지 않기를 바라며 고개를 숙인 채 플레이보이 맨션으로 들어갔다. 로비에서 술을 권하는 바텐더와 사람들을 해치고 활짝 열린 통로를 지나 수영장으로 갔다. 가볍게 칵테일을 몇 잔 받아 마시고 통로 주변에 인공적으로 만들어 놓은 암벽과 오솔길을 따라가다 눈에 띄지 않는 장소에 자리를 잡았다. 수영장 물 밑으로 온갖 화려한 불빛이 어른거렸다.

'기분 엿같네.'

뭔가 짜릿한 걸 원했다. 적당한 곳에 몸을 숨기고 사람들을 관찰하고 싶었다. 평소 같았으면 그렇게 했을 것이다. 하지만 오전의 기억과 함께 내가 구제불능이라는 생각이 자꾸 들었다. 사방이 조여

오는 것처럼 느껴졌고 절망 속으로 빠져드는 것 같았다. 발코니에 서 뛰어내렸던 대학 시절의 밤이 떠올랐다.

그때 누가 수영장에 뛰어들었는지 첨벙거리는 소리가 들렸다. 깜짝 놀라 숨을 크게 들이마셨다가 손으로 머리를 짚었다. 세상이 빙빙 돌았다. 술기운이 올라왔고 이제 집에 가야 한다는 걸 알았다. 하지만 제대로 정원을 가로질러 갈 수 있을지, 차로 돌아갈 수 있을지 확신할 수 없었다. 옆에 있는 암벽에 몸을 기댔다.

'잠깐 술기운 때문에 그런 거야. 별거 아니야. 어디 조용한 곳에 서 추스르면 나아지겠지.' 장소를 조용히 빠져나갈 길을 찾기 위해 주변을 둘러보았다. 그리고 똑바로 앞을 바라보며 천천히 자세를 바로잡았다. 몸을 세우고 조심스럽게 한 걸음 한 걸음씩 앞으로 나아갔다. 그리 먼 길도 아니었지만, 영원히 끝나지 않을 것처럼 보였다. "도대체 왜 이렇게 술을 많이 마셨니?" 나는 중얼거렸다. 긴장을 풀고 싶었지만 그렇다고 정신을 놓고 싶은 건 아니었다. 맨정신에도 억제하기 힘든 파괴적인 행동이 어떻게 발현될지 몰랐다. 신발을 벗었다. 시원한 잔디가 발에 닿자 기분이 좋아졌다. 환하게 불을 밝힌 플레이보이 맨션 건물을 바라보았다. '저기로 가자.'

어디를 가나 사람들로 가득했다. 나는 휴대폰을 들고 통화하는 척하며 걸었다. 빠른 걸음으로 대리석 계단을 올라갔고 마침내 뒷문에 다다라 문손잡이를 잡았다. 에어컨이 내뿜는 차가운 공기가 얼굴을 강타했다. 안도감을 느꼈다. 위층으로 이어지는 웅장한 계단으로 천천히 걸어가서 계단 난간을 장식한 거대한 나무 조각상 중 하나에 기대어 앉았다. 챙이 넓은 모자를 쓴 남자의 모습이었는데 한 손에는 둥근 보주寶珠 같은 걸, 다른 손에는 창 같은 걸 들고 있었다. 언뜻 보면 돈키호테와 비슷했다.

"손에 들고 있는 그 둥근 물건은 뭔가요?" 조각상에게 물었다.

앞쪽과 뒤쪽에 각각 출입구가 있는 넓은 공간은 엄청나게 환했다. 나는 천장에 매달린 화려한 샹들리에가 뿜어내는 빛에 두 눈을 가렸다. 어딘가 조용하고 어두운 곳이 필요했다. 앞쪽 출입구를 보았다. 꽤 멀리 주차해 두었지만, 지금 바로 차로 가는 게 좋을 것 같았다. 그 상태로 움직인다는 게 어리석은 짓 같아도 별달리 할 수 있는 게 없었다.

바로 맞은편에 두꺼운 벨벳 휘장이 드리워진, 반원형 차양이 있는 또 다른 출입구가 보였다. 그쪽으로 가면 잡지 〈플레이보이〉의 창업자이자 플레이보이 맨션의 주인이기도 한 휴 헤프너의 개인 사무실로 이어지는 복도가 있었다. 헤프너의 사무실이라면 어둡고 조용하고 아무도 없을 게 분명했다. 마음을 추스르고 정신을 차릴 수 있는 완벽한 장소였다. 나는 대리석 바닥을 가로질렀다. 근처에는 여전히 십여 명이 넘는 사람들이 있었다. 몰래 사무실 쪽으로 움직이기에는 보는 눈이 너무 많았다. 나는 등을 돌리고 창문에 비친 사람들의 모습을 바라보며 다들 자리를 떠날 때까지 기다렸다.

몇 분쯤 지났을까, 사람들이 썰물처럼 빠져나갔다. 다음 밀물이 밀려오기 전에 재빨리 휘장을 젖히고 미끄러지듯 안쪽으로 들어갔다. 칠흑처럼 컴컴한 복도의 어둠 속에서 불편한 기분이 금세 사라졌다. 누구 눈에도 띄지 않는 투명인간. 만성적 긴장 상태에 대한 즉각적인 해결책을 또 확인했다. 폐소공포증 증세로 점점 증폭되던 압박감이 일단 가라앉기 시작했다. 무감각이 반가운 휴식을 제공해 주었다.

나는 휴 헤프너의 사무실에 몸을 숨기고 눈을 감은 채 문에 등을 기댔다. 잠시 고요함을 만끽했다. 동굴 같은 방을 천천히 돌아다니며 주변 사물을 파악하기 시작했다. 거의 실물 크기에 가까운 도자기 호랑이가 장의자 옆에 자리 잡고 있었다. 방 안의 미세한 빛들이 모두 호랑이 눈에 모여든 것처럼 반짝거렸다. 의자에 앉아 호랑이 머리에 손을 얹었다.

"네가 나와 함께 여길 떠나려 하면 무슨 일이 생길지 궁금하지 않아? 그러니까 너, 나, 그리고 저 아래 있는 돈키호테가 함께 말이야." 나는 빙그레 웃었다. "그러면 정말 정신 나간 일이겠지?"

"술을 마셨을 때, 간혹 마시지 않았을 때도 발생하는 제정신이 아닌 듯한, 적절하지 못한 행동" 클레클리 박사의 사이코패스 임상적 특징 목록 13번을 중얼거리고 머리를 뒤로 기댔다. "확실히 술을 마셔서 나오는 정신 나간 행동이네……."

저 멀리서 떠들어대는 소리가 조용히 들려오는 가운데 편안한 나머지 거의 잠들 뻔했다. 그런데 유리잔이 대리석 바닥에 떨어져 깨지는 소리에 몽롱한 가수면이 풀리며 즉시 눈떴다. 잠시 귀를 기울였다가 몸을 일으켜 의자에서 내려왔다. 그리고 휴 헤프너의 책상에 앉았다. 전화기 옆에는 수첩이 있었는데 각 페이지에는 〈플레이보이〉의 상징인 토끼 그림과 휴 M. 헤프너라는 이름이 새겨져 있었다.

나는 휴 헤프너라는 사람을 좋아했다. 헤프너는 자신이 주최한 파티에 와서도 이렇게 스스로를 고립시키는 나를 보면 어떻게 생각할까. 그리 언짢아하지는 않을 것 같았다. 하지만 확실히 해 두기 위해 수첩에 이렇게 적었다.

안녕하세요.
오늘 밤 당신 사무실에서 누가 와 있었을까요.
바로 패트릭이었습니다.
하지만 정말 아무것도 건드리지 않았다고 말씀드릴 수 있습니다.
사실은 정말 뭐라도 하고 싶었지만요.

패트릭 올림

편지를 적은 페이지를 찢어 전화기 밑에 밀어 넣었다. 그러자 문득 한동안 나를 성가시게 했던 생각이 떠올랐다. 몇 주 동안 적어도 10번 이상 전화를 걸고 싶었다.

"어떻게 생각해?" 호랑이에게 물었다. "그 사람이 집에 있는지 한번 확인해 볼까?" 나는 매끈한 검정 수화기를 집어 들고 기억하는 전화번호를 눌렀다. 신호가 두 번 울렸고 데이비드가 전화를 받았다.

"내가 지금 어디 있는지 맞춰 봐."

"와! 혹시나 했는데 역시 너였구나. 지역 번호가 로스앤젤레스라고 찍혀서 말이야."

"정확하게 말하면 로스앤젤레스 북쪽에 있는 홈비 힐스야. 지금 플레이보이 맨션에 있어."

"썩 나오지 못해!" 그가 웃음을 터트렸다. "조만간 꼭 너를 만나러 가야겠다. 네 삶은 정말 미쳤어!"

데이비드가 나를 찾아오겠다는 말을 들으니 무척 기뻤다. 물론 빈말일 수도 있었다. 하지만 상상만 해도 너무 좋았다. 그의 목소리를 들으면서 우리가 다시 함께한다고 생각하니 기분이 들떴다. 모든 걸 털어놓고 싶어졌다. 그 순간에 진짜 내가 되어 가는 것 같았다. 비록 바람일 뿐이라도 말이다.

"못 본 지 얼마나 됐지?" 데이비드가 물었다. "2년쯤 됐나?"

"3년이 다 되어 가." 우리가 이렇게 오랫동안 얼굴을 보지 않은 건 처음이었다. "하긴 뭐 그게 중요한가."

우리 둘 다 잠시 아무 말도 하지 않았다. 그러다 데이비드가 먼저 입을 열었다. "참 이상하지. 그렇게 몇 년 동안 못 만났는데, 그리고 이렇게 멀리 떨어져 살고 있는데…… 여전히 매일 네 생각을 해. 마치 네가 옆집에 사는 것처럼 말이야."

나는 빙그레 웃었다. 나만 그런 게 아니었다니 기뻤다. "나도 그래."

"그게 무슨 의미라고 생각해?"

"나도 잘 모르겠어." 나는 무심코 책상 서랍을 뒤적이며 대답했다.

"흠, 내 생각에는, 내가 아는 여자 중에서 네가 제일 멋지다는 의미야."

나는 서랍 뒤적이는 걸 멈추고 또 웃었다. "그래? 너도 정말 멋진 남자인데."

또 침묵이 이어졌다. 나는 분위기를 밝게 바꾸려 했다. "내가 여기 휴 헤프너의 사무실에서 찾은 작은 기념품을 보내 줄게. 나를 계속 기억해 주는 게 고마워서 주는 상이야."

"제발 아무것도 훔치지 마."

"맙소사, 겁먹지 말아 줄래? 진짜 너는 너무 고지식해."

"거기…… 도둑질하러 들어간 거 아니지?!"

"들어와도 좋다는 허락은 안 받았어. 하지만 양해는 구할 거야."

"나 지금 무서워."

"나도 나름대로 선을 지킨다고. 그리고 지금까지 별문제 없이 잘 살았어." 귀에 그의 웃음소리가 들렸다. "자, 이제 주소 좀 불러 줄래?"

그가 집 주소를 알려 줬고 작별 인사를 했다. 그런데 갑자기 데이비드가 이렇게 덧붙였다.

"패트릭, 너도 알겠지만, 정말로 사랑해."

알고 있었다. 풋사랑 후 오랜 시간이 지났을지라도. "나도 사랑해." 그리고 전화를 끊었다.

귀에는 여전히 온기가 남아 있었다. 나는 더 바랄 것이 없을 정도로 편안했다. 사무실에 들어왔을 때 느낀 편안함과는 달랐다. 투명인간이 된다거나 무감각을 온전히 누릴 수 있게 된 경우와 달랐다. 나는 누군가에게 온전히 보였다. 받아들여졌다. 그래서 정직할 수 있었고, 안심되었다.

수첩을 주머니에 집어넣고 자리에서 일어섰다. 그리고 문 쪽으로 가다가 발걸음을 멈췄다. 다시 책상 앞으로 돌아온 나는 아까 쓴 쪽지 위에 몇 마디를 덧붙였다.

PS — 오랜 친구에게 선물로 주기 위해 플레이보이 수첩을 하나 가지고 갑니다. 용서해 주셨으면 좋겠습니다.

데이비드가 나를 자랑스러워하리라 생각했다. 그러다가 엄마 생각이 났다. 갑자기 잊고 있었던 기억들이 해일처럼 나를 덮쳤다. 밖에서 저지른 나쁜 행동들을 고백하면 엄마는 내게 정직한 아이라고 했었지. 기억은 순식간에 샌프란시스코로 돌아갔다. 초콜릿 케이크의 달콤한 냄새와 굳이 숨어야 할 필요가 없었던 시간들. '소시오패스'니 '가짜 소시오패스'니 하는 말들을 알지도 못하던 그때. 엄마에 대한 내 감정이 너무 강력해서 그 이외에는 느끼려고 노력할 필요도 없었던 때. 굳이 힘들이지 않고도 나 자신을 자연스럽게 받아들일 수 있었다. 내가 남들과 다르다는 사실도, 외로운 존재라는 사실도 몰랐다. '생각해 보니 나쁘지 않았던 시절이네.' 아주 오래전의 나는 지금과는 다른 방식으로 무감각에 대응했다.

깜박이는 빛에 다시 정신을 차렸다. 어두운 방 한구석에서 호랑이가 눈을 반짝이고 있었다. 호랑이에게 눈을 한번 찡긋해 보이고 사무실을 나왔다. 플레이보이 맨션 바깥에 있는 길고 구불구불한 길을 따라 차로 돌아갔다. 느껴지는 것이 술기운인지, 술기운만은 아닌 무언가인지 헤아려 봤다. 술기운은 모두 달아나 있었다. 분명 다른 것이었다. 뭔가 아주…… '정상적'이었다.

2권에 계속

내 안의 무뢰한과 함께 사는 법 1

2024년 10월 30일 초판 1쇄 발행

지은이 패트릭 갸그니
옮긴이 우진하
펴낸이 이원주 **경영고문** 박시형

책임편집 강동욱 **디자인** 진미나
기획개발실 강소라, 김유경, 박인애, 류지혜, 이채은, 조아라, 최연서, 고정용, 박현조
마케팅실 양근모, 권금숙, 양봉호, 이도경 **온라인홍보팀** 신하은, 현나래, 최혜빈
디자인실 윤민지, 정은예 **디지털콘텐츠팀** 최은정 **해외기획팀** 우정민, 배혜림
경영지원실 홍성택, 강신우, 김현우, 이윤재 **제작팀** 이진영
펴낸곳 (주)쌤앤파커스 **출판신고** 2006년 9월 25일 제406-2006-000210호
주소 서울시 마포구 월드컵북로 396 누리꿈스퀘어 비즈니스타워 18층
전화 02-6712-9800 **팩스** 02-6712-9810 **이메일** info@smpk.kr

쌤앤파커스(Sam&Parkers)는 독자 여러분의 책에 관한 아이디어와 원고 투고를 설레는 마음으로 기다리고 있습니다. 책으로 엮기를 원하는 아이디어가 있으신 분은 이메일 book@smpk.kr로 간단한 개요와 취지, 연락처 등을 보내주세요. 머뭇거리지 말고 문을 두드리세요. 길이 열립니다.